DER HISTORISCHE FALL

1

Thomas Schnepf ist 1949 in Offenburg geboren, mit einer Staatsanwältin verheiratet und wohnt in Mannheim.

Während seines Studiums in Heidelberg und der Referendarzeit in Mannheim unternahm er mehrmonatige Reisen durch Afghanistan, Indien und Südamerika.

Er ist seit 1980 in der Justiz zunächst als Staatsanwalt, dann als Richter an den Landgerichten Heidelberg, Mannheim und am Oberlandesgericht in Karlsruhe sowie am Bundesgerichtshof als wissenschaftlicher Mitarbeiter tätig gewesen.

Heute ist er Schifffahrts- und Insolvenzrichter am Amtsgericht Mannheim.

Thomas Schnepf

Heidelberger Mordsteine

VERLAG STEFAN KEHL
HAMM AM RHEIN

Impressum

Künstlerische Gestaltung - Umschlag
Werner Hartmann, Mainz

Fotos
siehe Bildnachweis

Lektorat
Gunda Kurz, Mainz

Gesamtherstellung
Druckerei Stefan Kehl, Hamm am Rhein

1. Auflage: 09/2006
2. Auflage: 02/2007

ISBN: 978-3-935651-84-4

Inhalt

Vorbemerkung des Autors

Die *Heidelberger Mordsteine,* auch Bürgermeistermordsteine genannt, liegen im Wald zwischen Heidelberg und Neckargemünd, an der Kreuzung des Pfalzgrafensteinweges mit dem Linsenteich-Auweg. Sie kennzeichnen den Tatort eines grausamen Doppelmordes an zwei Bürgermeistern, der im Sommer 1921 die Heidelberger Bevölkerung zutiefst erschütterte.

In einem Aufsehen erregenden Indizienprozess vor dem Heidelberger Landgericht wurde der Bahnarbeiter *Leonhard Siefert* der Morde schuldig gesprochen und zum Tode durch das Fallbeil verurteilt. Von weiteren, im Roman nicht behandelten Anklagepunkten – u. a. des versuchten Mordes an einem Motorradfahrer – wurde Siefert freigesprochen.

Der in Teil II des Romans geschilderte Prozess wurde anhand der im Generallandesarchiv in Karlsruhe archivierten Akten der Polizei, der Staatsanwaltschaft, des Landgerichtes und zahlreichen Prozessberichten der damaligen Zeitungen weitgehend authentisch wiedergegeben. Die Rahmenhandlung hingegen ist frei erfunden. Ähnlichkeiten mit lebenden Personen sind rein zufällig und nicht beabsichtigt.

Ein Frühsommertag auf Heidelbergs Hauptstraße im Jahr 1921

Erster Teil

Absalom, der Königssohn,
Isch am Bäumli g'hange;
Hätt' er Vatr und Muettr g'folget
Wär's ihm nit so g'gange

Schweizer Kindervers aus:
Verkommene Söhne, missratene
Töchter (Peter von Matt)

Prolog

Nichts ist ohne Grund, auch Mord nicht.
Die Leiche war männlich und lag neben dem Sandkasten eines heruntergekommenen Kinderspielplatzes. Eine Kugel steckte tief in der linken Brusthälfte, oberhalb des dritten Rippenbogens, mitten im Herz. Auf der schwarzen Jacke des Ermordeten war ein kleiner gelber Smiley-Button befestigt. Niemand im Viertel regte sich über den Tod des Busfahrers auf, der wenig beliebt war. Jeder in der Gegend hatte seine Unfreundlichkeit schon zu spüren bekommen. Eine kleine Notiz am Schwarzen Brett der evangelischen Kirchengemeinde fand keine Beachtung. Dort war mit krakeliger Handschrift unter dem Hinweis auf den Gottesdienst für den Ermordeten geschrieben: *»Er war so unfreundlich.«*
Die zweite Leiche war weiblich und zunächst dachte keiner an Mord. Die alte Frau war vor einen Lastwagen gelaufen und überrollt worden. Sie war bei den Leuten verhasst, weil sie ewig stänkerte und in ihrem Tante-Emma-Laden mit Vorliebe ihre kleinsten Kunden schlecht behandelte. Ihr Tod löste bei niemandem Trauer aus. Den gelben Smiley-Button, der neben der Leiche lag, nahm ein kleiner Junge unbemerkt an sich. Der Pfarrer fand am nächsten Morgen in seinem Briefkasten eine Postkarte, ohne Anschrift und Absender, mit dem lapidaren Satz: *»Sie war zu den Kindern nicht freundlich.«* Achselzuckend warf er sie in den Papierkorb.

Auch die dritte Leiche war weiblich, jung und zu Lebzeiten die Schönste im ganzen Viertel. Die Kugel war ihr glatt durch die Stirn gegangen. Der kleine gelbe Smiley haftete am linken Revers ihrer großzügig ausgeschnittenen Bluse. Er bildete einen seltsamen Kontrast zu ihrer gebräunten Haut. Obwohl niemand im Viertel der schnippischen Schönen nachtrauerte, kam Unruhe auf. Die Polizei ermittelte fieberhaft, so stand es jedenfalls, wie immer in solchen Fällen, in der Zeitung.
Erst bei dem vierten Opfer, wiederum durch einen Schuss aus nächster Nähe getötet, erkannte die Polizei Parallelen zwischen den Mordfällen. Denn auch dieses Mal war am leicht abgeschabten Revers des ebenfalls unbeliebten Filialleiters einer unbedeutenden Raiffeisenbank ein kleiner gelber Smiley angeheftet. Die Presse nahm sich der Morde unter der reißerischen Überschrift »Der Pappritz-Mörder« ausgiebig an. Die Zusammenhänge wurden aufgedeckt und die letzte, an den Gemeindepfarrer gerichtete Postkarte übergroß wiedergegeben: *»Er war zu seinen Kunden immer unhöflich.«*

Ich hatte Spaß an der kleinen Geschichte einer neuen Autorin, deren Name mir nicht einfallen wollte. Auch der Titel war mir abhanden gekommen. Mein Freund Werner Mallbrand, dem ich die Story erzählte, als ich mit ihm durch den herbstlichen Odenwald nahe Neckargemünd wanderte, fand die Unfreundlichkeit der Menschen als Mordmotiv wenig überzeugend. Bei einem knochentrockenen Juristen nicht verwunderlich. Werner, mehrere Jahre älter als ich und ein glänzender Jurist, war Vorsitzender Richter einer Schwurgerichtskammer am Landgericht in Heidelberg. Obwohl er introvertiert, menschenscheu und – allerdings nur zu bemerken, wenn man ihn näher kannte – bar jeglicher Konvention war, waren wir Freunde geworden. Die sonntäglichen Wanderungen kamen im Allgemeinen auf sein Drängen zustande und oftmals ungelegen. Nicht so an diesem Tag. Ich hatte eine ausgedehnte Nacht in Heidelbergs Altstadt hinter mir. Die Wanderung mit Werner am Sonntagnachmittag kam zum Ausnüchtern gerade recht.

Zudem hatte ich am Montag meinen ersten Fall als Rechtsreferendar vorzutragen, den ich bisher nicht im Griff hatte. Von Werner erhoffte ich ein paar weiterführende Tipps. Die Herbstsonne begann sich zu senken, Werner konnte sich für Unfreundlichkeit als Mordmotiv immer noch nicht erwärmen, und meine juristischen Probleme waren als Nichtigkeiten entlarvt, die durch einen Blick ins Gesetz, verbunden mit einem bisschen Hirnschmalz, ohne weiteres zu lösen gewesen wären. Plötzlich blieb Werner vor zwei nahe am Wegesrand im Hang liegenden Gedenksteinen stehen, deren verwitterte Inschriften kaum zu lesen waren. Er wischte mit der Linken einige Blätter beiseite, klappte bedächtig sein Schweizer Messer auf und schabte Teile des die Inschrift bedeckenden Mooses vorsichtig ab. Ein fragender Blick, ein verneinendes Kopfschütteln meinerseits und Werner erklärte knapp: »Die Bürgermeistermordsteine. Grund der Morde: Habgier. Ein klassisches Motiv.« Werner richtete sich langsam auf, klappte sein Taschenmesser zusammen und verstaute es sorgfältig in einer der Taschen seiner angejahrten Wanderjacke. Auf dem großen, quer liegenden Stein war nun die Inschrift deutlich zu lesen:

HIER FIEL DURCH
MÖRDERHAND AM 29. JUNI 1921
DER OBERBÜRGERMEISTER
WILHELM BUSSE
AUS HERFORD

Die Inschrift auf dem kleineren, aufrecht stehenden Stein lautete:

DEM GLEICHEN ANSCHLAG FIEL
ZUM OPFER DER BÜRGERMEISTER
LEOPOLD WERNER
AUS HERFORD
VERBINDUNG IN M.R. WRATISLAVIA BRESLAU

»Wir schreiben den 4. Juli 1921; Deutschland liegt am Boden«, begann Werner, auf die Steine deutend, zu dozieren. »Die Okkupationstruppen der Amerikaner waren während der Friedensverhandlungen weiter in Deutschland stationiert. Unter dem Eindruck der russischen Oktoberrevolution hatte der US-Kongress drei Millionen Dollar zum Schutze der Staaten von Amerika gegen Verbrechen gewährt. In der Folge kam es zu einer Hexenjagd auf Kommunisten und Anarchisten in den USA. Im Rahmen dieser allgemeinen Hysterie wurden die italienischstämmigen Anarchisten Sacco und Vanzetti in Dedham in einem fragwürdigen Prozess zum Tode verurteilt. Deutschland litt zu dieser Zeit unter dem ›Versailler Diktat‹. Die wirtschaftliche Krise und Armut in weiten Teilen der Bevölkerung trugen dazu bei, die nationalen Leidenschaften zu steigern. Es herrschte eine ungewöhnliche, schon lange anhaltende Sommerhitze. In Heidelberg häuften sich die Anzeigen bei der Ortspolizei von Bürgern, die durch das Gießen von Fensterblumen nass geworden waren. Die Geschichte der Bürgermeistermordsteine hat mit all dem nur marginal zu tun. Sie beginnt mit einer Notiz im ›Heidelberger Tageblatt‹ von diesem Tage, die ungefähr wie folgt lautete.«
Werner blieb stehen, rückte seine Brille zurecht und schlug eine imaginäre, nur auf der Rückwand seines Hirnkastens abgebildete Zeitung auf. Im Stil eines Nachrichtensprechers fuhr er fort:
»Zwei Bürgermeister verschwunden! Am Mittwoch, den 29. Juni 1921, abends 5 Uhr, entfernten sich der in einem hiesigen Hotel wohnende Oberbürgermeister Wilhelm Busse aus Herford in Westfalen mit seinem in der Bergstraße wohnhaften Freund Bürgermeister a. D. Leopold Werner aus der Stadt. Die beiden Herren wollten einen Spaziergang machen, sind jedoch bis heute nicht zurückgekehrt. Ihr rätselhaftes Verschwinden wird allgemein damit erklärt, dass ihnen etwas zugestoßen sein müsse. Beide sind Alte Herren des Korps ›Vandalia‹. Die Kriminalpolizei erbittet aufklärende Angaben. Lichtbilder können dort eingesehen werden.«
Werner faltete seine imaginäre Zeitung zusammen, deutete an, sie in seiner Jacke zu verstauen und dozierte in gewohnter Weise wei-

ter. »Oberbürgermeister Busse ist 50, Bürgermeister Werner 42 Jahre alt. Beide sind von stärkerer Statur, tragen Schnurrbart und Zwicker. Da beide am Tag ihres Verschwindens um 19 Uhr im Vandalenhaus verabredet und als sehr pünktlich bekannt sind, befürchtet man, sie irgendwo am Königsstuhl oder Heiligenberg tot aufzufinden. Die Stadt Herford hat 10.000 Mark Belohnung zur Auffindung ihres Oberbürgermeisters ausgesetzt.
In den folgenden Tagen gingen viele Heidelberger in die umliegenden Wälder, um die Vermissten zu suchen. Die Polizei bat deswegen eindringlich, beim Auffinden der Leichen den Tatort unberührt zu lassen und unverzüglich die Polizei zu informieren. Immer wieder wurden der Gendarmerie neue, meist falsche Hinweise geliefert.
Leichengeruch wurde gemeldet, der sich jedoch als der Gestank von Morcheln erwies. Ein Wanderer informierte die Heidelberger Zeitung über einen merkwürdigen Reisighaufen auf der Neuenheimer Seite des Heiligenberges. Auch diese Spur erwies sich als Sackgasse, vermutlich handelte es sich um das Lager eines Liebespaares, welches die heißen Sommernächte genutzt hatte.
Drei Hundertschaften der Heidelberger Sicherheitspolizei durchkämmten in einer groß angelegten Streife in breiter Schützenlinie den Königsstuhl. Berittene Sicherheitspolizei, Kriminalbeamte und Waldaufsichtspersonal durchstreiften das Gebiet auf der Neuenheimer Seite des Neckars. Die Studentenverbindung ›Korps Vandalia‹, deren aktive Mitglieder nahezu vollzählig angetreten waren, unterstützte sie. Die Suche blieb ohne Erfolg.
Schließlich wurde der Staatsanwaltschaft von einem jungen Mädchen ein Hinweis gegeben, der die Ermittlungen voranbrachte. Berta Kratzmüller hatte bei dem im Gasthof ihrer Mutter in Ziegelhausen zur Miete wohnenden Bahnarbeiter Leonhard Siefert einen von der Gemahlin des Oberbürgermeisters Busse geschriebenen Brief gefunden. Das neugierige Mädchen hatte die Rocktaschen des Gastes durchstöbert. Die Staatsanwaltschaft leitete sofort eine umfassende Suche nach Siefert ein. Siefert wurde in seiner Kammer in Ziegelhausen verhaftet. Bei der Durchsuchung seines Zim-

mers wurden in einer Kiste mit Blutspritzern behaftete Wäschestücke, silberne Manschettenknöpfe und eine dem Oberbürgermeister Werner gehörende silberne Uhrkette gefunden.
Siefert leugnete die Tat. Er wurde unter starker Bewachung ins Untersuchungsgefängnis, im Volksmund ›Fauler Pelz‹ genannt, eingeliefert. Dort hatte sich schon eine Menschenmenge angesammelt, die Verwünschungen ausstieß. Den ›Mörder, Mörder‹-Rufen entgegnete er mit ruhiger Stimme: ›Ich bin nicht der Mörder.‹
Am 8. Juli 1921 wurden kurz vor Mitternacht der 17 Jahre alte Arbeiter Sauer und seine Mutter aus Ziegelhausen verhaftet. Der Junge hatte versucht, bei einem Altwarenhändler eine goldene Uhr zu verkaufen. Wegen seines jugendlichen Alters abgewiesen, brachte die Mutter des Buben die Uhr nochmals zum Verkauf. Der Händler schöpfte Verdacht, kaufte die Uhr zum Schein an und informierte die Polizei. Der junge Sauer behauptete, die Uhr von Siefert erworben zu haben. Er bestritt aber, von der Mordtat etwas zu wissen oder damit zu tun zu haben.
Die im Walde suchenden Polizeistreifen verzeichneten immer noch keinen Erfolg, weshalb ihre Zahl vergrößert und das Operationsgebiet ausgeweitet wurde.
Obwohl nahezu sämtliche Wertgegenstände der Vermissten bei Siefert gefunden wurden, leugnete er, mit dem Verschwinden der Bürgermeister zu tun zu haben. Die festgenommene Familie Sauer wurde auf freien Fuß gesetzt. Die von ihnen zum Kauf angebotene Uhr gehörte nicht Bürgermeister Werner, sondern einem Arbeiter namens Wagenblast. Dieser hatte sie im letzten Jahr auf dem Katharinenmarkt in Neckargemünd verloren, wo sie der junge Sauer gefunden hatte. Derweil griff in der Heidelberger Bevölkerung die Furcht immer mehr um sich. Auf dem Kohlhof und dem Königstuhl verwaisten die Gaststätten. Nahezu sämtliche Sommergäste waren abgereist. Die Ausflugslokale warben bereits mit verbilligten Preisen. Vergeblich versuchte die Presse zu beschwichtigen, die Furcht vor dem Wald sei unangebrachte Angstmeierei.«

Wir waren an der »Griechischen Weinstube« in Neckargemünd angelangt, als Werner seinen Bericht abrupt unterbrach. Ich war voller Bewunderung für die detailgetreue Erzählweise meines Freundes. Sein photographisches Gedächtnis für historische Daten aller Art versetzte mich immer wieder in Erstaunen. Sicherlich hatte er den Fall korrekt wiedergegeben, samt dem Artikel aus dem »Heidelberger Tageblatt«. Meine Frage nach dem Fortgang der Geschichte wurde mit vielsagendem Blick auf die vor dem Eingang stehende Tafel »Neuer Wein mit Zwiebelkuchen« abgeschnitten. Ich bremste meine Neugierde und wir suchten einen ruhigen Platz im hinteren Bereich des Lokals. Wir erhielten erstaunlich schnell unseren Zwiebelkuchen, den wir fast genauso rasch verspeisten. Mit einem dezenten Rülpser lehnte sich Werner zufrieden zurück, fummelte aus der Wanderjacke ein Päckchen Marlboro heraus und zündete sich genießerisch eine Zigarette an.

»Also, wo waren wir stehen geblieben?«, fragte er, um sofort den Faden aufzunehmen und die Geschichte zu Ende zu erzählen.

»Siefert wurde irgendwann im Jahre 1922 in einem spektakulären Indizienprozess des Mordes für schuldig befunden. Allerdings hat er bis zum Ende seine Unschuld beteuert. Die bei ihm gefundenen blutbefleckten Habseligkeiten der beiden Mordopfer seien ihm von zwei fremden Herren unbemerkt in den Rucksack gesteckt worden. In großen Teilen der Bevölkerung, insbesondere bei der Arbeiterschaft, herrschten erhebliche Zweifel an seiner Schuld. Immer wieder kamen neue Gerüchte auf. Man vermutete ein Komplott zu Lasten von Siefert, der Mitglied im Spartakusbund gewesen sei. Man sprach von anderen bis heute nicht gefassten Tätern, einem Justizirrtum. Gerüchte über Helfershelfer von Siefert wurden verbreitet. Aber vielleicht mag das alles am Misstrauen der Bevölkerung gegen die damals noch nicht so bekannten Indizienprozesse gelegen haben«, beendete Werner seinen Bericht.

1

Nahezu zwölf Jahre waren vergangen seit jenem Spaziergang im herbstlichen Odenwald, vorbei an den Bürgermeistermordsteinen. Ich war seit längerem Zivilrichter in Heidelberg und hatte die von der badischen Justiz den jüngeren Kollegen verordneten Stationen bereits durchlaufen. Die Wohnung, in der ich damals mit meinen Studienfreunden Renate und Michael gehaust hatte, bewohnte ich mittlerweile alleine. Wir hatten das ganze Haus noch in den Neunzigern gekauft, was ein Glücksfall war. Ich hatte damals keinen Pfennig auf der Naht, aber das Angebot der Verkäufer war fair. Für Michael, Renate und mich allzu verlockend. Obwohl nunmehr eigentlich alles zum Besten stand, wurde ich von einem schleichenden Gefühl der Unzufriedenheit befallen. Es war nicht zu lokalisieren, schon gar nicht genau zu beschreiben, sondern legte sich wie ein Schleier über den Alltag. Es war wie in jenem Lied von Biermann: »Das kann doch nicht alles gewesen sein.« Entscheidend war ein Montagmorgen im Mai 2005. Ich wechselte mit einigen Kollegen im Fahrstuhl belanglose Worte über die Bundesliga und ging in mein Büro. Grau in grau, die Möbel zusammengezimmert in den Justizvollzugsanstalten des Landes Baden-Württemberg. Der Boden aus gesprenkeltem Linoleum, ein pflegeleichter Ausbund an Scheußlichkeit. Als ich mit einer Drehung des Stuhles die zugetragenen, gleichfalls grauen Akten von der Ablage neben dem

Schreibtisch greifen wollte, blieb meine neue Krawatte von Marinella, im Urlaub beim Meister selbst in Neapel gekauft, an der aufgerauten Unterseite der Schreibtischkante hängen. Mit einem sanften Geräusch wurde ein Querfaden aus der Krawatte gezogen. Still vor mich hin fluchend löste ich vorsichtig den Faden vom Schreibtisch. Ich eilte zu einem Spiegel in der Toilette, um zu retten, was nicht mehr zu retten war. Als mich dort ein am Pissoir stehender Wachtmeister mit einem fröhlichen »Mahlzeit« auf den Lippen begrüßte, war dies für einen Montagmorgen zuviel.

Nein, ich wollte nicht kündigen. Ich war zwar ungebunden, ohne Kinder und nicht ganz unvermögend. Eine kleine Erbschaft einer schwäbischen Tante, die mit Bonbons einiges verdient hatte, erlaubten einen über dem Gehalt liegenden Standard. Um meinen Richterjob an den Nagel zu hängen, reichten die Mittel aber nicht aus, obwohl meine kleine Wohnung über den Dächern der Heidelberger Altstadt nahezu schuldenfrei war. Ich hatte keine Lust, meinen Lebensstil aufzugeben. Reisen, gutes Essen, ordentliche Klamotten, der jährliche Beitrag des Tennisclubs und des Fitness-Studios verschlangen mehr als meine Erträge. Um ein Jahr auszusetzen, reichte es jedoch allemal. Langsam kam ein Gedanke auf. Ich erinnerte mich an einen Professor meiner Studienzeit, der mich damals als Doktorand gewinnen wollte. Wegen meiner Einstellung in den Staatsdienst wurde nichts daraus. Ich griff zum Telefon und ließ mich mit dem Lehrstuhl von Professor Gabriel verbinden. Nach dreimaligem Läuten meldete sich eine freundliche weibliche Stimme.

»Lehrstuhl Professor Gabriel, Lehmann. Guten Tag.«
»Guten Tag. Hier spricht Robert Flaig. Kann ich bitte Herrn Professor sprechen?«
»Tut mir Leid. Der ist momentan außer Hause. Mittwochmorgen wird er kurz ins Institut kommen. Soll ich was ausrichten?«
Spontan erwiderte ich: »Ja klar«, um sofort eine Pause einzulegen. Was sollte sie überbringen? Ein 42-jähriger will aus plötzlichem

Montagmorgenfrust über ein Thema promovieren, von dem er allenfalls eine vage Ahnung hat. Die Sekretärin bemerkte mein Zögern.
»Bitte?«
»Nicht nötig, ich rufe Mittwochmorgen nochmals an. Vielen Dank. Auf Wiedersehen«, antwortete ich.

Nunmehr hatte ich Zeit, meine vagen Vorstellungen zu konkretisieren, um ein geeignetes Thema zu finden. Soviel ich nachdachte, mir wollte keine zündende Idee für den Arbeitstitel einer Promotionsarbeit über die Bürgermeistermordsteine einfallen. Wieder war es Werner, der die Sache vorantrieb. Ich verabredete mich für Dienstagabend mit ihm in einer Schnitzelkneipe in Rohrbach und erzählte ihm von meinem Vorhaben. Seinem Gesicht war abzulesen, dass er die Geschichte für eine ausgemachte Schnapsidee hielt. Entsprechend waren seine Einwände.
»Dir ist klar, dass einige deiner Kollegen auf der Karriereleiter an dir vorbeiklettern werden. Außerdem fehlt dir bei der Pensionierung später ein Jahr Lebensarbeitszeit.«
»Oh Gott, Werner, dies bewegt sich doch wahrscheinlich im Promillebereich. Die paar Mark für eine Beförderungsstelle früher oder später machen den Kohl nun wirklich nicht fett.«
Werner blieb skeptisch. »Wofür brauchst du eigentlich den Titel? Behandeln die dich beim Friseur neuerdings schlecht oder musstest du beim Metzger warten?«
»Mensch, Werner, begreif doch, es geht nicht nur um einen Titel, sondern auch um eine elegante Freistellung für ein Jahr. Raus aus dieser Tretmühle. Nochmals ein Jahr etwas anderes bearbeiten als graue Akten. Was ich brauche, sind keine kleinbürgerlichen Einwände, sondern ein griffiges Thema, das mir erlaubt, die Geschichte der Bürgermeistermordsteine zu untersuchen.«
Man sah deutlich, wie es in Werner arbeitete. Den Vorwurf kleinbürgerlicher Einwände wollte er nicht auf sich sitzen lassen. »Eigentlich ganz einfach. Du brauchst ein Thema, welches dir Gelegenheit gibt, den Fall Siefert vollständig aufzurollen.

Damit kommt nur eine rechtsvergleichende Arbeit in Betracht. Soll die Arbeit Spaß machen, fallen trockene verfahrensrechtliche Themen weg. Ich habe es: ›Der Indizienbeweis im Wandel der Zeit‹. Damit kannst du den Fall Siefert bearbeiten, zudem spektakuläre Prozesse der neueren Zeit vergleichend heranziehen. Allerdings bezweifle ich, ob Gabriel da mitmacht. Ich kenne ihn aus meiner Studienzeit ganz gut. Kannst ja Grüße ausrichten.«

Ich fand die Idee nicht so schlecht. Da eine bessere nicht zu finden war, wollte ich es versuchen. Am Mittwochmorgen rief ich bei Prof. Gabriel an.

»Ach, Herr Flaig. Mein alter Bekannter Werner hat schon von Ihnen berichtet. Kommen Sie doch heute gegen 18 Uhr vorbei. Wir können uns dann ausführlich unterhalten, im Moment habe ich Besuch.«

Pünktlich empfing mich Prof. Gabriel, der sich seit meiner Studienzeit kaum verändert hatte. Obwohl er über sechzig sein musste, war er immer noch schlank, sportlich und ausgesprochen sympathisch.

»Nun erzählen Sie mal, was ich für Sie tun kann. Werner hat mich heute Morgen vorgewarnt. An welches Thema hatten Sie denn gedacht?«

Durch den freundlichen Empfang entspannt, beschloss ich, mit nichts hinterm Berg zu halten. Ich gab mein zentrales Interesse am Fall Siefert zu erkennen. Gabriel kannte als Heidelberger die Geschichte und war interessiert.

»Ich weiß nicht, was Sie alles über den Fall in Erfahrung gebracht haben. Sicherlich ist Ihnen bekannt, dass dies einer der ersten Indizienprozesse nicht nur in Heidelberg, sondern in ganz Deutschland war. Die Sachverständigen, deren Gutachten über Fingerprints, Blut, Pflanzenteile und was weiß ich noch haben bei der Verurteilung eine überragende Rolle gespielt. Wenn ich mich richtig erinnere, haben die Sachverständigen das Verfahren weitgehend beherrscht. Schreiben Sie über diese Problematik. Etwa unter dem vorläufigen Arbeitsmotto ›Der Sachverständige im Mordprozess. Gehilfe oder Herrscher des Verfahrens?‹. Dann können Sie sämtliche außergewöhnlichen Indizienprozesse reinpacken, auch die Bürgermeistermorde.«

Ich war begeistert. Genau, was ich gesucht hatte. Wir besprachen noch einige Einzelheiten. Zwei Stunden später verließ ich als Doktorand das Juristische Seminar.
Am nächsten Morgen eröffnete ich meinem Präsidenten, ein Jahr pausieren zu wollen. Er war zwar nicht begeistert, aber irgendwie hatte ich mehr Widerstand erwartet. Nachdem er sich anhand der Statistik davon überzeugt hatte, dass ich kein abgesoffenes Referat mit alten unbearbeiteten Fällen hinterließ, verschwanden auch seine letzten Bedenken. Unersetzlich jedenfalls war ich nicht. Im Laufe des Tages wurden einige klärende Gespräche mit dem Personalreferenten geführt und meine Freistellung war bis auf nebensächlichen Papierkram in trockenen Tüchern.

»Dem lebendigen Geiste« stand wie zu meiner Studienzeit über dem Eingang der Heidelberger Universität, als ich zwei Monate später an einem Montagmorgen meine neue Arbeit aufnahm. Eigentlich aus Neugierde stieg ich die paar Stufen hinauf, um einen Blick in den Hörsaal 13 zu werfen, in dem so manche Studententräume bei den Klausuren zu Ende gegangen waren. Alles war nahezu unverändert. Wehmut kam auf, Erinnerungen wurden wach. Ich setzte mich auf eine der hinteren Bänke und blickte in den leeren Hörsaal, hinab auf das schlichte Rednerpult. Plötzlich kam Lärm auf. Studenten strömten unter lautem Palaver in den Hörsaal, allesamt bepackt mit jenen dicken, roten Gesetzestexten, ähnlich Backsteinen, die in allen deutschen Studentenstädten den juristischen Nachwuchs ausweisen.
Zu meiner Zeit trug man die Gesetzessammlungen von Schönfelder lässig, unverpackt und deutlich sichtbar unterm Arm. Ich gewann den Eindruck, die Coolen von heute machten es genauso. Mittlerweile hatte ich mich, die alten Geschichten aus meinen Ge-

danken vertreibend, gegen den Strom der hereinstürmenden Studenten aus dem Saal in die nahe Uni-Bibliothek gerettet. Ein in seine Bücher vertiefter, baumlanger Kerl händigte mir so nebenbei an der Pforte einen Benutzerausweis aus. Zugleich wies er mich in die Regeln der Bücherei ein.
Nach mehrstündigem Recherchieren am Computer, Durchstöbern von unzähligen verstaubten Karteikarten und Wälzen von alten Kommentaren hatte ich eine Grundausstattung an juristischem Material, mit der ich arbeiten konnte. In einer Strafrechtszeitung aus dem Jahre 1951 fand sich ein interessanter Abschnitt über den Indizienbeweis im Heidelberger Raubmordprozess. Dem Verfasser schienen die vorhandenen Beweismittel für eine Verurteilung ausreichend, trotz des vehementen Bestreitens des Angeklagten. Beängstigend nahe am eigenen Thema war jedoch eine Dissertation des jetzigen Lehrstuhlinhabers für Kriminologie in Heidelberg, Prof. Bornhold, mit dem Titel »Der Indizienprozess«. Die Arbeit war in der Unibücherei nicht verfügbar, jedoch im Juristischen Seminar einzusehen. Laut Inhaltsangabe der Fundstelle verglich der Verfasser anhand von exemplarischen Fällen, u.a. dem Bürgermeistermordprozess, Indizienprozesse aus verschiedenen Epochen. Da ich in der Unibücherei alles erledigt hatte, packte ich meine Kopien ein, brachte die ausgeliehenen Bücher zurück und radelte zum Juristischen Seminar.

Im Institut von Professor Bornhold waren alle Türen geschlossen, niemand war zu sehen. Keine Sekretärin, kein Assistent, kein Professor, niemand. Nur im Hintergrund war leise Stimmengewirr zu hören. Plötzlich öffnete sich am Ende des Flures eine Tür, die Stimmen wurden lauter und eine schlanke Frauengestalt huschte in das gegenüberliegende Büro. Ich folgte ihr zum Ende des Ganges. »Sekretariat Prof. Achim Bornhold« stand in schlichten Lettern neben dem Türeingang. Mit dem Rücken zur Tür gewandt auf einem Stuhl stehend, versuchte eine schlanke junge Frau, aus dem obersten Regal eines Aktenschrankes Gläser zu entnehmen.
»Kann ich helfen?«, fragte ich, zwischen Tür und Angel stehend.

»Klar doch, nehmen Sie mir bitte die Gläser ab«, war die gelassene Antwort ohne erkennbares Erstaunen. Erst jetzt drehte sie sich um. Ich bekam vier Sektgläser entgegengestreckt, die ich auf einem aufgeräumten Schreibtisch abstellte. Dabei ließ ich meinen Blick, wie ich meinte, unauffällig über die wohlgeformten Beine gleiten. Letzteres war nicht ganz einfach, da ich vermeiden wollte, mein Haupt zu senken, um keinen Blick auf meinen lichten Hinterkopf zu gewähren.

»Kann ich runtersteigen oder sind Sie noch nicht fertig?«, fragte sie mit süffisantem Lächeln aus etwa 2 m Höhe. Als ich den Doppelsinn der Frage erkannte, grinste ich anzüglich. Sie wusste meinen Gesichtsausdruck wohl zu deuten, zeigte aber nur Geringschätzung über eine solch plumpe Anmache. Ich errötete. Meine Ohren glühten wie zu Schulzeiten. Ich spürte, wie hektische rote Flecken meine Wangen überzogen. Einen kurzen Augenblick lang genoss sie meine Verlegenheit, sprang mit zwei weiteren Gläsern in der Hand lässig vom Stuhl und fragte leicht schnippisch: »Was haben Sie hier eigentlich zu suchen?«

Die junge Dame hatte große, blitzende braune Augen, halblange, ungebändigte Locken, welche ein nahezu ebenmäßiges südländisches Gesicht einrahmten. Für eine Italienerin war sie fast zu groß; auch ihr kaum hörbarer badischer Akzent sprach dagegen. Ihre Figur war sportlich wohlgeformt, soweit man dies unter dem unförmigen Wollpulli und dem kurzen Rock feststellen konnte.

»Eigentlich wollte ich ein paar Bücher und vor allem die Dissertation von Prof. Bornhold ausleihen.«

»Geht nicht, das gesamte Institut ist heute ausnahmsweise schon seit 15 Uhr geschlossen.« Ihr Ton wurde um Nuancen höflicher.

»Verstehe, Geburtstagsfeier mit lauwarmem Aldi-Sekt, Orangensaft aus der Tüte und aufgewärmten Brezeln«, versuchte ich durch legeres Plaudern Boden gutzumachen.

»Falsch geraten. Der Sekt ist trockener Jahrgangssekt aus der Pfalz, die Kanapees sind selbst gemacht. Aber zumindest Geburtstag stimmt«, antwortete sie, meinen Ton jetzt freundlich aufgreifend.

»Na ja, dann kann es aber nicht der Geburtstag vom Prof sein.«

Ein Schmunzeln huschte über ihr Gesicht. »Sie scheinen gut unterrichtet zu sein. Entweder Sie sind Beamter oder mit dem Chef bekannt.«
Ich kannte Prof. Bornhold zwar nicht, hatte aber in all den Jahren beim Staat nie ordentlichen Sekt bekommen, insbesondere wenn er von irgendeiner Behörde ausgeschenkt wurde. Meine Privatstatistik lautet: je höher die Position, desto schlechter der Sekt. Ich schluckte einen Kommentar hinunter und antwortete lediglich: »So ähnlich, ich bin Richter und heiße übrigens Robert Flaig.«
»Bücher können Sie heute nicht ausleihen, weil unsere Bibliothekarin kurz nach Mittag zum Zahnarzt musste. Weisheitszähne. Aber ich versuch mal, Ihnen die Diss vom Prof zu besorgen, wenn Sie eine Sekunde warten.«
Ich ging mit ihr in den Flur. Fünf Minuten später kam sie, distanziert wie am Anfang, mit leeren Händen zurück. »Nix zu machen, auch Prof. Bornhold hat seine Dissertation gerade nicht greifbar. Wenn Sie den Zettel«, dabei deutete sie auf die Liste der Bücher in meiner Hand, »hier lassen, leite ich ihn weiter. Sie können die Bücher dann morgen bei unserer Sekretärin abholen.«
Ich bedankte mich, gab ihr den Zettel und warf noch einen verstohlenen Blick auf ihre Beine.

2

Das Wochenende war verregnet, leichter Dunst lag über der Altstadt, die ausnahmsweise frei von Touristen war. Durch das geöffnete Fenster schallte die wohl bekannte Stimme einer alten Frau aus der Nachbarschaft, die ihren ewig kläffenden Rehpinscher regelmäßig ans Neckarufer Gassi führte. »Der mescht nix.« Immer wieder: »Der mescht nix.« Die räudige Töle hatte die unangenehme Eigenschaft, sich sofort mit spitzem Gebell auf jeden Fußgänger zu stürzen. Allerdings war sie klug genug, außerhalb der Reichweite der bedrohlichen Füße zu stoppen. Jeder Scheinangriff wurde mit wütendem Kläffen eingeleitet und sogleich mit den Worten seiner Herrin, »der mescht nix«, kommentiert. Die früh verwitwete Frau musste mit einer kärglichen Rente auskommen. Außer ihrem kleinen Hund war ihr wenig geblieben. Sie konnte einem Leid tun. Trotzdem, das Gekläffe und der ewig gleiche Kommentar gingen gewaltig auf die Nerven. Ich stellte die im Hintergrund laufende CD von Buena Vista Social Club lauter, holte aus dem Kühlschrank Noni-Saft gegen eine drohende Erkältung, legte Amanda ein paar Salatblätter in die Kiste und machte mich an meine neue Arbeit. Ich entwarf ein vorläufiges Konzept für meine weitere Vorgehensweise. Als Erstes benötigte ich sämtliche Fakten über den Fall Siefert. Dann die Dissertation von Prof. Bornhold, um zu kontrollieren, ob ich nicht zu dicht am Thema dieser Arbeit war.

Ich wäre nicht der erste Doktorand, dem man nach einem Jahr nahe legt, das Thema zu wechseln, weil es schon ausreichend von anderen bearbeitet war. Zudem bedurfte es Recherchen bei der Staatsanwaltschaft, dem Landgericht, der Polizei und dem Heidelberger Gefängnis. Außerdem konnten die damaligen Zeitungsberichte von Nutzen sein. Da der Fall überregionales Interesse erregt hatte, kamen dafür auch die großen Tageszeitungen in Betracht. Mit etwas Glück verfügte auch das Heidelberger Stadtarchiv über Informationen. Ich entwarf einen freundlichen Standardbrief, in welchem ich um geeignete Unterlagen über den Fall Siefert – selbstverständlich auf meine Kosten – bat.

Als »Mescht nix« nach der Verrichtung seiner Notdurft wieder mit dem üblichen Gebell, begleitet von dem Kommentar seiner Herrin, vom Neckarufer zurückkam, lagen die Schreiben kuvertiert und adressiert auf meinem Schreibtisch. Ich sichtete das Material aus der Unibücherei, als stürmisches Klingeln ein schönes Trompetensolo übertönte. Renate stand vor der Tür, flehentlich schauend.

»Bitte, bitte, stopp Buena Vista Social Club. Seit mehr als drei Stunden immer wieder ›Tulas Bett brennt‹. Wir sind auch nur Mädels und beide momentan ohne Kerl. Ich biete dafür köstliches Essen, Sauerbraten mit selbstgemachten Bandnudeln, der Sauerbraten eingelegt im gleichen Bordeaux, den du zu trinken bekommst. Ferner meine allerliebste Gesellschaft, zudem die einer hübschen Freundin. Nachtisch, Espresso, Digestif nach Wahl.«

Zunächst begriff ich nicht, bis Renate – immer noch mit gespielt leidender Stimme – hinzufügte: »Vielleicht war es dir nicht aufgefallen, aber deine Fenster sind offen und den ganzen Nachmittag leiert Buena Vista Social Club die gleichen Songs. Mach den CD-Player aus und komm nach unten zum Essen.«

Schuldbewusst würgte ich die CD ab, rasierte mich und zog mein neuestes Polo an. Man wusste nie, wen Renate gerade angeschleppt hatte. Ihr riesiger Freundeskreis war völlig inhomogen. Zudem versuchte sie gelegentlich mich mit einer ihrer neuen Freundinnen zu verkuppeln, wofür ich nicht undankbar war, obwohl sich ein bleibender Erfolg bisher nicht eingestellt hatte. Ich griff als kleines Gastgeschenk einen ordentlichen, schon kühlen Cremant aus meinen Beständen. Renates Kochkünste waren im Freundeskreis geschätzt und wollten auch belohnt werden. Sie beherrschte die hohe Kunst, den Nahrungsmitteln ihre Eigenart zu belassen, diese allenfalls durch raffinierte kleine Tricks zu unterstreichen. Ich war sicher, das Rind, das für Renates Sauerbraten sein Leben geopfert hatte, konnte sich über mangelnde Beachtung nicht beklagen. Gut gelaunt nahm ich die wenigen Stufen zu Renates Wohnung, deren Tür nur angelehnt war. Fröhlich den Refrain von »Tulas Bett brennt« pfeifend, betrat ich den Flur.

»Oh nein«, waren unisono aus der Küche zwei Frauenstimmen zu hören. Vorsichtig lugte ich in die Küche, aus der schon verführerischer Bratenduft wehte. Renate filetierte mit ihrer Bekannten Orangen für den Nachtisch.

»Komm rein, bekannt machen muss ich euch wohl nicht«, begrüßte mich Renate lächelnd.

Erst jetzt bemerkte ich, wer der weitere Gast war. Die attraktive junge Frau aus dem Seminar. Sofort wurde ich für niedere Küchenarbeit wie Zwiebeln schneiden, Knoblauch enthäuten und Tisch decken eingespannt. Nach einer kurzen Zeit der Zurückhaltung entwickelte sich eine angeregte Unterhaltung in entspannter Atmosphäre. Dabei entpuppte sich Katerina als charmante Unterhalterin. Der köstliche Sauerbraten, der Nachtisch und ein frischer Münsterkäse waren restlos vertilgt, als das Gespräch in persönliche Bahnen geriet. Die beiden Frauen wollten Genaueres über meine neue Arbeit erfahren. Als ich von meinem Vorhaben erzählte, am nächsten Tag in Olfen zu recherchieren, konnte ich sie überreden mitzukommen. Wir verabredeten uns für den nächsten Morgen. Meine zaghaften Versuche, Katerina auf einen Absacker einzuladen, wurden lächelnd ignoriert. Ebenso mein Angebot, sie mit dem Rad nach Hause zu begleiten. Am nächsten Morgen, das Wetter war immer noch reichlich schlecht, klingelte ich bei Renate.

»Robert, ihr müsst leider alleine fahren. Ich muss in die Klinik, ein Kollege ist ausgefallen. Tut mir echt Leid. Ich habe Katerina schon informiert. Sie wartet auf dich.« Renates Gesichtsausdruck war nichts zu entnehmen. »Ich hoffe, du bist nicht böse. Und pass auf Katerina auf.« Ein leichtes Glitzern in den Augen und dann wieder die Unschuld in Person.

»Danke, ich versuch mein Bestes.«

Pünktlich fuhr ich bei Katerina vor, die schon auf der Straße wartete. Die Fahrt durchs Neckartal war wunderschön, das Wetter mittlerweile aufgeklart. Olfen dagegen war zunächst ein Reinfall. Der blutjunge evangelische Pfarrer, bei dem ich nachforschte, hatte nicht die geringste Ahnung vom Fall Siefert, auch kein Interesse daran, sondern nur Augen für Katerinas Auslage. Dafür hatte ich zwar Verständnis, aber billigen konnte ich es nicht. Immerhin gab er uns den Hinweis, beim ehemaligen Rektor der früheren Dorfschule vorbeizuschauen. Dieser sei historisch interessiert und habe die Chronik des Ortes und ihrer Ereignisse seit Jahren erfasst. Außerdem teile er sein Wissen gerne jedermann mit.

Wir fanden auf Anhieb das am Rande des Ortes gelegene kleine Häuschen des pensionierten Dorfschullehrers Rudolf. Als hätte er uns erwartet, saß er in einem zugewachsenen Vorgarten auf einer verwitterten Bank. Seine graubraune, von Hosenträgern gehaltene Cordhose umspannte eine beachtliche Wampe. Unrasiert kaute er gedankenverloren auf einem erkalteten Zigarrenstummel, der garantiert keine Havanna war. Ihm zu Füßen lag ein in die Jahre gekommener Berner Sennenhund, der uns gelassen beobachtete und nur durch ein dezentes Wedeln seiner weißen Schwanzspitze die Erlaubnis zum Betreten des Gartens zu erkennen gab. Mittlerweile hatte uns auch sein Herrchen bemerkt.

»Wenn Sie zu uns wollen, kommen Sie nur rein. Die Gartentür ist offen und Rani beißt nicht.« Dabei tätschelte er beruhigend den Kopf von Rani, die unsere Ankunft jedoch nicht weiter zu interessieren schien. Wir schilderten kurz unser Anliegen und wer uns geschickt hatte.

»Ich erinnere mich an die Geschichte von Siefert, obwohl ich natürlich alles nur aus zweiter Hand erfahren habe. Hat ja hier im Ort für genügend Aufregung gesorgt. Mein Vorgänger war wie viele hier

der Ansicht, man habe Siefert die Geschichte zu Unrecht angehängt. ›Die Obrigkeit‹, so hat er sich ausgedrückt, ›hatte kein Interesse daran, die wahren Täter zu ermitteln.‹ Er kannte Siefert von klein auf und mochte ihn.« Rudolf zog an seiner Zigarre, zärtlich den Kopf seines Hundes streichelnd. »Von ihm habe ich übrigens das Interesse für unsere Ortsgeschichte. Hat mir seine gesammelten Werke hinterlassen. Nichts geschichtlich wirklich Wertvolles. Bücher, unzählige Zeitungsausschnitte, alte Stiche, Keramikscherben, Versteinerungen und Bilder von jeder seiner Schulklassen. Er hat immer gehofft, aus einem seiner Schüler wird mal was Großes. Bis auf Siefert wurde keiner bekannt. Ich glaube, das hat ihn bis zuletzt gekränkt.« Wieder eine Pause, wieder das Suckeln an der aufgeweichten Zigarre. Kurz bevor ich der Geschichte durch gezieltes Nachfragen Tempo verschaffen wollte, erhob sich der alte Herr.
»Wenn ich mich nicht täusche, waren bei den Sachen meines Vorgängers ein paar Unterlagen über Siefert dabei. Müssten noch ungeordnet in einer Kiste liegen. Mein Vorgänger hatte nur eine Sammelleidenschaft, an Ordnungsliebe herrschte Mangel. Geben Sie mir ein paar Minuten Zeit.« Ohne auf unsere Antwort zu warten, ging er ins Haus. Geraume Zeit tat sich nichts. Nur Rani hatte sich mittlerweile zu Füßen von Katerina gelegt, die deren Nacken sanft mit den Zehen kraulte. Aus dem Hause drangen durch die offene Tür dezente Geräusche, die nicht zu deuten waren. Endlich kam der Hausherr mit einem großen Tablett zurück, auf dem eine offene Flasche Wein, drei Gläser und ein alter Schuhkarton standen.
»Trinken Sie ein Gläschen mit? Hat etwas gedauert, aber ich bin fündig geworden.« Dabei streckte er den Karton in meine Richtung. Die Schachtel enthielt alte Zeitungsausschnitte über den Fall Siefert, einige Fotos und schließlich – in eine längst vergilbte Klarsichthülle eingeordnet – ein Schreiben des Kreisleiters des Deutschen Landarbeiterverbandes vom 16. Februar 1922, mit beiliegenden Angaben eines Philipp Rösch.

ABSCHRIFT

Deutscher
Landarbeiterverband

Darmstadt, den 16. Feb. 1922

Kreisleiter Ernst König
Betr. Mordprozess Siefert

An die Badische Staatsanwaltschaft Heidelberg
Von Seiten des Vorsitzenden der Ortsgruppe Olfen, Philipp Rösch werde ich beauftragt der Staatsanwaltschaft in Sachen:

»Sühne für den Bürgermeister Mord in Heidelberg« beiliegende Abschrift zu unterbreiten mit der Bitte, zwecks Weiterführung der niedergelegten Angaben, das Weitere veranlassen zu wollen.

Soweit mir unser dortiger Vorsitzende als Person bekannt ist, darf ich feststellen, dass er niemals in ein abgeschlossenes Verfahren eingreifen würde, wenn er nicht schwerwiegende Bedenken hätte, die ihm Anlass geben mit der Durchführung die Organisation bzw. deren Vertreter zu beauftragen.

Um umgehende weitere Veranlassung ersucht,
Deutscher Landarbeiter Verband
Der Kreisleiter:
Gez. König

NB. Die Adresse des Philipp Rösch ist: Olfen i/Odenwald

ABSCHRIFT

Olfen, den 13.Februar 1922

Zu dem Mordprozess Siefert in Heidelberg, hat sich jetzt ein Zeuge gemeldet, der den Vorgang im Bahnhof Eberbach, wie ihn der Angeklagte bei seiner Vernehmung angegeben, mit zugesehen hat und gibt folgendes an:

Am 29. Juni 21 wartete ich in Eberbach im Wartesaal der 3 und 4 Klasse auf den letzten Zug nach Heidelberg, der dort um 11.30 abends ankommen sollte. Als ich einige Zeit sitze, kommt noch ein älterer Herr und eine Frau mit einem Kind dazu. Wir unterhielten uns über Verschiedenes. Plötzlich tauchten zwei Herren im Wartesaal auf, die unser Aufsehen erregten, da sie auffallend mit Blut beschmiert waren. Der eine hatte den rechten Unterarm mit einem blutigen Taschentuch verbunden. Der ältere Herr, der bei uns saß, sagte leise zu uns, das sind zwei Wilderer die heute sicher auf Treibjagd waren. Die beiden merkten dann, daß sie von uns scharf beobachtet wurden und gingen mit ihren Rucksäcken aus dem Bahnhof in eine unbelebte Strasse die nach dem Neckar führt. Kurz vor Eintreffen des Zuges nach Neckarelz erschienen die beiden auf dem Bahnsteig. Wir hörten wie der eine den anderen fragte: Wo fährst du hin? Der andere gab zur Antwort: Ich fahre nach Karlsruhe! Der erste sagte dann: soweit fahre ich nicht mit! Die beiden Herren gingen dann zum letzten Wagen. Dort stieg ein Mann aus, der etwa 1,80 m groß war, schwarzes Kopfhaar und einen kleinen gestutzten schwarzen Schnurrbart hat. Er trägt seinen Rucksack in der Hand und hatte keine Kopfbedeckung auf. Ich (der Zeuge) stieg dann auf das erste Trittbrett und wurde sofort von der älteren Frau wieder herabgezogen. Sie sagte zu mir: Hier steigen wir nicht ein, denn die beiden schlechten Kerle kommen wieder nach vorne! Die beiden gingen an uns vorbei und stiegen im 2ten Wagen vorne ein. Unterdessen sind wir in einen anderen Wagen eingestiegen.

Der Herr, der ausgestiegen war, kam an unserem Wagen vorbei und hier fiel ihm seine Brieftasche zur Erde. Er hat sie aufgehoben und stieg vorn zu den beiden Herren ein. Die ältere Frau hat an jeder Haltestelle aus dem Zug geschaut ob die beiden aussteigen. An der Haltestelle Wieblingen sind sie dann ausgestiegen. Ich (der Zeuge) nehme an, daß die ältere Frau die beiden Herren gekannt hatte. Die Fahrt fand statt Mittwoch, den 29. Juni 1921 auf Peter und Paul.

Über das Vorstehende übernehme ich die volle Verantwortung.

Gez. Philipp Rösch, Olfen

Ich reichte Katerina die beiden Abschriften, die sie schnell überflog und mit einem Achselzucken wieder zurückgab. Rudolf bemerkte unser Unverständnis. Auf das Schreiben deutend, fügte er erklärend hinzu:
»Mein Vorgänger hat immer behauptet, dieses Schreiben würde die Unschuld von Siefert beweisen. Nicht Siefert, sondern die beiden Wilderer hätten die Bürgermeister erschossen und die Tat dann Siefert angehängt.«

Wir unterhielten uns noch ein Weile mit dem alten Lehrer, ohne jedoch mehr zu erfahren. Nachdem wir die Flasche gemeinsam geleert hatten, verabschiedeten wir uns mit gebührendem Dank und dem Versprechen, die Unterlagen irgendwann einmal zurückzubringen. Auf der Heimfahrt las Katerina nochmals die beiden Abschriften vor. Der eigentliche Zeuge wurde namentlich nicht benannt. Der Vorsitzende der Ortsgruppe gab nur wieder, was er von einem anderen gehört hatte. Die Sache war jedenfalls mehr als merkwürdig. Ich war gespannt, ob die damalige »Obrigkeit« den Hinweisen nachgegangen war.

Zurück in Heidelberg lieferte ich Katerina in ihrer Wohnung ab. Allein zu Hause widmete ich mich dem Inhalt der abgestoßenen

Schuhschachtel. Entsprechend der Ankündigung des Dorfschullehrers befand sich darin eine Vielzahl von Fotos, allesamt Erstklässler mit Schultüten zeigend. Auf der Rückseite jedes Bildes waren, immer von links nach rechts, die Namen der einzelnen Schüler fein säuberlich aufgeführt. Nach längerem Suchen fand ich auch das Bild von Siefert. Ein kleiner Junge in kurzen Hosen, der etwas verlegen in die Kamera lächelte und sich in nichts von seinen Schulkameraden unterschied. Zwischen zwei Kartonseiten lagen aus einer örtlichen Zeitung ausgeschnittene Leserbriefe zum Fall Siefert. Nahezu alle kamen aus Olfen oder Umgebung und ihre Schreiber schienen von der Unschuld Sieferts überzeugt gewesen zu sein.
Schließlich kam ganz unten ein Bericht vom 16. Januar 1922 zum Vorschein, der sich detailreich mit dem Prozessauftakt befasste. Ich hatte danach die Szene genau vor Augen:

Im Schwurgerichtsaal des Heidelberger Landgerichts herrschte beklemmende Enge. Sämtliche Zuschauerplätze waren besetzt. Direkt vor dem Publikum waren die Pressevertreter an Tischen platziert. Wenige Schritte weiter, in der Mitte des Raumes, befand sich das Zeugenpult. Die linke Seite des Saales wurde von der Geschworenenbank ausgefüllt. Rechts saßen die Vertreter der Staatsanwaltschaft, daneben an einem getrennten Tisch der Verteidiger mit dem Angeklagten.
Siefert war schon früh – unbemerkt von der draußen auf ihn wartenden, neugierigen Menge – durch eine Seitentür in den Saal geführt worden. In den Gängen zwischen den Zuschauersitzen standen die zur Bildung der Geschworenenbank geladenen Bürger. An der Stirnseite des Saales befanden sich – erhöht auf einem Podest und hinter einem fast die ganze Breite einnehmenden Richtertisch – leicht verblichene Armstühle mit hoher Rückenlehne. In einigem Abstand ein kleiner Stuhl für den Protokollführer. Hinter dem Richtertisch waren neben einem Plan der Umgebung Heidelbergs weitere Spezialkarten des Tatortes aufgehängt. Die Pressevertreter der wichtigsten regionalen und ausländischen Zeitungen drängten

sich, von der blauen Heidelberger Polizei mühsam in gebührenden Abstand verwiesen, in gespannter Erwartung um den Richtertisch, auf dem die grausigen Utensilien der Mordtaten schon ausgebreitet waren. Besondere Aufmerksamkeit erregte der auf einem kleinen Sockel befestigte Schädel des ermordeten Bürgermeisters Werner. Daneben lag ein Militärkarabiner, dessen Schaft abgebrochen war und der auch am Lauf Spuren von Gewalteinwirkung aufwies. Dicht dabei waren ein Gewehrschloss und ein weiterer Karabiner aufgereiht. Seitlich dahinter befanden sich in Spiritus präparierte Leichenteile, die jedoch bis auf den abgeschnittenen Ringfinger des Mordopfers Busse für einen medizinischen Laien nicht zu identifizieren waren.
Auf dem Tisch lagen weitere Gegenstände, die nach einer für den uneingeweihten Betrachter allerdings nicht erkennbaren Dramaturgie angeordnet waren. Blutige Stoffstücke, zwei Spazierstöcke mit silbernen Griffen, ein Brief, adressiert an den ermordeten Busse, Postkarten, eine blutige Uhrenkette, Ringe, ein feldgrauer Mantel, verschmutzte Frottierhandtücher, ein Rucksack, Werkzeuge und vieles mehr, dessen Bedeutung sich auch den erfahrenen Prozesszuschauern nicht erschloss.
Allein dem die Untersuchung leitenden Staatsanwalt Dr. Sebold war der innere Zusammenhang aller auf dem Richtertisch befindlichen Gegenstände bekannt. In mühevoller Kleinarbeit hatte er die Beweise gesammelt, auf ihre Bedeutung geprüft, geordnet und schließlich in seine Anklage übernommen. Jeder einzelne Gegenstand war ein Glied in der Kette seiner Beweisführung, ein Wegweiser zu der erstrebten Verurteilung. Gleich einem Fremdenführer würde er die Geschworenen durch das Labyrinth der Gegenstände führen, bis am Ende des Irrgartens das Schafott zu sehen war, bestimmt für den Angeklagten.

3

Die folgende Woche beschäftigte ich mich mit der geschichtlichen Entwicklung der Sachverständigen in Strafverfahren. Erstaunlicherweise bedienten sich die Gerichte schon weit vor Christi Geburt sachkundiger Dritter. Weit weniger erstaunlich war, dass sich auch andere mit diesem Thema beschäftigt hatten. Gott sei Dank hatte jedoch bis auf Professor Bornhold, dessen Dissertation immer noch nicht verfügbar war, niemand dieses Thema umfassend aufgegriffen. Sollte sie in Heidelberg nicht auffindbar sein, konnte ich sie leicht aus einer anderen Uni besorgen. Viel wichtiger war, an die Prozessakten Siefert heranzukommen. Meine telefonischen Nachfragen beim Korps »Vandalia« brachten nichts zu Tage. Man erinnerte sich zwar dunkel an die grausame Geschichte der beiden »Alten Herren«, irgendwelche Unterlagen waren aber nicht vorhanden. Jedenfalls wurde dies behauptet.
Auch von der Heidelberger Kripo war bisher keine Resonanz gekommen. Um die Sache zu forcieren, verabredete ich mich mit meinem alten Tennisfreund Harald, einem ehemaligen Fußballer, spät berufenen Tennisspieler und Chef der Mordkommission in Heidelberg.

Obwohl ideales Wetter herrschte, war die Tennisanlage kaum besucht. Seit Boris, Stich und Steffi nicht mehr aktiv spielten, war der

Tennisboom in Deutschland eingebrochen. Einen Platz zu bekommen war kein Problem. Wir beharkten uns unerbittlich, bis Harald knapp und, wie ich zugeben musste, unglücklich verlor. Im Tiebreak drei Netzroller hintereinander zu kassieren konnte den stärksten Fighter entmutigen.

Im Clubhaus herrschte Tristesse. Bis auf ein älteres Damendoppel war neben unserem Wirt Stenko niemand anwesend. Harald hatte bereits zwei Weizen geordert und wartete verschwitzt an der Bar, während ich noch schnell duschte. Ich bestellte Buletten mit Kartoffelsalat, die wie immer frisch zubereitet wurden. Während wir unser Weizen hinunterstürzten, befestigte Stenko neben der Bar ein Plakat mit dem Konterfei unseres Tennistrainers. Unser offensichtlich nicht mehr ausgelasteter Trainer bot Golf-Schnupperkurse an. Harald versuchte, mich zum Mitmachen zu überreden.

»Ich habe momentan andere Sorgen«, wehrte ich ab. »Ich brauche Unterlagen über einen alten Mordfall aus Heidelberg. Habe deswegen schon eine Anfrage an euch geschickt. Bisher ohne Erfolg. Schau mal, ob du was für mich tun kannst.« Ich schilderte den Fall in groben Umrissen und schrieb die notwendigen Fakten auf einen Bierdeckel. Harald versprach zu helfen, machte mir jedoch keine zu großen Hoffnungen. Die Kripo verwahrte in ihrem kleinen Museum lediglich bemerkenswerte Gegenstände, jedoch ganz selten Ermittlungsakten.

Ich trank schnell mein Weizen aus, die Buletten hatte ich schon verdrückt, und sagte: »Harald, ich muss weg. Juristenstammtisch. Bis nächste Woche beim Tennis; danke fürs Bier.«

Es war mittlerweile kurz vor acht, die B3 von Dossenheim nach Heidelberg kaum befahren. Ich war in wenigen Minuten am Landgericht und fand in der Bahnhofstraße, nahe der »Letzten Instanz«, sofort einen Parkplatz. Die Kneipe war wegen der umliegenden Gerichte unter Juristen ein beliebter Treff. Ich betrat das Lokal nicht sofort, sondern lugte durch eines der Fenster, wie die heutige Besetzung war. Wider Erwarten war der Stammtisch vorwiegend mit Kollegen besetzt, die einen netten Abend versprachen.

Ich nahm am unteren Ende des Tisches neben dem dicken Klingner Platz und machte durch begrüßendes Klopfen auf mich aufmerksam. Am oberen Ende gab Kollege Müller gerade den neuesten Justiztratsch zum Besten, den ich jedoch schon Tage zuvor in der Kantine erfahren hatte.

»Wie geht es dir denn beim Oberlandesgericht?«, fragte ich Klingner.

»Die hauen mich voll mit Arbeit zu. Ich bekomme alle Ladenhüter, die von den Altgedienten nicht weggemacht wurden. Aber mein Vorsitzender ist der Überdreh, grell. Der bringt es hammerhart.«

Klingner hatte drei jüngere Brüder, die noch studierten, und war deshalb sprachlich manchmal etwas retardiert. Ich kannte seinen Vorsitzenden aus meiner Zeit am Anwaltsgerichtshof am Oberlandesgericht. Ein kleiner Mitfünfziger, grau wie eine Kirchenmaus, mit dem Charme einer Büroklammer und einem Habitus, der allenfalls auf lückenlosen Versicherungsschutz schließen ließ. Grelles hatte ich an ihm bisher noch nicht entdeckt. Auffordernd schaute ich Klingner an. Er senkte seine Stimme, rückte näher zu mir.

»Der kommt um neun. Außer montags, da kommt er gar nicht. Macht mindestens eine Stunde Mittagspause, geht dafür aber kurz vor drei. Mein erstes Urteil hat er in wenigen Minuten durchgelesen.«

»Er wird Arbeit mit nach Hause nehmen«, versuchte ich abzuwiegeln. Klingner verdrehte theatralisch die Augen. Er war ehrlich entrüstet. Dies würde sich legen, wenn er selbst mal Vorsitzender war. Ansonsten erfuhr ich an diesem Abend nichts Neues. Mittlerweile waren schon einige Kollegen gegangen, und ich setzte mich noch zum Kollegen Müller.

»Mutig, mutig«, begrüßte er mich. »Einfach so ein Jahr lang auszusteigen. Kann sich nur ein Junggeselle leisten«, fügte er hinzu. »Wie ist eigentlich dein Thema genau? Irgendetwas mit Sachverständigen, hat neulich einer in der Kantine erzählt.«

Ich informierte Müller über die Einzelheiten und bat ihn, bei der Bibliothekarin des Landgerichts nachzuforschen, ob irgendetwas über den Fall aufzufinden war. Kurz vor Mitternacht verließ ich die

Runde, rechnete die getrunkenen Viertele hoch und entschied, mit dem Auto zu fahren. Wider Erwarten fand ich in unmittelbarer Nähe meiner Wohnung einen freien Parkplatz. Ein Glücksfall, in Heidelberg mehr als außergewöhnlich. Ich öffnete die Haustüre und trat in den unbeleuchteten Flur. Immer noch funktionierte die Hauslampe nicht. Ein Ärgernis, das schon längst hätte beseitigt sein sollen, hatte Michael jedenfalls versprochen.
Ich bemerkte sie im Halbdunkel zu spät. Die Schläge kamen schnell, hart, aber ungenau. Sie hatten etwas Leidenschaftsloses an sich, eine merkwürdige Überheblichkeit. So, als würde man mich nicht ernst nehmen. Nach der ersten Überraschung begann ich mich zu wehren. Die Kerle waren zu dritt, was es nicht einfacher machte. Ich hatte den Schlüsselbund noch in der rechten Hand. Als ich dem Kleinsten der Schläger meine Faust in die linke Seite rammte, spürte ich, wie die Schlüssel an seinen Rippen entlang schrappten. Ein hässliches Geräusch entstand, welches bei mir Genugtuung hervorrief. Genau wie der folgende Schmerzensschrei. Die Jungs hatten mich unterschätzt. Ich nutzte den entstandenen Freiraum und hieb dem mir am nächsten Stehenden die Faust unters Kinn. Der Schlag saß nicht genau, aber ich spürte, wie die Schlüssel weiches Fleisch aufrissen. Meine Freude hierüber währte nicht lange. Der Bulligste fegte mit Wucht meine Beine weg. Ein Meter neunzig, inklusive zehn Kilo Übergewicht, schlugen hart auf den Boden. Von da an hatte ich keine Chance mehr. Ich versuchte nur noch, die empfindlichsten Körperteile vor den Tritten zu schützen. Es gelang nicht vollständig. Glücklicherweise trugen die Schläger keine Springerstiefel und die Enge des Flures behinderte sie in ihren Aktionen. Am Boden liegend konnte ich die hohen Sportschuhe erkennen, die mit Springerstiefeln nicht zu vergleichen waren. Jedenfalls bei einem Einsatz dieser Art. Die Jungs hatten einen mäßigen Geschmack und waren deutlich keine Profis. Auch jetzt noch waren ihre Tritte irgendwie halbherzig, als wären sie nicht recht bei der Sache. Sie bemühten sich nicht, meinen Kopf zu treffen. Sie versuchten auch nicht, mit ihren Schuhen meine Weichteile ausfindig zu machen. Meine Dankbarkeit hielt sich den-

noch in Grenzen. Der Kleinste, er hatte sich zwischenzeitlich wieder erholt, trat dicht heran und beugte sich zu mir. Ein Hauch Knoblauch, vermischt mit einer Prise Anis, war flüchtig wahrzunehmen. Ich sah seine Nike-Basketballstiefel und den Ansatz der Hose. Er sagte irgend etwas, was wie »Lass Siefert in Ruhe« klang. Der nächste Schlag hatte alles Unpräzise verloren. Er nahm mir vorübergehend die Besinnung. Danach brachen sie ihre Arbeit ab und gingen wortlos weg.

Ich war benommen, mir war flau im Magen, in meinem Mund sammelte sich Blut. Die linke Schulter schmerzte erheblich, fühlte sich unnatürlich taub an. Mein Jackett war stark in Mitleidenschaft gezogen worden. Der rechte Ärmel war etwa 5 cm lang aufgerissen. Ansonsten ging es mir gut. Heftige Bewegungen vermeidend, setzte ich mich auf die unterste Stufe der Treppe. Ich überlegte kurz, ob ich in die Notaufnahme im Neuenheimer Feld fahren sollte. Da ich jedoch noch halbwegs am Leben war, beschloss ich zunächst nachzuschauen, ob Renate da war. Mühsam schleppte ich mich in den zweiten Stock.

»Um Gottes Willen, wie siehst du denn aus? Komm rein, lass dich verarzten«, begrüßte mich Renate. Mit professioneller Gelassenheit untersuchte sie mich, reinigte die Platzwunde am Auge und versorgte sie mit Pflaster.

»Wir sollten vorsichtshalber in die Klinik zum Röntgen. Kann sein, dass die Rippen gebrochen sind. Kannst du tief ein- und ausatmen?«, fragte sie besorgt.

Ich konnte. Der Schmerz war gerade noch auszuhalten. »Es ist nicht so schlimm. Ich denke, es sind nur Prellungen«, antwortete ich mühsam. »Ich brauche einen anständigen Grappa, dann bin ich wieder fit.«

»Du bekommst allenfalls einen Tee und eine Schmerztablette, aber nur, wenn du erzählst, was eigentlich los ist. Bist du vom Fahrrad gestürzt?«

Ich berichtete Renate, was sich im Flur in ihrer Reichweite abgespielt hatte.

»Haben die denn nichts gesagt?«

»Nee. Halt, doch! Nur: ›Lass den Siefert in Ruhe‹«, antwortete ich. Renate schaute ungläubig. »Was soll das? Du beziehst doch keine Prügel wegen dieser alten Geschichte! Siefert ist mehr als achtzig Jahre tot. Sicher hängt das mit einem deiner Verfahren zusammen.«
»Glaube ich kaum. Bisher ist es in Deutschland noch nicht Usus, Richter zu klatschen. Außerdem hatte ich in letzter Zeit keinerlei spektakuläre Fälle. Drohungen habe ich bisher auch keine bekommen.«
»Du hast wirklich keinen erkannt?«, insistierte Renate.
»Herrgott noch mal, im Flur geht schon seit Tagen das Licht nicht. Wie sollte ich im Halbdunkel jemanden erkennen? Ich habe nur Knoblauch gerochen und Anisduft. Deshalb komme ich überhaupt darauf, dass einer Türke sein könnte. Die Figur – klein und stämmig – passt dazu.«
»Morgen früh gehst du mit in die Klinik. Danach zur Polizei und jetzt ins Bett«, beendete Renate die Diskussion.
Am nächsten Tag erstattete ich auf dem Polizeirevier Mitte meine Anzeige. Renates erneute Versuche, mich zum Röntgen in die Klinik mitzunehmen, hatte ich erfolgreich abgewehrt. Die Polizeibeamten waren höflich; nachdem sie meinen Beruf zur Kenntnis genommen hatten, sogar ausgesprochen hilfsbereit. Eine junge Polizeibeamtin nahm meine Aussage entgegen. Entsprechend meinen Anweisungen korrigierte sie einige ungenau formulierte Passagen, merzte schließlich noch die unvermeidlichen Tippfehler aus und legte das Protokoll zur Durchsicht vor. Der für mich schmerzhafte Vorfall las sich in der grauen Polizeiakte unbedeutend, ja banal. Reine Routine eben. Aus dem Gesicht der Polizistin konnte ich ohne Mühe ablesen, auch sie empfand es als Bagatelle. Sie wartete nur auf meine Unterschrift. Ein bisschen auf die Schnauze, aber keiner gestorben oder schwer verletzt. Der Nächste bitte, wir haben Wichtigeres zu tun. Wut stieg in mir hoch, denn es waren meine Schnauze, meine Rippen und mein Fall. Etwas mehr Engagement hätte ich schon gewünscht. Zu Unrecht, wie ich selbst wusste. Die Polizei ist chronisch unterbesetzt, mit nur unzureichenden Mitteln ausgestattet und schlecht bezahlt.

Die Beamtin, die meinen Unmut wohl bemerkte, schaute mich verständnisvoll an. Sie erhob sich von ihrem abgeschabten Bürostuhl und holte aus einem Regal drei große Kästen mit Lichtbildern, die sie auf den Schreibtisch stellte. Mit neutraler Stimme bemerkte sie: »Dann wollen wir mal schauen, ob Sie in unserer Kundenkartei nicht doch einen der bösen Jungs erkennen.«
Der Versuch war blödsinnig und sie wusste es. Meine Beschreibung der Schläger war viel zu vage. Da ich von keinem das Gesicht gesehen hatte, konnte ich sie auch nicht auf einem Polizeifoto identifizieren. Trotzdem durchblätterte ich die Karteikarten, allerdings ohne Hoffnung, etwas zu finden. Nachdem ich die Lichtbilder überflogen hatte, schob ich sie mit der Bemerkung zurück: »Tut mir Leid, nichts zu finden.«
»Machen Sie sich nichts daraus, das geht vielen so«, antwortete sie nachsichtig.
So viel Verständnis von einer hübschen jungen Frau am Morgen kann einem ganz schön an die Nerven gehen. Ich unterschrieb das Protokoll und ging mit einem knappen Gruß. Vor dem Polizeirevier zündete ich eine Reval an, um nachzudenken. Die Beamtin hatte Recht. Ohne weitere Anhaltspunkte ließ sich der Fall von der Polizei nicht lösen. Aber warum sollte ich die Finger von Siefert lassen? Wer konnte sich nach all den Jahren durch mein Interesse am Fall Siefert bedroht fühlen? Sollte Siefert doch unschuldig gewesen sein? Wer immer es dann gewesen war – wenn er überhaupt noch lebte – musste heute über neunzig Jahre alt sein. Und wie sollte er von meinen Recherchen erfahren haben? Nur wenige wussten von meinem Interesse am Fall Siefert. Zuvor hatte ich zwar in Olfen recherchiert und beim Bürgermeisteramt schriftlich nach Verwandtschaft von Siefert nachgefragt. Da ich jedoch keinerlei Begründung für meine Anfrage gegeben hatte und auch nicht danach gefragt worden war, dürfte sich dies im Heimatort von Siefert nicht herumgesprochen haben. Der alte Dorfschullehrer oder der Pfarrer, die Näheres über meine Recherche wissen konnten, waren sicher nicht in die Angelegenheit verwickelt. Der Pfarrer war zu jung und, wie der Dorfschullehrer, zu uninteressiert gewesen.

Siefert selbst war alleinstehend und hatte – jedenfalls offiziell – keine Kinder gehabt, irgendwelche direkte Nachfahren von ihm kamen also nicht in Frage. In Herford hatte ich mich zwar bei der Stadtverwaltung nach Details des Falles erkundigt, eine Reaktion hierauf war bisher nicht erfolgt. Letztlich wussten auch in Heidelberg einige meiner Kollegen von der Arbeit. Denen war jedoch bewusst, dass es nicht um die Aufklärung eines weit zurückliegenden, abgeschlossenen Falles ging, sondern mein Interesse akademischer Natur war. Wie man es betrachtete, es blieben immer die zwei gleichen Fragen offen: Wer hatte ein Interesse daran, meine Recherchen im Fall Siefert zu verhindern? Und was war der Grund dafür?

Um dies zu beantworten, musste ich an die Schläger herankommen; vielleicht konnten sie ihren Auftraggeber benennen. Kannte ich den Auftraggeber, sollte sich das Motiv ergründen lassen. Ich hatte sicher nicht aus Versehen oder wegen eines meiner früheren Verfahren Prügel bezogen. Es gab nur eine Möglichkeit: Ich musste an den Auftraggeber herankommen.

Gegen Abend ging ich zu Fuß in die Altstadt. Die angesteuerte Kneipe war schon offen. Udo, der Wirt, mit Aufräumarbeiten beschäftigt. Das Lokal war duster, stank nach kaltem Rauch vom Vorabend, schalem Bier, Schweiß und unverkennbar nach schwarzem Afghanen. Ich stellte mich an die Bar, bestellte einen Durbacher Riesling und wartete. Ich hatte die Hälfte bereits getrunken, als sich Udo endlich an mich wandte:

»Lange nicht mehr gesehen. Ich hoffe, dein Kniffel ist besser geworden.«

Während der Studienzeit hatten wir oft spät nachts, wenn nur noch Stammgäste in der Kneipe waren, Kniffel gespielt. Immer um ein Getränk. Meistens verlor ich, da er konsequent nach Wahrscheinlichkeiten spielte, während ich häufig zu viel – manchmal auch ohne Sinn und Verstand – riskierte.

»Habe es aufgegeben«, antwortete ich freundlich und wartete weiter. Obwohl in Udos Kneipe neben den Studenten eine beträchtliche Anzahl Rocker, manchmal auch Kiffer und eine Menge schräges Volk verkehrte, hatte er nie Probleme mit den Gästen. Udo war knapp zwei Meter groß, athletisch und ein schlauer Kopf. Trotz hervorragender Examina in irgendeinem exotischen Fach wie Sinologie war er irgendwann in der Kneipe hängen geblieben und hatte sie schließlich, als sein Vorgänger unter mysteriösen Umständen in Italien ums Leben gekommen war, übernommen. Seither führte er das Lokal mit souveräner Gelassenheit. Wer zu ihm kam, durfte saufen bis zum Umfallen oder einen Joint durchziehen. Jedoch keine harten Drogen, keine Schlägereien. Wer sich daran hielt, kam mit Udo gut aus. Wer nicht, flog raus und bekam Hausverbot. Auf diese Weise hatte sich ein Konglomerat von Gästen entwickelt, wie man es in Heidelbergs Altstadt nur selten findet. Jetzt schaute er mich mit seinen wachen Augen aufmerksam an, schob ein neues Glas über den Tresen und fragte: »Was treibt dich her, worum geht's? Was willste?«

Ich erzählte in knappen Worten die Geschichte: »Ich will die Namen der Schläger, aber nur, um sie zu befragen. Ich will von ihnen wissen, wer sie beauftragt hat, vor allem aber, warum. Zumindest auf die erste Frage können sie eine Antwort geben.«
»Und wie soll ich dir helfen?«
»Ich dachte, du streust unter deinen Gästen, dass ich mit den Kerlen oder zumindest mit einem von ihnen reden will. Bekomme ich die richtigen Antworten, ziehe ich meine Strafanzeige zurück.«
»Das wird den Jungs mächtig imponieren, die werden von deinem Vorschlag begeistert sein! Ich glaube, da musst du etwas mehr anlegen. Biete ihnen die gleiche Summe, die sie für den Auftrag erhalten haben, wenn es denn einen gab. So was könnte sie gesprächsbereit stimmen. Sie bekämen ohne Risiko doppeltes Geld«, antwortete er spöttisch.
Irgendwie schien dies zuviel. Jetzt sollte ich für meine Prügel auch noch bezahlen. Udo sah meinen zweifelnden Blick und bemerkte trocken: »Du willst doch den Auftraggeber, dann schlag auf den Esel und nicht auf den Sack.«
Wo er Recht hat, hat er Recht, dachte ich, und schob ihm eine Visi-

tenkarte hin. »Okay, bring es in dieser Art unter die Leute. Die sollen sich unter dieser Telefonnummer melden. Allerdings bin ich nicht bereit, mehr als fünfhundert springen zu lassen.«
»Keine Sorge«, grinste er, sah mich belustigt von oben bis unten an. »Für dich haben die bestimmt nicht soviel bekommen. Und bitte keinen doppelten Boden, keine juristischen Tricks. Ich werde nämlich den Jungs, falls sie hier anfragen, mein Wort dafür geben müssen, dass du zu deinem stehst; wenn sich die Typen also bei dir melden, zahlst du und ihr seid quitt.«
Von Udo hätten die Schweizer noch Neutralität lernen können. Etwas widerwillig stimmte ich zu, trank in einem Schluck den restlichen Wein aus, zahlte und ging.

4

Wie jeden Samstagmorgen ging ich in Neuenheim auf den Markt, um meinen Vorrat an Obst und dem, was ein Junggeselle ansonsten zum Wochenende braucht, aufzufüllen. Ich kaufte an den gleichen Marktständen wie immer ein und hielt einen Schwatz mit den Marktleuten oder Bekannten, die man hier zahlreich traf. Neuenheim – ein kleiner Stadtteil rechts des Neckars – hat wahrscheinlich die größte Akademikerdichte der westlichen Hemisphäre aufzuweisen. Nahezu alle kaufen samstags auf dem Neuenheimer Markt ein.

»Frau Professor, darf´s beim Käse etwas mehr sein?«
»Nein, bitte genau 100 Gramm, wir sind am Wochenende ständig eingeladen. Manchmal wird dies richtig zuviel. Aber mein Mann ...«
»Grüß Gott, Frau Direktor, heute wieder das Übliche?«
»Ja, genau. Geben Sie bitte vom Rukolasalat dazu.« Rauke war schon seit Jahren der Renner. Hätte man Frau Direktor gesagt, dass wir Rukola, welcher wie Unkraut wuchert, früher den Hasen gegeben haben, hätte sie sich wahrscheinlich über den Preis beschwert. Sicher hätte sie bei dem daneben liegenden Feldsalat zugegriffen. Der im Badischen »Ritscherle« genannte Salat wird im Freiland gezogen und schmeckt gerade nach dem ersten Frost unvergleichlich besser. Aber der auf dem Neuenheimer Markt reichlich vertretenen

Toskanafraktion war mit derart bodenständigen Argumenten nicht beizukommen.

Nachdem ich meine Besorgungen erledigt hatte, umkurvte ich mit dem Fahrrad die Neuenheimer, welche an jedem Samstag zahlreich mit ihren Luxusgeländewagen den Markt auf der meist vergeblichen Suche nach Parkplätzen umkreisten. Zu Hause angekommen, leerte ich den mit Reklame, Post und Zeitung vollgestopften Briefkasten und schleppte meinen ganzen Krempel nach oben. Ich bereitete Kaffee, Eier und Fruchtsaft für einen ausgiebigen Brunch. Während ich das Omelette mit kleingehackten Schalotten, Tomaten, Schnittlauch, Salz, Pfeffer und einer Prise Muskatnuss auf einer frischen Scheibe Pfälzer Ofenbrot verzehrte, überflog ich kurz den politischen Teil der »Rhein-Neckar-Zeitung«. Nichts Neues. Frustriert legte ich die Zeitung aus der Hand, ohne den Wirtschaftsteil zu lesen, der mit Sicherheit das Wochenende restlos verhunzt hätte. Die private Post begann nicht besser. Eine freundliche Erinnerung an die letzte Weinrechung, die noch nicht bezahlt war. Dafür war der Wein schon mindestens zur Hälfte getrunken. Der Tennisclubbeitrag war fällig und Alfa bestand auf Bezahlung des neuen Getriebes; das Werk hatte den Kulanzantrag abgelehnt, da der Wagen knapp über zwei Jahre alt war. Genervt öffnete ich die letzte Post, einen braunen Umschlag ohne erkennbaren Absender. Die Antwort der »Frankfurter Allgemeinen Zeitung« auf meine Anfrage betreffend den Fall Siefert. Mit Erstaunen nahm ich zur Kenntnis, dass zum Zeitpunkt der Bürgermeistermorde die FAZ noch nicht bestanden hatte, sondern erst im November 1949 aus der »Allgemeinen Zeitung« hervorging und deshalb im Archiv der FAZ über den Mordfall nichts vorhanden war. Die beigelegte Kopie eines Leserbriefes zur Todesstrafe aus der Ausgabe vom 21. Januar 1952, verfasst von Dr. jur. Rudolf M. Heilbrunn, Amsterdam, brachte eine handfeste Überraschung.

TODESSTRAFE?

Bei der durch Ihren Aufsatz **»Um Tod und Leben«** angeregten Diskussion über die Wiedereinführung der Todesstrafe scheint mir ein Argument der Gegner dieses Strafvollzugsmittels nicht genügend gewürdigt worden zu sein: das ihrer Irreparabilität. Der Einwurf, daß Fehlurteile selten seien, kann theoretisch das Argument nicht entkräften.

Ob solche »Justizmorde« wirklich so selten sind, wie allgemein angenommen, ist schwer zu entscheiden, da naturgemäß keine Statistik über Fehlurteile vorliegt. Doch sei an einen Fall aus der Rechtsgeschichte der Weimarer Republik erinnert, der, soviel ich weiß, nicht publiziert worden ist: die Sühnung des Heidelberger Bürgermeistermordes. Der Tatbestand des Falles ist der folgende:

Im Sommer des Jahres 1921 wurden am Königsstuhl bei Heidelberg die Leichen zweier deutscher Bürgermeister aufgefunden, die Schußverletzungen aufwiesen. Es gelang der Heidelberger Polizei, einen verdächtigen Obdachlosen im dortigen Bahnhof festzunehmen, der das Gewehr in seinem Besitz hatte, aus dem nach dem Gutachten der ballistischen Sachverständigen die mörderischen Kugeln stammten. Der bekannte Gerichtschemiker Popp stellte in einem aufsehenerregenden Gutachten fest, daß an der Hose des Angeschuldigten sich Moose befanden, die allein an jener Gegend des Königstuhls wuchsen, wo der Mord geschehen war. Obgleich der Angeschuldigte seine Unschuld beteuerte – das Gewehr sei ihm von einem Unbekannten im Bahnhof geschenkt worden, die Moose seien an seinem Anzug, weil er im Walde geschlafen habe – wurde er auf Grund eines klassischen Indizienbeweises zum Tode verurteilt, und das Urteil wurde vollstreckt. Einige Jahre später starb der Sohn des einen Ermordeten. Vor seinem Tod bekannte er in der Beichte, er habe seinen Vater im Streit erschossen und den Augenzeugen gleichfalls ermordet ... Es scheint mir, daß man nicht in den juristischen Begriffshimmel zu steigen braucht und all die oft erörterten Argumente über Zweck und Sinn der Strafe aus den Dschungeln der Rechtsphilosophie, Moral und Theologie wiederholen muß, daß vielmehr der Fall dieses unglücklichen namenlosen »Waldgängers« schlagender und überzeugender die Unsittlichkeit und Unzweckmäßigkeit jenes barbarischen Strafvollzugsmittels beweist als alle gelehrten und geistvollen Erörterungen.

Ich las den Artikel mehrmals. Sollte etwas daran sein an den Gerüchten, dass Siefert nicht der wahre Täter war? Schossen deshalb die Spekulationen ins Kraut, weil die Beweiskette gegen Siefert nicht lückenlos war? Oder war es nur das damals noch herrschende Misstrauen gegen Indizienbeweise? Auch Werner hatte über nie verstummende Gerüchte, über einen Justizirrtum berichtet. Sollten die Prügel, die ich erhalten hatte, doch mit Siefert zusammenhängen? Wollte da jemand verhindern, dass im Fall Siefert neu recherchiert wurde?

Das restliche Wochenende verbrachte ich auf dem Sofa. An Tennis war mit den angeschlagenen Rippen nicht zu denken. Ich sortierte die bisherigen Unterlagen und meine Gedanken, ohne zählbares Ergebnis. Am Sonntag frühstückte ich mit Michael im Cafe Knösel. Wie immer bestellten wir uns neben den obligaten Schinkenbrötchen je zwei Eier im Glas. Wie immer saßen einige Verbindungsstudenten beim Frühschoppen an den Tischen. Die Farben des Korps »Vandalia« waren nicht auszumachen. Ich überredete Michael, mit mir kurz im Verbindungshaus der Vandalen vorbeizuschauen, in der Hoffnung, dort an Unterlagen über die Morde heranzukommen. Michael, dem nichts mehr gegen den Strich ging als Korpsstudenten, stimmte nur widerwillig zu.
Im Versammlungssaal lümmelten einige Jungfüchse beim ersten Bier. Ihrem Aussehen nach war die Zeitspanne zum letzten nicht allzu lang gewesen. Keiner hatte eine Ahnung von den Morden. Enttäuscht gingen wir nach Hause. So kam ich nicht weiter. Was ich als Nächstes dringend benötigte, war die Akte Siefert. Früh am Montag trieb ich die Recherchen voran. Im Heidelberger Stadtar-

chiv lagen, wie ich telefonisch in Erfahrung brachte, die Zeitungsberichte über den Fall auf Mikrofiche vollständig vor. Ungeduldig wartete ich, bis das Archiv um 10 Uhr öffnete. Nach kurzer Zeit hatte ich sämtliche Artikel zumindest flüchtig durchgesehen und die entsprechenden Seiten notiert. Die gesamte Geschichte war minutiös im Tageblatt ausgebreitet, inklusive Kommentare, Stimmungsbilder und Meinungen der Bevölkerung. Auch der kleine Artikel, den Werner Jahre zuvor bei unserer gemeinsamen Wanderung durch den Odenwald zitiert hatte, war vorhanden.

Eine nette ältere Angestellte versprach, die kopierten Zeitungsausschnitte per Post zu schicken. Nebenbei gab sie den Hinweis, dass in der Universitätsbibliothek eine umfangreiche Sammlung historischer Heidelberger Zeitungen archiviert sei. Vielleicht sei ja dort noch Weiteres zu finden.

Tatsächlich konnte man im »Multimedia-Zentrum« der Universitätsbibliothek ohne Probleme und sogar kostenlos historische Zeitungen aus Heidelberg und Umgebung ab Jahrgang 1807 auf Mikrofilm betrachten und bei Bedarf auf CD brennen. Ich kaufte einem der Studenten eine CD ab, auf die ich die Berichte über den Mordfall Siefert aus der »Badischen Post«, den »Heidelberger Neuesten Nachrichten«, dem »Pfälzer Boten für Stadt und Land« und der »Volkszeitung« brannte. Auch in diesen Zeitungen nahm der Mordfall Siefert umfassenden Raum ein und man konnte die Bedeutung des Prozesses für die damalige Gesellschaft in jeder Zeile spüren.

Da ich noch ausreichend Zeit hatte, schlenderte ich gemächlich zum Landgericht, um nochmals persönlich nach den Akten zu fragen. Am Bismarckplatz wurde gerade ein Dosenbus Japaner geöffnet, dessen Inhalt sich in Viererformationen gegen den Strom der Passanten die Hauptstraße hinauf ergoss. Mühsam bahnte ich einen Weg durch diese Flut von resoluten, mit Schirmen bewaffneten Asiaten.

Im Landgericht herrschte fortgeschrittene Pausenstimmung. Die Angestellten hasteten aus dem Gebäude und »Mahlzeit«, »Mahlzeit« schallte es aus jeder Ecke. Obwohl erst wenige Wochen vom

Dienst beurlaubt, fühlte ich mich schon fremd. Frau Knauff war gerade beim Aufbruch, jedoch anscheinend nicht in Eile. Sie begrüßte mich freundlich.

»Ich habe das ganze Archiv durchsucht, einschließlich der Kellerräume. Ich bin sicher, dass die Akten nicht mehr im Hause sind. Aber einiges Interessante ist doch aufgetaucht. Während der amerikanischen Besatzungszeit waren die Akten mit Sicherheit noch hier. Es gibt Belege aus dieser Zeit. Danach soll eine Vielzahl bedeutsamer Strafakten aus dem Landgericht ausgelagert worden sein, unter anderem die Akte Siefert. Wohin sie gebracht wurde, lässt sich nicht mehr ermitteln. An Ihrer Stelle würde ich beim Landesarchiv in Karlsruhe nachfragen. Wenn Sie Glück haben, werden sie dort aufbewahrt. Sei 1961 befinden sich die Akten sicher nicht mehr im Gericht. Aus dieser Zeit stammt nämlich eine Anfrage von Jürgen Thorwald, Autor des Buches »Das Jahrhundert der Detektive«. Der damalige Landgerichtspräsident konnte jedoch nicht helfen, da die Akten nicht auffindbar waren. Das Aktenzeichen ist übrigens S O 31/22. Und noch was Erfreuliches habe ich für Sie: hier, die Anklageschrift. Frau Schäfer von der Staatsanwaltschaft – bei ihr habe ich auch nachgefragt – hat ein Duplikat der Anklageschrift mit den Handakten der Staatsanwaltschaft aufgetrieben. Die Akten sind zwar nicht vollständig, aber zumindest eine Liste sämtlicher von der Staatsanwaltschaft aufgeführten Zeugen liegt noch bei. Fragen Sie mich nicht, wo Frau Schäfer sie gefunden hat, es war wohl ziemlicher Zufall. Mehr ist weder bei uns noch bei der Staatsanwaltschaft zu holen.« Frau Knauff strahlte, öffnete ihre Schreibtischschublade, holte einen dünnen Aktenordner heraus und streckte ihn mir entgegen. Bevor ich richtig danken konnte, schob sie mich resolut aus dem Zimmer. »Ich muss einkaufen, mein Mann will abends warmes Essen.« Weg war sie.

Mit den neuen Informationen machte ich mich auf den Weg zu Katerina im Juristischen Seminar. Katerina war nicht in ihrem Zimmer, aber die Tür zum Sekretariat von Prof. Bornhold war offen. Aus dem Zimmer des Profs waren Stimmen zu hören, auch die von

Katerina. Ich schaute durch die halb geöffnete Tür ins Zimmer.
»Kommen Sie rein«, begrüßte mich der Prof nicht unfreundlich. »Wir haben gerade die nächste Klausur besprochen. Daran werden die Studenten zu knabbern haben.« Während des kurzen Gesprächs begoss Prof. Bornhold einige kümmerliche Grünpflanzen auf der Fensterbank aus einer alten Messingkanne mit langer Tülle. Er hatte offensichtlich keinen grünen Daumen. Neben der in allen Büros vorfindbaren, auch »Beamtengras« genannten Schopf-Grünlilie vegetierte eine dem Pflanzenhimmel schon bedenklich nahe Sansevieria, welche eigentlich auch durch die schlechteste Behandlung nicht auszurotten ist.
Ich überlegte kurz, ob ich nochmals wegen der Dissertation nachfragen sollte, entschied mich aber dagegen, da ich ihm damit nicht auf die Nerven fallen wollte. Nach kurzem Wortgeplänkel verabschiedeten wir uns und ich erzählte Katerina die Neuigkeiten des Tages. Eine Einladung zum Kaffee schlug sie aus, da sie noch zu tun hatte. Ich nahm allen Mut zusammen und lud sie zum Abendessen ein. Zu meiner Überraschung sagte sie zu. Es gibt auch Montage, die nicht so schlecht sind.
Auf dem Weg nach Hause kaufte ich beim Türken in der Bahnhofstraße für die Vorspeise eingelegte Oliven, Paprika und scharfe Peperoni. Als Zutaten für »schnelle Nudeln«, das einzige Gericht, mit dem ich halbwegs renommieren kann, Schnittlauch und Schalotten. Pünktlich um 8 Uhr klingelte Katerina. Sie sah hinreißend aus. Nichts anderes als dieses altmodische Wort war passend. Sie trug einen kurzen schwarzen Rock, der die langen schlanken Beine betonte, eine enge knallrote Bluse mit ordentlich Ausschnitt, wie immer eine wilde Frisur und spitze Schläppchen, die farblich zur Bluse passten. Unterm Arm eine Flasche Rotwein. Ich war wohl einen Augenblick zu lange in ihren Ausschnitt versunken, denn sie riss mich aus meiner Betrachtung: »Darf ich reinkommen oder gibt es das versprochene Essen im Gang?«
»Klar doch, wir essen in der Küche. Dann können wir neben dem Kochen quatschen«, antwortete ich.
Eine Flasche Sekt lag im Eiskübel bereit und war schnell geöffnet.

Während wir die Vorspeise so nebenbei vertilgten, warf ich die Spaghetti ins kochende Wasser, schmelzte kleingehackte Schalotten leicht in Butter und gab Creme Fraiche dazu. Ich häufte die fertigen Spaghetti in Nestform auf große Teller, vermengte die Soße mit frischem, klein geschnittenem Schnittlauch und platzierte den Rest locker in die Nester. Obendrauf kam ein ordentlicher Löffel goldgelber Forellenkaviar, der dem Ganzen den letzten Pfiff gab. Fürs Auge drapierte ich Schnittlauchstängel leicht schräg, denn Symmetrie ist die Kunst des Einfallslosen, angewandtes Ikebana.
Schweigend kämpften wir mit den Nudeln, mittlerweile bei einem trockenen Oberkircher Riesling angekommen.
»Renate hat erzählt, du bist zusammengeschlagen worden. Weißt du inzwischen warum?«, unterbrach Katerina die Stille.
Ich schilderte den Vorfall, ihn allerdings etwas zu meinen Gunsten ausmalend.
»Und du glaubst wirklich, über den Kneipenwirt an die Burschen heranzukommen?«, unterbrach Katerina meine wohl doch zu blumigen Ausführungen.
»Keine Ahnung, aber ich hoffe es. Jedenfalls sehe ich keine bessere Möglichkeit. Vielleicht fällt dir was ein?«
Katerina schüttelte nachdenklich die Locken.
Beim Nachschenken des Weines streifte ich wie zufällig ihren nackten Arm. Abwehr war nicht ersichtlich. Etwas mutiger streichelte ich sanft ihre Hand. Immer noch keine Abwehr, sondern nur eine leichte Drehung des Kopfes und ein herausfordernder Blick. Sekunden später lagen wir uns heftig knutschend in den Armen. Wieder bei Atem, zog ich Katerina ins Wohnzimmer, holte den Wein und warf meinen veralteten Plattenspieler an. Ich fand sofort die richtige Rille, Klaus Kinski war unverkennbar:

»Ich bin so wild nach deinem Erdbeermund,
ich schrie mir schon die Lungen wund,
nach deinem weißen Leib, du Weib.
Im Klee, da hat der Mai ein Bett gemacht,
da blüht ein schöner Zeitvertreib ...«

Prustend vor Vergnügen ließ sich Katerina widerspruchslos ins Schlafzimmer führen. Lässig schleuderte sie ihre Schläppchen weg. Nach zwei kaum merkbaren Verlagerungen des Stand- und Spielbeines fiel nach einem feinen Zirpen des Reißverschlusses der Rock wie von selbst zu Boden. Mit einer fließenden Bewegung der Arme wurde die Bluse über den Kopf gezogen. Sie trug keinen BH und hatte ihn auch nicht nötig. Ein kleines Zupfen des Daumens am Slip, wieder die Verlagerung des Stand- und Spielbeines und die Winzigkeit rutschte an den Beinen entlang. Nach einem Sidestep des linken Fußes lag der Slip auf dem leicht angehobenen rechten Spann. Mit einer routinierten Bewegung des rechten Fußes wurde er in die Höhe geworfen und aufgefangen. Zwei rot lackierte Fingernägel ließen ihn zu dem auf dem Boden liegenden Rock fallen. Wie früher unsere mit Taschentüchern gebastelten Fallschirme schwebte er langsam nach unten. Allerdings war damals mit der Landung das Vergnügen beendet.
»Na los, komm. Und dimme bitte die Lampe etwas runter«, rief Katerina, bereits auf dem Bett liegend. Ich ließ es mir nicht zweimal sagen.

5

Am nächsten Morgen brachte der Briefträger einen dicken Umschlag vom Heidelberger Stadtarchiv, vollgepackt mit den Kopien der Berichterstattungen des damaligen Prozesses. Zu meiner Freude stellte ich fest, eine vollständige Prozesschronik in Händen zu halten. Fast alle der in der Liste der Staatsanwaltschaft aufgeführten über 120 Zeugen kamen in den Zeitungsberichten zu Wort. Die Aussagen der wichtigsten Zeugen waren – dem unbekannten Schreiber sei Dank – offensichtlich wortgetreu protokolliert. Noch während des Sortierens der Unterlagen erhielt ich einen Anruf des Mannheimer Rechtsanwaltes Kügele, Sozius der Kanzlei Kemmerzell, Kügele & Schmitz. Rechtsanwalt Kügele – in einschlägigen Kreisen ein angesehener Anwalt, auch wenn dies mehr für seine Erfolge als für seine Methoden galt – begann vorsichtig.

»Sie hatten neulich eine kleine Auseinandersetzung mit einem meiner Mandanten. Sie erinnern sich?«

Wie konnte ich nicht? Meine linke Seite schmerzte immer noch und das Jackett war auch nicht mit Kunststopfen zu retten. Die italienische Schneiderin hatte nur müde lächelnd abgewinkt. »Und ob«, erwiderte ich.

»Mein Mandant bedauert den Vorfall außerordentlich. Er ist ihm in höchstem Grade unangenehm. Ihm war nicht bekannt, dass Sie Richter sind.« Seine Stimme hatte einen einschmeichelnden, öligen

Tonfall, der bei sensiblen Menschen unmittelbar zu Bluthochdruck führt.
»Wenn ich Sie richtig interpretiere, ist Ihr Mandant der Auffassung, anderen Steuerzahlern grundlos die Fresse polieren zu können, es sei denn, sie sind Richter.« Ich bereute die kleine verbale Attacke sofort, da ich mit dieser Methode sicherlich nicht den Grund meiner Abreibung erfahren würde.
»Ich verstehe Ihre Erregung durchaus. Allerdings hat mein Mandant versichert, auch Sie hätten sich nicht wie ein Chorknabe verhalten. Außerdem wurde ihm zugetragen, Sie würden die Dinge auf sich beruhen lassen, falls Sie die näheren Umstände erfahren könnten. Ich muss jedoch gleich betonen, mein Mandant kennt weder den Auftraggeber noch den genauen Hintergrund.« Die Stimme tropfte aus dem Hörer und ich fürchtete um mein nächstes Jackett. Mühsam wahrte ich die Contenance.
»Weshalb sollte ich dealen, wenn Sie nichts zu bieten haben? Mich interessieren vor allem Grund und Auftraggeber.«
»Ich verstehe Sie sehr gut. Allerdings besitzt mein Mandant ein paar Informationen, die weiterhelfen könnten.«
»Ich glaube, so kommen wir nicht weiter. Legen Sie die Karten auf den Tisch, dann entscheide ich, ob ich mitspiele.« Am anderen Ende der Leitung entstand eine kurze Pause.
»Mein Mandant bietet Ihnen Informationen über die Höhe der Bezahlung, außerdem einen Briefumschlag mit den Anweisungen. Nicht viel, ich weiß, aber alles durchaus aufschlussreich, wenn man auf entsprechende Ermittlungsmethoden Zugriff hat.«
Kügele hatte recht. Es war zwar nicht so viel wie erhofft, jedoch deutlich mehr als nichts.
»Okay, ich bin einverstanden, legen Sie los.«
»Halt, halt. So schnell schießen die Preußen nicht. Mein Mandant besteht aus Vorsicht darauf, den Deal in unserer Kanzlei schriftlich abzuwickeln. Kein Misstrauen, nur Vorsicht. Im Übrigen«, eine Kunstpause und ein verschämtes Räuspern, als wäre ihm die weitere Erörterung unangenehm, »ist da noch die Sache mit der Auslobung.«

»Was für eine Auslobung?«, fragte ich verwirrt.
»Nun ja, meinem Mandanten ist zu Ohren gekommen, dass Sie für die Informationen 500 Euro zahlen wollen. Meiner Auffassung nach ist dies – juristisch gesehen – eine Auslobung, an die Sie gebunden sind. Nach Kenntnis meines Mandanten wurde diese nicht zurückgezogen. Oder ist dem nicht so?«
Sein Mandant und seine gestelzte Ausdrucksweise gingen mir langsam auf die Nerven. Dies umso mehr, da er – juristisch betrachtet – durchaus nicht falsch lag. Im Übrigen schien das Bedauern seines Mandanten nicht so tief zu greifen, deswegen auf die ausgelobte Kohle verzichten zu wollen. Ich schluckte zum wiederholten Male eine deftige Bemerkung hinunter und antwortete lammfromm. »Die Abmachung gilt noch, aber nur, wenn ich Ihren hochgeschätzten Mandanten persönlich treffen kann.«
»Selbstverständlich«, erwiderte er sofort, als ob er dies schon erwartet hätte. »Mein Mandant steht Ihnen jederzeit zur Verfügung. Wäre es heute Abend in unserer Kanzlei so gegen 19 Uhr recht? Ich nehme an, Sie kennen unsere Mannheimer Adresse.«
Ich kannte die Adresse und die Zeit war mir genehm. Ich brannte darauf, den Kerl zu sehen und mehr zu erfahren. Kügele hatte allerdings immer nur von »seinem Mandanten« gesprochen. Sollte der Deal nur für einen gelten? Wenn ja, was hatte dies für einen Grund? Was war mit den beiden anderen? Ich würde es bald erfahren.
Ich nahm die Gelegenheit wahr und fuhr sofort nach Mannheim, um im Stadtarchiv über Siefert zu recherchieren. Auch dort war die damalige Lokalzeitung, der »Mannheimer Generalanzeiger«, vollständig auf Mikrofilm aufgezeichnet. Per Knopfdruck konnte man Kopien der entsprechenden Artikel am Projektor fertigen.
Obwohl die meisten der Artikel nahezu wortgleich mit den Heidelberger Berichten waren, kam das eine oder andere neue Detail hinzu, insbesondere eine kleine Meldung vom 27. Juli 1921 mit der Überschrift:

Neues im Fall Siefert

Aus einem uns vorliegenden, vertraulichen Bericht einer Zeugin M. geht hervor, daß die beiden Bürgermeister nicht von Siefert ermordet wurden. Der Mord soll vielmehr von zwei Kellnern aus Baden-Baden oder Karlsruhe verübt worden sein. Siefert habe den beiden lediglich Obdach gewährt und die Beute versteckt.

Anm. d. Red.: Der vollständige Name der Zeugin und nähere – hier nicht veröffentlichten – Informationen sind der Redaktion bekannt und an die örtliche Kriminalpolizei weitergeleitet.

Bisher war ich bei meinen Recherchen nicht auf Hinweise über Mittäter oder Komplizen gestoßen. Auch in der Zeugenliste der Staatsanwaltschaft waren weder zwei Brüder noch zwei Kellner aufgeführt. Erneut hatte ich einen losen Faden in die Hand bekommen. Langsam verstand ich, woher die Gerüchte von Sieferts Unschuld stammten. Ich fragte mich, ob nicht etwas Wahres daran sei. Kurz vor Schließung verließ ich das Stadtarchiv, gönnte mir in den Quadraten noch einen Döner, bevor ich auf einem Parkplatz nahe dem Landgericht meinen Alfa parkte.

Das Mannheimer Landgericht ist ein preisgekrönter rechteckiger Kasten, von einem renommierten Architekten in den späten 60er Jahren gebaut. Es ist an den Außenfronten von Stahlblechschindeln aus Cor-Ten-Stahl umfasst, die durch Korrosion eine braune Schutzhaut gebildet haben. Ab dem Erdgeschoss – bis auf Schießscharten ähnelnde Durchbrüche – nahezu fensterlos, ohne deutlich erkennbaren Haupteingang, vermittelt es selbst dem wohlwollenden Betrachter den Eindruck eines alten Südstaatenforts in belagertem Zustand. Bei näherem Hinsehen mildert sich dieser Eindruck zwar, aber wirklich besser wird er dadurch nicht. Die Verhandlungssäle im Erdgeschoss entsprechen in ihrer Trostlosigkeit dem Außenbild. Sie lassen ahnen, welch gestörtes Verhältnis der

Architekt zur Justiz im Allgemeinen und zur Mannheimer Justiz im Besonderen gehabt haben musste. Die großen Sitzungssäle sind fensterlos, nur durch Neonbeleuchtung und Klimaanlage für Menschen notdürftig nutzbar. Bei diesem Anblick müssten jedem Tierschützer unweigerlich die Tränen kommen. Nicht wirklich überraschend hatte ein zugegebenermaßen etwas sensibler Kollege Anzeige wegen Körperverletzung gegen den Architekten erstattet. Der Anzeige war ein Gutachten beigelegt, welches darlegte, dass der Aufenthalt in derartigen Verhältnissen bei Erpeln schon bei einer Verweildauer von nur wenigen Monaten eine Verkümmerung der Hoden bis hin zur Unfruchtbarkeit zur Folge hätte. Die Anzeige hat bei den meisten Kollegen Zustimmung hervorgerufen, verlief jedoch im Sande. Ob der Kollege, der manchen Sitzungstag in diesen Sälen verbracht hatte, kinderlos geblieben ist, weiß ich nicht mehr.

Vom Parkplatz hinter dem Landgericht waren es nur wenige Schritte zur Kanzlei Kemmerzell, Kügele & Schmitz. Die Kanzlei lag in der zweiten Etage eines renovierten Nachkriegsbaus und war solide eingerichtet. Ich war absichtlich zu früh erschienen, musste aber dennoch kaum warten, bis ich zu Rechtsanwalt Kügele geführt wurde. Er kam hinter einem schlichten Schreibtisch hervor, begrüßte mich überschwänglich, als seien wir alte Freunde, und bot mir Platz in einer bequemen Sitzgruppe an.

»Mein Mandant kommt jeden Moment. Um uns Zeit zu sparen, habe ich eine kleine Vereinbarung über die wesentlichen Punkte vorbereitet. Ich hoffe, sie findet Ihre Zustimmung.« Die Vereinbarung beinhaltete in knapper Form unsere telefonische Abmachung. Als Vertragspartner war ein Fritz Meier eingetragen.

»Fritz Meier? Sie machen wohl Witze. Wie Ihnen Ihr Mandant sicherlich mitgeteilt hat, wurde ich außerdem von drei Typen bearbeitet«, erwiderte ich ungehalten.

»Sicher, sicher. Ich bin jedoch nur von Herrn Meier beauftragt. Er heißt wirklich Fritz Meier.« Dabei lag ein ironisches Glitzern in seinen Augen, welches ich nicht zu deuten wusste. »Selbstverständlich wird sich Herr Meier ausweisen«, fügte er nach einer Pause

hinzu. In diesem Moment klopfte es an der Tür und ohne abzuwarten, erschien ein Frauenkopf im Türspalt.
»Herr Meier ist da. Soll ich ihn hereinbitten?«
Kügele reagierte zunächst nicht, sondern schaute mich fragend und zugleich auffordernd an. Ich zögerte einen Moment, bevor ich schließlich nickte. Erst dann drehte er sich wieder zur Tür und bemerkte jovial: »Rein mit unserem Schläger«, dabei freudig in meine Richtung grinsend. Für ihn war der Deal in trockenen Tüchern.
Der Kerl war kleiner, als ich ihn in Erinnerung hatte. Allerdings war er auch breiter, mit dem Kreuz eines Möbelpackers. Er trug ein Blouson aus Ballonseide, auf dem Rücken bedruckt mit einem schwarz-weißen Tigerkopf. Die Bundschnur hing demonstrativ aus seiner Jogginghose. Auch jetzt trug er weiße Basketballschuhe, die Schnürsenkel ungeknotet, teilweise am Boden schleifend, teilweise nachlässig in den Schuh gestopft. An der linken Hand eine protzige Rolex. Ich vermutete gefälscht, war aber nicht sicher. Auf seinem rechten Unterarm war, durch die zurückgeschobenen Ärmel zum Teil erkennbar, ein Tigerkopf tätowiert. Eine mitteldicke Gliedergoldkette blitzte aus seinem weit offenen Hemdkragen. Ich war bereit, unserer Oma ihr klein Häuschen darauf zu verwetten, dass an deren Ende ein Tiger- oder Haifischzahn baumelte. Dazu die passende Vokuhila-Frisur, einst von unseren Fußballern heiß geliebt und von Rudi Nationale immer noch getragen. Auf dem stiernackigen Hals saß ein mattes, ausdrucksloses Gesicht.

»Mein Mandant Fritz Meier – Herr Flaig«, stellte uns Rechtsanwalt Kügele förmlich vor. Der Bursche kam mit einem aufgesetzten Grinsen und ausgestreckter Hand auf mich zu. Ich blieb wortlos im Sessel sitzen. Die Situation hatte etwas Groteskes an sich. Kügele benahm sich, als würde er zwei Geschäftsleute bei einem Arbeitsessen bekannt machen. Meier reagierte keineswegs beleidigt, sondern zog seine Hand beiläufig zurück. Ohne jemand konkret anzusprechen, fragte er forsch:
»Klappt's mit der Knete?«
Der Junge gab sich cool, markierte den starken Max. Ich war über-

zeugt: alles nur Fassade. Der Kerl war allenfalls in der Lage, alten Omis die Handtaschen zu klauen, aber nur, wenn sie kleiner waren als er. Nicht, dass es ihm an körperlicher Kraft gefehlt hätte, vielmehr an Mumm und Intelligenz.
»Zuerst alle Infos, dann die Kohle«, dabei schaute ich ihn herausfordernd an.
Hilfesuchend drehte er sich zu Kügele, der ungerührt erklärte: »So war es ausgemacht. Ich würde vorschlagen, Sie fragen einfach, was Sie wissen wollen, Herr Flaig.«
»Also gut. Erstens, wer hat Ihnen den Auftrag gegeben, mich zusammenzuschlagen?«
»Weiß ich nicht. Ich bekam einen Anruf von einem Unbekannten. Er fragte nur, ob ich ein wenig leichtes Geld verdienen wolle.«
»War es eine junge oder alte Stimme?«, fragte ich dazwischen.
Meier überlegte. »Sie war komisch, irgendwie verstellt. Aber richtig alt war die Stimme nicht.«
»Wann kam der Anruf?«
»Am Dienstag.« Kurze Pause, die Anstrengung beim Nachdenken stand Meier deutlich auf die Stirn geschrieben. »Nein, am Mittwoch, nach meiner Verhandlung.«
»Herr Meier war mit zwei Komplizen vor dem Amtsgericht Heidelberg wegen Raubes angeklagt. Die Sache wurde beim Vorsitzenden Tenkor, Schöffengericht, verhandelt. Vertreter der Staatsanwaltschaft war Dr. May. Herr Meier wurde zu zwei Jahren ohne Bewährung verurteilt. Wir haben Berufung eingelegt. Allerdings nur wegen des Strafmaßes. Die Tat selbst wurde auf Video – die neuen Überwachungsmethoden der Polizei am Paradeplatz – nur allzu deutlich festgehalten«, schob Kügele erklärend dazwischen und hatte dabei einen Gesichtsausdruck, als hätte man seinen Mandanten bei der Polizei gefoltert, um ein Geständnis herauszupressen.
»Die Mittäter waren wohl dieselben, die bei unserer kleinen Auseinandersetzung mitgewirkt haben?«
Bevor Meier antwortete, ergriff Kügele nochmals das Wort. »Hierzu gibt mein Mandant keine Erklärungen ab.«

»Ich verstehe. Insbesondere verstehe ich, warum Ihr Mandant so erpicht darauf ist, den Deal schnell unter Dach und Fach zu bringen. Es würde sicherlich keinen guten Eindruck bei Gericht hinterlassen, wenn gerade jetzt eine weitere Anklage wegen Körperverletzung auf ihn zukäme.« Auf die auf dem Tisch liegende Vereinbarung deutend, fügte ich spitz hinzu: »Aber noch ist ja nichts unterschrieben.«

»Ich bitte Sie«, antwortete Kügele keineswegs beunruhigt. »Wir wissen beide: Es handelt sich nicht um ein Grundstücksgeschäft und Schriftform ist für diese unbedeutende Angelegenheit nicht notwendig.«

Wir kreuzten ein wenig unsere Klingen über die Notwendigkeit der Schriftform. Uns war beiden klar, dass es sich um ein juristisches Spielchen handelte und unsere Abmachung, ob nun unterschrieben oder nicht, tatsächlich schon in trockenen Tüchern war. Ich hatte mein Wort gegeben. Davon kam ich ohne erheblichen Gesichtsverlust nicht weg. Irgendwelche mündlichen Abmachungen mit Anwälten, die in der Prozessordnung so nicht vorgesehen sind, aber das Leben eines Richters erleichtern, wären in der Zukunft nicht mehr möglich gewesen. Nachtragend wie ich war, genoss ich über den Kopf von Meier hinweg zu verhandeln und ihn, der immer weniger von unserem Disput verstand, zu quälen. Kügele durchschaute meine Absicht, spielte jedoch mit und gewährte generös die kleine Rache. Schließlich kam ich auf unser eigentliches Thema zurück.

»Was wurde am Telefon gesprochen?«

»Eigentlich wenig. Ich habe gefragt, was ich tun muss. Und er dann: ›Verpassen Sie einer bestimmten Person eine kleine Abreibung.‹ Und ich dann: ›Kein Problem. Wie viel bringt es?‹«

Schweigen. Aufmunterndes Nicken von Kügele. Immer noch Schweigen.

»Herrgott noch mal, muss man Ihnen denn alles aus der Nase ziehen? Nun sagen Sie schon, was er Ihnen angeboten hat!«, kam es genervt von Kügele.

»250 für jeden. Aber ich habe ihm gleich gesagt, für 500 Euro mach

ich's auch alleine. Aber er dann: ›Nein, ihr macht es zu dritt. Du nimmst deine zwei Kumpels mit.‹ Ich habe dann Denis und Roger gefragt.«
Als ich Kügele grinsend anschaute, verdrehte der nur seine Augen und schaute demonstrativ gequält zur Decke. Ich hätte die beiden anderen selbst ermitteln können, da es sich mit Sicherheit um seine beiden Mittäter beim Raub gehandelt hatte. Trotzdem war die Information nicht unwichtig, wusste ich jetzt doch, dass der Kerl zu doof war, um glaubhaft zu lügen.
»Und ich dann: ›Okay.‹« Der Bursche war kein Meister des Wortes.
»Hat er schon am Telefon gesagt, wen Sie zusammenschlagen sollen?«, versuchte ich die Sache voranzutreiben.
»Nö. Zwei Tage später lag ein Umschlag mit der Anzahlung, 375 Eier, Ihrem Namen mit Adresse und Autokennzeichen im Briefkasten. Ich dachte, es geht um einen Schwuli. Er hat behauptet, Sie wollten ihm seinen Freund ausspannen. Deshalb sollte ich Ihnen auch den Zettel in die Tasche stecken.«
»Welchen Zettel?«, fragte ich erstaunt.
»Den Zettel halt.«
»Gottverdammich, ich hatte keinen Zettel in der Tasche«, entgegnete ich immer ungehaltener.
»Ich habe vergessen, ihn in Ihre Jacke zu tun«, kam es kleinlaut von Meier. Oh Gott, der Kerl war zu blöde, um einen Eimer Milch umzuwerfen.

Nach einer Stunde hatten wir ihm endlich gemeinsam die Geschichte aus der Nase gezogen. Eine leicht verzerrte Stimme hatte ihm telefonisch den Auftrag gegeben, gegen Bezahlung von 750 Euro wegen einer Liebesaffäre in der Homoszene eine gewisse Person »ein klein bisschen zu falten«. Zwei Tage später lagen 375 Euro als Anzahlung, meine Adresse, eine Personenbeschreibung, das Autokennzeichen und ein Zettel mit der Aufschrift »Hände weg vom Siefert«, alles in einem neutralen Umschlag, in seinem Briefkasten. Der Brief trug den Poststempel der Mannheimer Hauptpost. Vier Tage später wurde ich auftragsgemäß gefaltet, weitere vier Tage später erhielt Meier, wiederum in einem neutralen Briefumschlag, die restlichen 375 Euro. Seinen Kumpels hatte er nur von der Anzahlung erzählt und das Geld sofort in Suff und Puff investiert. Den zweiten Umschlag hatte er weggeworfen. Wenigstens den Zettel und den ersten Umschlag hatte er mitgebracht. Beides steckte ich ein. Bevor ich ging, fertigte Kügele noch eine Kopie des Meierschen Personalausweises an, was diesem sichtlich unangenehm war.

»Nur aus Vorsicht, nicht aus Misstrauen«, bemerkte ich süffisant und übergab Kügele die 500 Euro. Dieser warf sie ungezählt auf den Tisch. Meier, der daneben stand, steckte sie ohne zu zögern ein. Kügele beobachtete dies mit Argusaugen. Ich vermutete, der arme Meier hatte nur kurze Freude an den paar Mäusen, denn Kügeles Honorare waren nicht zu verachten. Zum Abschied trat ich nahe an Meier und schnupperte leicht. Ich roch tatsächlich wieder Anis. Meier zog seinen Kopf sichtbar irritiert zurück.

»Ist was?«

Ich hatte den Eindruck, nun hielt er mich tatsächlich für schwul.

»Benutzen Sie immer dieses Rasierwasser?«, fragte ich.

»Klar, hat mir meine Alte aus Ägypten mitgebracht«, erwiderte er stolz.

Was ich bei der Keilerei gerochen hatte, waren keine Anispastillen, sondern Rasierwasser. Und der kleine Schläger war kein Türke, sondern ein schlichter Kurpfälzer Prol. Es geht eben nichts über gediegene Vorurteile.

Während der Verabschiedung bemerkte Meier – er hatte anscheinend wieder Oberwasser bekommen – provozierend: »Es war ein Vergnügen, mit Ihnen Geschäfte zu machen.«

6

Ich hatte durchaus vor, den mit Meier geschlossenen Deal einzuhalten, aber nach seiner großspurigen Bemerkung während der Verabschiedung stand mir der Sinn nach kleinlicher Rache. Ich erwog kurz, einen Kripobeamten zu bitten, ein Auge auf Meier zu werfen. Irgendeinen Vorwand gab es immer und Dreck hatten Typen wie er regelmäßig am Stecken. Doch dies hätte, wenn auch ganz entfernt, unserer Abmachung widersprochen. Mir kam eine bessere Idee. Ich ging wieder zu Udo in die Untere Straße. Wie immer um diese Zeit spülte er Gläser, räumte den Dreck vom vergangenen Abend weg und bereitete die Bar für die Gäste vor, die selten vor 22 Uhr bei ihm eintrafen.

»Langsam wirst du wieder Stammgast«, begrüßte er mich.

»Glaube ich kaum. Irgendwie passt mir dein Publikum nicht mehr«, flachste ich zurück. »Schieb mal zwei Kirsch für uns rüber. Geht beides auf meine Rechnung.« Schweigend wartete ich auf die Getränke. Der Kirsch war erste Sahne, eingeschenkt aus einer 5-Liter-Korbflasche, hervorgeholt aus der Tiefe der Theke. Kräftig, mit einem weichen Abgang. Das Kernobst war zu schmecken, wurde aber nicht von Bittermandel übertönt, was lieblos gebrannten Kirsch normalerweise kennzeichnet. Als ich anerkennend mit der Zunge schnalzte, erklärte Udo:

»Südlicher Schwarzwald. Um 500 Meter gelegen und reif ge-

pflückt, die Kirschen. Von meinem Vetter Hans.«
»Schwarz gebrannt?«, fragte ich, die Antwort kennend.
»'türlich. Schenke ich nicht offiziell aus, ist ausschließlich für den Privatgebrauch. Das Zeug ist viel zu schade für die normalen Gäste. Bekommen nur ausgesuchte Kenner«, verkündete er ernsthaft.
»Bist du dein Geld losgeworden?«
Ich zögerte, um die Sache spannender zu machen. »Nun, ich habe mich mit einem Fritz Meier getroffen. Der heißt so, ohne Scheiß.« Langsam schob ich ihm die Kopie des Personalausweises hin. »Reizendes Bürschchen und so mitteilsam. Allerdings sehr auf seinen eigenen Vorteil bedacht.«
Udo betrachtete die Kopie ausgiebig. Es schien, als lerne er die Daten auswendig.
»Ich habe mit ihm gedealt. Auf seinen eigenen Wunsch nur mit ihm.« Ich schob die mit Meier getroffene Vereinbarung über die Theke. Udo las aufmerksam Zeile für Zeile.
»Dieser Meier hat für den Job 750 Mäuse kassiert. Seine Kumpels haben von ihm aber nur je 125 bekommen. Wenn ich die weiteren 500 für den Deal hinzurechne, hat er 1000 Euro erhalten und damit wesentlich mehr als beide Kumpels. Meier fand dies angemessen. Schöner Freund, sag ich nur.«
»Wenn ich dich richtig verstanden habe, hat dieser Meier«, dabei deutete er angewidert auf die Kopie, »seine Kumpels beschissen und hinter deren Rücken gedealt«, fasste Udo meine Rede knapp zusammen.
»Wenn man böswillig wäre, könnte man es so ausdrücken«, erwiderte ich mit ernstem Gesicht.
»Eine unschöne Geschichte. Ich frag lieber nicht, was ich mit ihr soll«, antwortete Udo ebenso betont ernst.
»Richtig. Frag lieber nicht, erzähl sie einfach so weiter, du kannst sicher sein, sie stimmt.« Einen weiteren Schnaps lehnte ich ab und ging, Udo zuzwinkernd, aus dem Lokal.
Draußen auf der Straße versuchte ich mit dem Handy vergeblich, Harald im Polizeipräsidium zu erreichen. Auch zu Hause nahm niemand ab. Auf seinem Mobiltelefon war nur die Mailbox einge-

schaltet. Ich hinterließ eine kurze Nachricht und bat um Rückruf oder, falls er noch nicht gegessen hatte, um seine Gesellschaft in der »Romanze«. Die »Romanze« – ein kleines griechisches Lokal mit den besten »Lagos Krassatos« in Heidelberg – liegt direkt gegenüber der Bergbahn, die die beiden Bürgermeister vor ihrer Ermordung benutzt hatten. Irgendwie schien dies passend. Ich hatte meine Bestellung bereits aufgegeben, als Harald in seiner ungestümen Art ins Lokal hereinbrach.

»Was gibt es so Dringendes? Wo brennt es?«, dröhnte er durch die Kneipe. Alle Blicke richteten sich auf ihn.

»Setz dich, bestell was zu trinken und zu essen, dann erzähle ich alles.«

Nachdem er seine Bestellung aufgegeben hatte, erzählte ich die ganze Geschichte, auch das Gespräch mit Rechtsanwalt Kügele und seinem Mandanten mit der Tigermacke.

»Den Kügele kenne ich. Wirkt immer ein bisschen schleimig, was aber täuscht. Der Kerl ist knallhart, für einen Strafverteidiger aber einigermaßen korrekt. Macht selten auf Konfliktverteidigung, sondern dealt lieber. Geht schneller und bringt mehr Kohle. Den Meier kenne ich auch. Unbedeutender Gauner, der uns immer wieder ins Netz geht. Ab und zu ein kleiner Raub oder ein Bruch, hin und wieder ein wenig Koks verchecken. Aber nie richtig große Sachen. Ist deswegen immer mit einem blauen Auge davongekommen, obwohl seine Ganovenkarriere schon in der Grundschule angefangen hat. Soll ich mich mal intensiver um ihn kümmern?«, fragte Harald.

»Nee, nee, lass man, du musst mir einen anderen Gefallen erweisen: Analysiere den Briefumschlag und den Zettel. Nicht auf Fingerabdrücke, das ist zwecklos, das Zeug ist durch zu viele Hände gegangen. Aber auf Schriftform – irgendwie sieht dies für eine Handschrift zu gleichförmig aus. Auch das Papier. Alles, was ihr so draufhabt. Am besten die ganze Palette.«

Harald las aufmerksam den beigelegten Zettel. »Was soll das? Warum gibst du das nicht in den normalen Behördengang?«, antwortete er erstaunt.

»Geht nicht. Erstens habe ich mein Wort gegeben, bei der Polizei offiziell nichts zu erzählen. Und zweitens bin ich momentan beurlaubt. Ich kann die Polizei nicht mehr einfach so anweisen.«
Harald sah mich bedenklich an. »Das gibt Probleme. Ich muss es dir nicht sagen. Eine teure Analyse ohne zugehörigen Fall. Wir werden immer knapper gehalten. Neulich haben sie uns die Autoradios aus den Dienstwagen ausgebaut, um Rundfunkgebühren zu sparen. Jetzt können meine Leute bei Observationen nicht mal mehr Radio hören. Vom Verkehrsfunk ganz zu schweigen. Der Rechnungshof wird auch immer kleinlicher. Diese Scheißpolitiker erhöhen sich zwar die Diäten, wie sie wollen, uns hingegen teilen sie den Sprit nur in Rationen zu, als wäre es Weihwasser, vom Heiligen Vater persönlich gesegnet. Meine Jungs müssen, wenn überhaupt welche zur Verfügung stehen, mit Kugelschutzwesten raus, die aus Blei sind. Renn damit mal einem Ganoven nach. Das ist, als hätte man Ben Johnsen beim Hundertmeterlauf eine Stahlkugel ans Bein gebunden. Geld für leichte Kevlarwesten ist angeblich nicht vorhanden. Und dann die Politiker ...«
Harald hatte sich in Rage geredet. Bevor er überhaupt nicht mehr zu stoppen war, unterbrach ich ihn. »Schiebe die Sache doch irgendeinem alten Fall unter. Oder ruf die Kollegen vom BKA persönlich an. Du hast zu denen einen besseren Draht als ich. Du bist viel näher an ihnen dran.«
Harald steckte den Umschlag ein. »Mal sehen, was sich machen lässt. Obwohl, langsam habe ich das Gefühl, als Privatschnüffler missbraucht zu werden. Was zahlst du eigentlich dafür?«
»Ich lade dich zum Essen ein und danach gibt es griechischen Kaffee mit Ouzo.«
»Das ist nicht ganz unnötig. Zur Belohnung habe ich noch ein paar interessante Informationen. Ich habe mich, wie versprochen, nach deinem Fall erkundigt. Bei uns im Amt ist über den Siefert nichts mehr vorhanden. Nur einem vor der Pensionierung stehenden Hauptkommissar war der Fall bekannt. Aber ich habe trotzdem etwas für dich. Ich hatte heute in anderer Sache im Untersuchungsgefängnis zu tun. Bin mit dem Anstaltsleiter ins Gespräch gekom-

men und habe ihn auf Siefert angesprochen. Er konnte sich dunkel an die Sache erinnern. Siefert hat während der Zeit seiner U-Haft im »Faulen Pelz« einen Ausbruchsversuch unternommen. Genauer gesagt, er hat zumindest Vorbereitungen in diese Richtung getroffen. Der Anstaltsleiter – heißt übrigens Dr. Winter – hat freundlicherweise genauer recherchiert und wurde fündig. Zwar keine Originalakten, aber Abschriften, die für dich von Interesse sein könnten.«

»Wann kann ich die haben?«, unterbrach ich Harald.

»Sofort. Ich war heute nochmals im Knast. Dr. Winter hat mir die Kopien gleich gegeben. Beim ersten Schreiben handelt es sich um die Stellungnahme der beiden Wachtmeister, die den von Siefert hinausgeworfenen Kassiber entdeckt hatten. Das zweite ist das Schreiben des damaligen Anstaltsleiters an die Staatsanwaltschaft. Am interessantesten für dich dürfte aber die dritte Kopie sein.« Harald schob ein graues, am billigen Altpapier schon von weitem als Behördenumschlag erkennbares Kuvert über den Tisch. Neugierig holte ich die Kopien heraus.

VZA Heidelberg
20. Dezeber. 1921
E. Heyer, Anstaltsleiter

Sehr verehrter Herr Staatsanwalt Dr. Mickel,

am 19.12.21 versuchte der in U-Haft einsitzende L. Siefert einen Kassiber über die Gefängnismauer zu werfen. Er wurde hierbei von GOW Hüttner beobachtet. Siefert wurde danach sofort in eine andere Zelle verlegt, um jegliche Schwierigkeiten zu vermeiden.

Als Anlage anbei der Bericht des GOW Hüttner und der Siefertsche Kassiber. Sollte Weiteres zu veranlassen sein, bitte ich um alsbaldige Mitteilung.

Hochachtungsvoll
E. Meyer 2 Anlagen

Vollzugsanstalt Heidelberg
19. Dez. 1921
Gendarmerieoberwachtmeister E. Hüttner

Bert.: Ausbruchsversuch des Untersuchungshäftlings L. Siefert

Am heutigen Abend um etwa 20.00 h hatte ich meinen Dienst in der VZA Heidelberg beendet. Beim Durchschreiten des Innenhofes um zum Ausgang zu gelangen, hörte ich ein leichtes Geräusch. Gleichzeitig bemerkte ich einen kleinen Gegenstand, der über die Mauer flog und auf der anderen Seite aufschlug. An einem Fenster der Straße bemerkte ich zudem einen Gefangenen. Sofort informierte ich den diensthabenden Haupttürschließer. Wir gingen dann der Sache gemeinsam nach.

Auf der anderen Seite der Gefängnismauer fanden wir dann einen mit Bindfaden zusammengehaltenen, braunen Umschlag.

Der Kollege Meyer wickelte den Bindfaden sorgfältig auf und darin befand sich ein Brief, der mit einem Stein zusätzlich beschwert war. Am Bindfaden war ein Zettel angebracht auf dem folgendes stand: »Werfen sie bitte diesen Brief in den Postkasten. Sie helfen einem Menschenfreund, der unschuldig hier draußen sitzen muss.« Der Brief war an Hermann Hecht in Ziegelhausen gerichtet. Wir verbrachten wir sofort zum Anstaltsleiter, dem wir das geschehene mitteilten.

Gez. GOW Hüttner

Anlage: Handschriftlicher Kassiber von Siefert

Lieber Kollege Hermann,

Ich muß Dir, weil ich dich für den besten meiner Freunde halte, in diesem Brief einen Wunsch mitteilen, indem ich hoffe, dass Du mich nicht vergessen hast. Ein Vergessen deinerseits bedeutet meinen sicheren Untergang, ja für mich – ich mache Dir keinen Spaß vor – den sicheren Tod. Ich bin in eine Falle geraten, woraus mich kein Mensch retten kann, wenn Du mir nicht selber hilfst. Lege die paar Mark für mich aus für den Plan, wie ich ihn Dir ausführe. Deine Auslagen gebe ich Dir zurück, sobald ich gerettet bin. Vergesse einen Menschen nicht, der einen guten Charakter hat und um Ehre und Leben kämpft.

Man vermutet hinter mir den Mörder der beiden unglücklichen Menschen. O, lieber Hermann, meine Beweise genügen nicht zur Erlangung der Freiheit. Nur in Freiheit kann ich den grausamen Mord aufklären, den von den beiden Herren, von denen ich damals sprach, das ist kein Spaß, sondern die Wahrheit. Aber das Gericht glaubt es nicht, und das bedeutet für mich den Tod. Aber zum Tode vor Gericht kann ich nicht verurteilt werden, weil ich nicht aussagen kann, dass ich der Mörder bin. Aber dafür kommt die lebenslängliche Zuchthausstrafe, das ist noch schlimmer. Also, lieber Hermann, verlasse mich nicht, helfe mir. Hermann, ich wünsche mir, ich sei der Mörder und es wäre viel leichter für mich, es anzugeben und sterben will ich auch dafür.

Hermann, was Du zu machen hast, um mich zu retten, kostet Dir einige Mark, die ich Dir später wiedergeben werde. Du läufst keine Gefahr. Nimm einen Korb ohne jede Adresse von Dir, dann zwei Weinflaschen mit langem Hals und dunkler Farbe und fülle die eine Flasche mit Apfelwein und die andere mit Wasser, das Du mit schwarzer Farbe undurchsichtig machst. Du kaufst dann drei Blätter einschnittiger Sägen und steckst sie in die dunkle Flasche. Nimm einen trockenen Schwamm und stelle die Sägen darauf, damit sie in der Flasche feststekken. Du musst die Flasche gut verkorken und zupitschieren und dann ein Etikett daran machen, um Verdacht zu vermeiden. Lege mir noch ein Laib Brot dabei und ein paar Äpfel, damit es nicht auffällt. Schreibe als Absender daran: J Schäufele, weil ein solcher Mann hier ist.

Komme dann mal ans Gefängnis heran. Ich liege vorn im zweiten Stock am fünften Fenster. Rufe unauffällig Max, als wenn Du in die Stadt hineinrufen wolltest, und sage dann entweder ja oder nein, damit ich weiß, ob Du mir helfen Willst. Ich hoffe ersteres. Das weitere mache ich dann an einem Sonntag, wenn es regnet.

Hermann tue mir den Gefallen, dass mir Gelegenheit gegeben wird, die beiden zu suchen, die mich ins Elend gebracht, dass ich doch so dumm war und bin so hereingefallen. Also Freund Hermann, komme einmal vors Gefängnis und rufe Max. Für weiteres Fortkommen sorge ich. Erwischen kann mich die Polizei nicht mehr.

Ich sag noch mal Verlasse mich nichd.

Mit besten Grüssen an Dich und Josef.

Dein Freund Leonhard

7

Ich hatte mich mit Katerina am Samstag zu einer Radtour verabredet. Wie geplant fuhren wir über den Heiligenberg, vorbei an der ehemaligen Michelskirche zum »Weißen Stein«. Wir stellten unsere Räder aneinandergekettet neben den Eingang zur Gartenwirtschaft und suchten uns im Biergarten einen freien Tisch. Ich war ziemlich außer Atem, da Katerina bei den Steigungen ein höllisches Tempo vorgelegt und ich mich nur mühsam an ihrem Hinterrad gehalten hatte. Dabei klebte mein Blick immer an ihrem knackigen Hintern und den schlanken, aber muskulösen Oberschenkeln. Ohne diese Aussicht hätte ich den Biergarten vermutlich erst später erreicht.

Es herrschte reger Betrieb. Zahlreiche Radfahrer, Wanderer, zum Teil in größeren Gruppen, darunter eine gesamte Belegschaft aus Dresden, an der Sprache deutlich erkennbar, versuchten verzweifelt, ihre Bestellungen aufzugeben. Der Anführer der Dresdener Gruppe filmte mit einer imponierenden, brandneuen Kamera. Dabei rief er seinen Mitreisenden Regieanweisungen zu, die jedoch nicht immer zu seiner Zufriedenheit umgesetzt wurden. Ich hatte ausreichend Zeit, die Szene zu beobachten, da Katerina sich auf der Toilette frisch machte. Ansonsten ein Heidelberger Publikum wie vermutlich zu Sieferts Zeiten auch.

Endlich bekamen wir zwei Weizenbiere. Kühl rannen sie durch unsere Kehlen und die Anspannung der Tour fiel von mir ab. Ich bemerkte, wie glücklich ich mich in Katerinas Gegenwart fühlte. Obwohl ich sie erst kurze Zeit kannte, hatte ich mich in sie verliebt. Als ich sie von der Seite still betrachtete, schaute sie mich fragend an.
»Was ist los? Du guckst so.« Ich hatte schon oft bemerkt, dass sich ihr badischer Akzent in angespannter Stimmung verstärkte.
»Nichts, gar nichts. Ich mag dich, das ist alles.«
Mit gespielt ernster Stimme antwortete sie.
»Davon zumindest bin ich ausgegangen, nachdem du mich mit Schampus gefügig gemacht und zudem meiner Jungfernschaft beraubt hast. Nun sprichst du von ›mögen‹. Etwas mehr Enthusiasmus hätte ich schon erwartet.«

Nachdem wir eine Weile im gleichen Stile weitergeblödelt hatten, kam in neutralem Tonfall eine unerwartete Ankündigung.
»Ich bin über Silvester zum Skifahren eingeladen. Von Freunden.«
Überrascht vom plötzlichen Themenwechsel antwortete ich nicht gleich, sondern überdachte die Äußerung. Gab es da noch jemanden? Ich hatte zwar nichts mitbekommen, aber man ist sich nie sicher, jedenfalls in diesen Dingen. Schließlich findet man kluge, attraktive Frauen, mit denen man Pferde stehlen kann, nicht allzu häufig.
»Eigentlich hatte ich auch vor, um die Jahreswende Ski zu fahren«, antwortete ich. Liebend gerne hätte ich sie spontan zum Mitfahren aufgefordert; allein die Angst vor einer Abfuhr hielt mich zurück. Sie strich sich mit der für sie typischen energischen Bewegung der linken Hand eine immer wieder ins Gesicht fallende Strähne ihrer lockigen braunen Haare aus der Stirn. Mit leicht ironischem Unterton antwortete sie: »Das war wohl keine Einladung?«
»Ich dachte an Meribel. Dort stünde uns eine kleine romantische Hütte mit allem Pipapo zur Verfügung. Die Hütte gehört Freunden und wäre billig zu mieten«, antwortete ich, ihre kleine Spitze überhörend.

Nach geraumer Zeit antwortete sie kühl.
»Ich werde es mir überlegen.«
Irgendetwas hatte ich falsch gemacht. Ich wusste nur nicht was. Unangenehmes Schweigen gesellte sich an unseren Tisch wie ein ungebetener Gast, den man nicht los wird. Aus lauter Verlegenheit versuchte ich viel zu laut, die Rechnung zu ordern. Wir waren beim Bezahlen, als Freunde von Katerina, Manfred und Antje, an den Tisch kamen und sich noch kurz zu uns setzten. Da es sich plötzlich bewölkt hatte, beschlossen wir, gemeinsam eine schnelle Strecke nach Handschuhsheim zu nehmen.

Mehr mit Mut als mit Geschicklichkeit schlingerte ich den engen, holprigen und kurvenreichen Waldweg hinunter. Katerina und die anderen fuhren schnell und sicher. Ich hatte Mühe zu folgen. Manfred verringerte immer wieder sein Tempo, um mich nicht zu verlieren. Mehrfach schaffte ich die engen Kurven nur mit knapper Not, schlitterndem Hinterrad und krampfhaft ausgestellten Beinen. Allmählich gewann ich an Sicherheit, fand einen geeigneten Rhythmus am Hinterrad von Manfred. Plötzlich brach in einer steilen, engen Biegung ohne ersichtlichen Grund das Vorderrad aus. Überrascht sah ich das Rad den Abhang hinunterrollen. Fast gleichzeitig spürte ich den Lenker nach vorne einknicken. Unmittelbar danach bohrte sich die freigewordene Radgabel in den Waldboden. Abrupt wurde ich über den Lenker geschleudert, knallte mit der rechten Schulter auf den Boden und fühlte, wie etwas heftig meinen Rücken rammte. Danach spürte ich nichts mehr.

Als ich wieder zur Besinnung kam, lag ich in einem Krankenhausbett. Der Raum war abgedunkelt und das Bett nebenan frei. Mühsam versuchte ich in eine aufrechte Lage zu gelangen. Erst als ich die linke Hand nach dem Haltegurt über dem Bett ausstreckte, bemerkte ich den Gipsverband am Arm. Seltsamerweise verursachte er keinerlei Schmerzen, nur ein verhaltenes Pochen machte sich bemerkbar. Dafür hämmerte im Kopf eine komplette Zimmermannszunft. Als ich die Schläfe betastete, bemerkte ich den Verband und gleichzeitig die Infusionsnadel im rechten Arm. Die Sache schien ernster zu sein. Noch ehe ich versuchen konnte, Aufmerksamkeit zu erregen, um Genaueres zu erfahren, ging die nur angelehnte Tür vollständig auf.

»Vorsicht, nicht so schnell bewegen, ich helfe Ihnen.« Die Krankenschwester war zierlich, dunkelhäutig und sprach perfekt deutsch. Sie stellte die Rückenlehne steiler, bis die Sitzposition fast erreicht war, und schaltete eine kleine Lampe im Hintergrund ein. Langsam kam die Erinnerung. Die Abfahrt vom Weißen Stein und der überraschende Sturz. Dann eine unvermittelt auftauchende Angst. Wo war Katerina? Hoffentlich war ihr nichts geschehen.

»Wo ist meine Freundin. Welche Uhrzeit ist es?«

»Ihrer Freundin geht es gut. Machen Sie sich keine Sorgen. Sie ist nur einen Moment weggegangen.«

Kurz danach stürmte Katerina mit schnellen Schritten ins Zimmer. Einen Augenblick war ich von ihrem Äußeren irritiert, ohne zunächst zu bemerken warum. Sie trug noch ihre Radlerkluft, die reichlich deplaziert wirkte. Sie hatte Tränen in den Augen und weinte lautlos.

»Hey, hey, so schlimm ist es nicht. Ich habe einen harten Schädel. In einer Woche bin ich wieder auf den Beinen. Der Gips behindert mich kaum, außerdem ist er am linken Arm.«

Das unterdrückte Schluchzen hörte auf, aber ihr Blick war immer noch besorgt. Mehr als das, voller Kummer und Verzweiflung. Irgendetwas stimmte nicht.

»Was ist los? Du verheimlichst etwas. Komm, sag schon!«

Katerina rang mit sich. Schließlich brach es aus ihr heraus:

»Manfred ist tot.«

Sie erkannte an meinem verständnislosen Blick, dass ich nichts begriffen hatte.

»Manfred und Antje. Die beiden, die wir am Weißen Stein getroffen haben, meine Bekannten. Du hast dich bei der Abfahrt immer am Hinterrad von Manfred gehalten. Als du stürztest, musst du ihn noch touchiert haben. Da er außen in der Kurve fuhr, wurde er in den Abhang geschleudert und ist mit dem Kopf zuerst aufgeschlagen. Er hatte zwar einen Helm auf, aber es hat nichts genützt. Wir haben über Handy sofort einen Krankenwagen angefordert. Aber er war schon tot, bevor die Ambulanz eingetroffen war.«

Ich war fassungslos. Die Erinnerungen an den Sturz waren vollkommen vorhanden. Ich sah vor meinem inneren Auge die enge Kurve, in der Manfred neben mir fuhr, spürte, wie der Lenker unvermittelt nachgab und sich die Radgabel urplötzlich in den Boden grub. Dann der Sturz und der harte Schlag in meine Seite. Wohl der Zusammenprall mit dem neben mir fahrenden Manfred. Ich war betroffen, ich fühlte mich schuldig. Schuldig woran? War ich zu schnell gefahren? Eigentlich nein. Ich hatte vor dem Sturz das Rad unter Kontrolle. Wäre das Vorderrad nicht weggebrochen, hätte ich die Kurve sicher gemeistert. Ich hatte nur ein Weizen getrunken und mich nicht beschwipst gefühlt. Katerina schien meine Gedanken zu erraten.

»Die Polizei kam sogleich an die Unfallstelle. Dein Rad wurde beschlagnahmt. Ein Kollege von dir wollte dich bereits vernehmen. Er hat vorsichtig durchblicken lassen, der Schnellspanner am Vorderrad sei nicht richtig arretiert gewesen.«

Ich brauchte nicht nachzudenken. Ich wusste, dass dies nicht zutraf. »Stimmt nicht. An der ersten Steigung zur Bergstraße haben wir angehalten, weil das Vorderrad eierte. Du hast doch noch das Rad am Lenker hochgehalten, als ich das Rad zentriert habe. Ich bin hundertprozentig sicher, den Schnellverschluss mit aller Kraft zugedrückt zu haben.«

»Ich weiß. Ich habe zugesehen. Genau dies habe ich deinem Kollegen Grenz gesagt. Er schien davon nicht sonderlich beeindruckt zu sein.«

Oh Gott, Grenz. Ein ganz Fixer, bekannt dafür, in Windeseile jeden Fall platt zu machen. Zahlen, Zahlen, Zahlen, nur Erledigungszahlen zählen, war sein Standardspruch. Aber wenigstens keine linke Bazille. Im Grunde war auf Grenz Verlass, es hätte also schlimmer kommen können. Der Einstellungsbescheid in dieser Sache würde nicht länger als einen Monat auf sich warten lassen. Als ausdauernder Ermittler war Grenz jedenfalls nicht verschrien.

»Antje ist völlig fertig. Die Hochzeit war nächstes Jahr geplant«, unterbrach Katerina meine Gedanken. Mein diffus schlechtes Gewissen meldete sich erneut. Gleichzeitig überkam mich eine bleierne Müdigkeit und die Augen drohten mir zuzufallen. Ganz langsam dämmerte ich weg.

8

»Na, wie geht's uns denn heute Morgen?«, drang eine sonore, putzmuntere Frauenstimme langsam in mein Bewusstsein. Vorsichtig öffnete ich die Augen. Mein Blickfeld war von einem gewaltigen Busen, mühsam von einer weißen Schwesterntracht gebändigt, ausgefüllt. Der Busen wogte zurück und gab den Blick frei auf einen Dragoner von Krankenschwester. Mit der linken Hand wedelte sie locker mit einer weißen Bettpfanne, während die rechte unerwartet vorsichtig das Kopfteil verstellte. Dabei strahlte sie aus einem runden Vollmondgesicht mit hellen, wachen Augen.
»Schwester, tun Sie mir einen Gefallen, stellen Sie das grässliche Ding weg. Ich schaff es alleine aufs Klo.«
»Kommt nicht in Frage. Anweisung vom Doktor.«
»Schwester, ich werde dieses Ding nicht benutzen.«
Als sie meinen Blick sah, erwiderte sie nachsichtig lächelnd:
»Ihnen scheint es besser zu gehen.«
Nach dem Frühstück setzte mich der Stationsarzt über meinen Zustand ins Bild. Mittelschwere Gehirnerschütterung, Platzwunde an der linken Stirnseite, mit 4 Stichen genäht, zwei angebrochene Rippen und schlussendlich ein glatter, sauberer Bruch am linken Arm. Zehn Tage Krankenhausaufenthalt, 4 Wochen Gips und ich wäre wieder der Alte. Solange hatte ich allerdings nicht vor, das Bett zu hüten. Gegen Mittag brachte Katerina Rasierzeug, Duschgel und

was man ansonsten zum Aufenthalt im Krankenhaus braucht. Sie wirkte immer noch sehr betrübt und saß still und nachdenklich am Bett.

»Ich kann es einfach nicht glauben. Wir waren so vergnügt. Manfred ... », der Rest ging in einem unterdrückten Schluchzen unter.

»Bist du sicher, dass der Schnellverschluss am Rad wirklich fest war?«, sprach sie nach einiger Zeit die Bedenken aus, die am Morgen auch durch meinen Kopf gegangen waren.

»So sicher, wie man in solchen Sachen sein kann«, antwortete ich, obwohl ich langsam Zweifel hatte. Ich fürchtete zwar keine offiziellen Konsequenzen seitens der Polizei. Sollte ich allerdings durch nachlässiges Handeln den Tod von Manfred verursacht haben, würde mich die Sache mein Leben lang begleiten. Ich wollte dies nicht in Betracht ziehen. Gemeinsam rekapitulierten wir den Nachmittag bis zum Sturz. Punkt für Punkt. Ich war sicher, das Vorderrad richtig eingespannt zu haben. Somit kam nur ein Materialfehler in Frage, obwohl das Rad ziemlich neu war. Eine andere Möglichkeit kam für mich nicht in Betracht.

Am späten Nachmittag erhielt ich überraschenden Besuch vom Kollegen Grenz. Inoffiziell, wie er betonte. Es dauerte eine ganze Weile, bis er zur Sache kam.

»Das vorläufige Ergebnis des TÜV-Gutachtens über Ihr Rad liegt vor. Eindeutig ist der Sturz nicht durch Bruch der Radnabe oder der Gabel zu erklären. Beide sind – von den Beschädigungen durch den Sturz abgesehen – tadellos in Ordnung. Für uns ist momentan die einzige Erklärung, dass der Hebel des Schnellverschlusses nicht vollständig geschlossen wurde. Während der Tour hat sich der Verschluss immer weiter geöffnet, bis er auf der Holperstrecke nach Handschuhsheim gänzlich aufgegangen ist. Die Gabel konnte das Rad freigeben und Sie sind über den Lenker ab wie Schmitz' Katze. Ein tragischer Unfall, mit leider tödlichem Ausgang für Ihren Bekannten. Die Obduktion steht zwar noch aus, aber der Arzt am Unfallort hat einen tödlichen Halswirbelbruch diagnostiziert. Auch der Helm konnte da nicht helfen.« Trotz seiner teilweise sa-

loppen Ausdrucksweise schaute Grenz betrübt daher.
»Ich habe den Schnellverschluss kurz zuvor sorgfältig verriegelt! Hat Ihnen dies meine Bekannte nicht schon mitgeteilt?«, erwiderte ich heftig.
»Ja schon, aber es ist eindeutig kein Materialfehler zu erkennen. Die Experten sind sich schon jetzt ziemlich sicher. Sie kennen doch den Sachverständigen Vogel. Morgen Abend bekomme ich den abschließenden schriftlichen Bericht.«
Ich kannte Vogel als einen der besten Verkehrssachverständigen im ganzen Rhein-Neckar-Raum. Er wurde zu nahezu jedem tödlichen Verkehrsunfall, bei dem nur die geringsten Fragen auftauchten, herangezogen. Erstaunlich nur, dass er so schnell gearbeitet hatte. Normalerweise lässt er sich Monate Zeit. Grenz schien meine Gedanken zu erahnen.
»Der Oberstaatsanwalt hat ihm Dampf gemacht. Übrigens war in Ihrem Blut kein Alkohol zu finden. Jedenfalls keine relevante Menge. Ich denke, dies sollte Sie beruhigen. Wenn Sie soweit wieder auf dem Damm sind, hätte ich gerne eine Aussage von Ihnen.«
»Schicken Sie einfach einen Polizeibeamten, ich habe sowieso nichts zu tun. Allerdings weiß ich nicht viel mehr, als ich bisher gesagt habe. Aber eine Frage habe ich: Wurde der Schnellverschluss auf Fingerabdrücke untersucht?«
Grenz blickte mich erstaunt an. »Warum sollten wir?«
Ich erzählte ihm von dem Überfall im Hausflur; meine weiteren Nachforschungen verriet ich nicht. Er hätte sicherlich versucht, die Namen der Schläger zu erfahren. Einerseits war ich da im Wort und andererseits sah ich keinen Zusammenhang mit dem Unfall.
Grenz wurde nachdenklich. »Bisher hatten wir dafür keinen Grund. Aber ich werde es heute noch veranlassen. Ich hoffe nur, Vogel hat wie immer mit Handschuhen gearbeitet.«
»Davon bin ich überzeugt«, antwortete ich. »Doch Sie werden wahrscheinlich keine Fingerabdrücke finden.«
Jetzt wurde sein Gesichtsausdruck noch erstaunter. »Warum um Himmels willen sollen wir dann überhaupt suchen?«
»Ganz einfach. Ich glaube, jemand hat an meinem Rad manipu-

liert, während wir fröhlich im Biergarten saßen. Wer immer dies war, wird clever genug gewesen sein, keine Spuren zu hinterlassen. Da ich absolut sicher bin, den Schnellverschluss mit dem rechten Daumen zugedrückt zu haben, müsste sich der Abdruck darauf befinden. Wenn nicht, könnte dies ein Indiz für eine bewusste Manipulation sein.«
Grenz schaute ein wenig zweifelnd. »Wie sollen wir dies feststellen? Ihr Abdruck könnte, wenn der Täter mit Handschuhen gearbeitet hat, auch nur verwischt sein. Außerdem greift man beim Öffnen des Verschlusses hinter den Bügel und nicht – wie beim Schließen – auf den Bügel.«
Meine Schlussfolgerungen schienen ihn nicht zu überzeugen. Mich auch nicht, aber mehr hatte ich nicht zu bieten.
Als er gegangen war, hirnte ich vor mich hin. In meinem Kopf war durch das Gespräch eine Saite angeschlagen worden. Eine sinnvolle Melodie wurde es jedoch nicht. Einen Moment glaubte ich, den Gedanken fassen zu können, vergebens. An irgendetwas wollte sich mein Gedächtnis erinnern. Nur woran? Schließlich schlief ich ein. Eine unfreundliche Nachtschwester weckte mich, brachte lauwarmen Pfefferminztee, drei Scheiben kümmerlichen Aufschnitt, garniert mit einer altersschwachen Tomate und einer runzeligen Gurke, dazu zwei Scheiben Graubrot von letzter Woche. Zumindest wurde man hier nicht fett. Irgendwann beim Zappen durch die Programme kam der Gedanke vom Nachmittag wieder auf. Flüchtig, noch nicht vollständig wahrnehmbar. Plötzlich wusste ich es. Video! Während wir im Biergarten saßen, war die Dresdner Truppe angekommen. Deren Anführer hatte pausenlos mit einem Camcorder gefilmt. Vielleicht war auf dem Film etwas zu erkennen. Wenigstens eine kleine Chance. Befriedigt schlummerte ich ein.

Am nächsten Morgen ging es mir weitaus besser. Die Kopfschmerzen waren verschwunden. Die Platzwunde pochte nur noch ganz dezent. Ab acht Uhr versuchte ich immer wieder, Grenz zu erreichen. Kurz vor neun hatte ich ihn endlich an der Strippe.

»Flaig, Morgen. Heute Nacht ist mir etwas Wichtiges eingefallen. Bei unserer Rast auf dem Weißen Stein ist eine Gruppe von Ossis angekommen. Deren Wortführer, ein großer dunkelhaariger Mann mittleren Alters, hat pausenlos gefilmt. Ankunft, Einmarsch ins Lokal, Kaffeetrinken. Immer wieder hat er mit der Kamera seine im Gartenlokal sitzenden Mitreisenden aufgenommen. Ich denke, der Film könnte für uns interessant sein. Vielleicht lässt sich was erkennen. Unsere Räder standen direkt rechts neben dem Garteneingang, durch welchen die ganze Truppe defiliert ist.«
Am anderen Ende der Leitung war Stille. Ein undeutliches Grunzen. Weder Zustimmung noch Ablehnung. Indifferent. Schließlich: »Ich wüsste nicht, was das bringen sollte. Wenn es überhaupt einen Täter gibt, hat der sich bestimmt nicht filmen lassen.«
Glaubte ich natürlich auch nicht. Doch dann kam spontan eine Idee. »Wenn man die Räder auf dem Film sehen kann, lässt sich vielleicht feststellen, ob der Schnellverschluss geschlossen war.«
Wieder Stille am anderen Ende der Leitung. Wieder ein unverständliches Gebrummel. Diesmal jedoch eindeutig zustimmender Art.
»Wäre 'ne Möglichkeit. Ich überprüfe es. Haben Sie die Autonummer vom Bus der Dresdner?«
»Habe ich nicht. Ich weiß nicht einmal, ob die wirklich aus Dresden waren. Jedenfalls waren es Sachsen. Eindeutig am Dialekt erkennbar. Nu.«
»Ich werde es herausbekommen. Gute Besserung. Ich muss um neun in eine Verhandlung. Tschüss«, und schon hatte er eingehängt.
Irgendwie, hatte ich den Eindruck, schien der Kollege meine Euphorie nicht zu teilen, wofür ich ein gewisses Verständnis hegte. Für ihn war es nur ein Fall in seiner Statistik, wenn auch kein angenehmer. Fälle, in die Kollegen verwickelt sind, sind immer unangenehm. Ich erlebte zum ersten Mal, wie man sich fühlt, eingeklemmt in einem roten Aktendeckel der Staatsanwaltschaft.
Kurz vor zehn kam die Visite. Herr Professor mit Oberarzt und Assistenten. Ich war mit dem Packen meiner Klamotten beschäftigt.

Die Herren waren etwas befremdet. Sie lehnten jede Verantwortung ab, sollte ich das Krankenhaus schon jetzt verlassen. Nach übereinstimmender Ansicht der Doctores sollte ich mindestens eine Woche das Krankenhausbett hüten. Konnte ich mir gut vorstellen. Die halbe Station stand leer. Außerdem war ich Privatpatient. Trotzdem und obwohl der Punktwert für Behandlungen weiter gesunken war, wie ich dem Ärzteblatt auf der Station entnommen hatte, konnte ich auf derartige Medizinerschicksale keine Rücksicht nehmen. Nachdem ich eine Erklärung unterschrieben hatte, mit der das Krankenhaus von jeder Verantwortung frei war, bestellte die Krankenschwester ein Taxi.
Zu Hause angekommen, hörte ich meinen vorwurfsvoll blinkenden Anrufbeantworter ab. Unmittelbar überfiel mich die empörte Stimme meines Vaters, der sich wortreich beschwerte, dass ich seit Tagen nichts mehr von mir hatte hören lassen. Bevor ich die weiteren Anrufe abarbeitete, beruhigte ich als gehorsamer Sohn die besorgten Eltern. Von den zwischenzeitlichen Vorfällen erzählte ich nichts. Die restlichen Anrufe betrafen täglichen Kleinkram. Die Post vom Tage hatte Renate im Flur abgelegt, nach Reklame, Tageszeitungen und privaten Briefen sorgsam geordnet. Obenauf lag ein dicker Umschlag. Er enthielt weiteres Material zum Fall Siefert vom Heidelberger Stadtarchiv. Man hatte sich die Mühe gemacht, von mir nicht entdeckte Artikel zu kopieren. Nunmehr hatte ich alles, was zu jener Zeit in den regionalen Zeitungen über den Fall geschrieben worden war. Den ganzen Tag arbeitete ich mich durch die alten Zeitungsberichte und der Fall Siefert nahm immer mehr Gestalt an.
Nach mehren Versuchen gelang es im Landesarchiv in Karlsruhe einen Mitarbeiter zu sprechen, der über den Fall Siefert zumindest entfernt informiert war. Seiner Ansicht nach lagerten irgendwelche alten Aktenstücke über den Prozess im Archiv. Genaueres vermochte er nicht zu sagen. Um mehr zu erfahren, müsse ich nach Karlsruhe kommen und selbst suchen. Kurz entschlossen vereinbarte ich für den nächsten Tag einen Termin.
Gegen Abend brachte Katerina die mittlerweile aufgetriebene Dok-

torarbeit von Prof. Bornhold. Schon bei flüchtiger Durchsicht war klar, dass meine Dissertation hiervon nicht wesentlich berührt wurde. Ich konnte mit meiner Arbeit beruhigt fortfahren und beschloss deshalb, Bornholds Werk erst in den nächsten Tagen genauer anzusehen.

Kurz darauf schaute auch Renate nach mir, um den Stand der Dinge zu erfahren und mich aufzumuntern. Als ich von meiner Verabredung in Karlsruhe erzählte, bot sie spontan an, mich zu chauffieren. Am nächsten Morgen starteten wir um kurz nach 10 Uhr. Am Walldorfer Kreuz war wie immer Stau. Mühsam quälte sich Renate auf der linken Spur im Schritttempo voran, lauthals über die anderen Fahrer fluchend. Bis Bruchsal zuckelten wir langsam voran. Ohne erkennbaren Anlass löste sich der Stau. Wir kamen rechtzeitig vor der Mittagspause ins Landesarchiv. Ein freundlicher junger Mann half beim Suchen nach der Akte Siefert. Bald wurden wir fündig. Wenn ich den Karteikarten glauben durfte, lagen wesentliche Teile der Akten hier im Archiv. Der hilfsbereite Beamte versprach, nachmittags alles im Lesesaal bereitzustellen. Wir beschlossen im Café Ludwig, von den Einheimischen auch Café Wichtig genannt, zu essen. Neben Winni Schäfer, dem ehemaligen Trainer des KSC, verkehrten dort weitere Größen der örtlichen High Society und immer wieder Richter des Bundesgerichtshofes. Die Maultaschen, auf badische Art zubereitet, waren prima, der Kartoffelsalat wie von Muttern. Pünktlich waren wir wieder im Lesesaal des Landesarchivs, wo wie versprochen die Akten bereitlagen. Die polizeilichen Ermittlungsakten mit den Vernehmungsprotokollen, teils mit handschriftlichen Anmerkungen der Polizei, die Berichte des Ermittlungsrichters, die landgerichtliche Prozessakte und die Revisionsakte waren fast vollständig vorhanden. Ich war auf eine echte Goldader gestoßen.

Wir arbeiteten Aktenstück um Aktenstück durch, trennten Wesentliches von Unwesentlichem und gaben die Akten zum Kopieren. Kurz vor Schließung des Archivs hatte ich das gesamte Material grob gesichtet und eigentlich alles, was im Entferntesten wichtig sein konnte, ablichten lassen. Mit der kopierten Akte, den polizeili-

chen Vernehmungsprotokollen, der Handakte der Staatsanwaltschaft, den Wortprotokollen der historischen regionalen Zeitungen und den Prozessberichten der weiteren Zeitungen besaß ich genügend Material, um den Fall neu aufzurollen. Anhand der vorliegenden Unterlagen sollte ich selbst in der Lage sein, ein Bild über Schuld oder Unschuld von Siefert zu zeichnen. Vielleicht ergab sich daraus ein Anhaltspunkt, warum man es auf mich abgesehen hatte. Ich musste nur Stück um Stück, Vernehmung um Vernehmung, Bericht um Bericht aneinander reihen. Erst auf dem Nachhauseweg wurde mir bewusst, wie sehr ich mich in den Fall Siefert verbissen hatte. Die ganze Woche arbeitete ich konzentriert. Zunächst las ich die gesamten Prozessakten und alles, was ich über den Fall zusammengetragen hatte. Dann erstellte ich eine eigene, chronologisch geordnete Akte Siefert, um ein vollständiges Bild zu bekommen. Anhand der Anklageschrift, in der sämtliche Zeugen, Sachverständige und Beweismittel angegeben waren, kontrollierte ich, ob alle diese Beweismittel berücksichtigt wurden. Ich überprüfte die in den Akten befindlichen Aussagen der Zeugen durch die Wortprotokolle der verschiedenen Zeitungen. Ich verglich die schriftlich eingereichten Gutachten mit den Aussagen vor Gericht. Zusehends vervollständigte sich das Bild. Bemerkenswert war dabei, wie genau – teilweise ohne geringste Abweichungen – selbst längere in der Verhandlung verlesene Schriftstücke in den Zeitungen wiedergegeben wurden.
Am Wochenende arbeitete ich mit Renate zusammen rund um die Uhr. Michael, der neben Architektur auch Grafikdesign studiert hatte und viel von Schriften verstand, übersetzte Teile der handschriftlichen Notizen, insbesondere die kaum lesbare altdeutsche Schrift des Staatsanwaltes. Sonntag Abend hatten wir, aufgeklebt auf DIN-A4-Papier, den Fall Siefert erneut in eine Akte eingebunden. Jedenfalls soweit dies nach mehr als 80 Jahren möglich war.

Heidelberger Bergbahn zu Zeiten Sieferts

Zweiter Teil

Es gibt zwei Arten von Menschen:
Die einen haben einen Revolver
in der Hand, die anderen einen
Strick um den Hals.

Aus: »Zwei glorreiche Halunken«
(Sergio Leone)

Erster Verhandlungstag

Heidelberg, Montag 16.1.1922

Schlag 9 Uhr betrat der Vorsitzende mit seinen Beisitzern den Saal. Augenblicklich herrschte Stille, die auch den Staatsanwalt aus seinen Gedanken riss. Der Vorsitzende, ein älterer Herr mit einem gepflegten Backenbart und einem runden Zwicker, eröffnete die Verhandlung. Nach einigen einführenden Worten über den beklagenswerten Zustand des heutigen Deutschlands belehrte er Staatsanwaltschaft und Verteidigung ausführlich über das Procedere bei der Auswahl der Geschworenen. Jede Partei habe das Recht, aus den dreißig geladenen und als Geschworene in Frage kommenden Bürgern zwölf abzulehnen. Dies allerdings nur, solange gewährleistet sei, dass noch zwölf Geschworene gewählt werden könnten. Nach und nach wurden die dreißig Heidelberger Bürger aufgerufen, ihre Namen auf Lose verzeichnet und diese in eine Urne geworfen. Nachdem alle registriert waren, zog der Vorsitzende Los um Los aus der Urne und verlas die darauf befindlichen Namen. Die ersten drei wurden angenommen. Der vierte wurde von der Staatsanwaltschaft abgelehnt, anschließend eine weitere Geschworene. Ein altes Weiblein, mit einem Rosenkranz in der linken Hand, wurde von Verteidiger Karg nicht akzeptiert. Der Angeklagte beobachtete die Ziehung der Lose gespannt und unterzog die Geschworenen genauester Betrachtung. Beide Parteien schöpften ihr Ablehnungsrecht fast vollständig aus. Nachdem die zwölf Männer sowie zwei Ergänzungsgeschworene ausgesucht waren, belehrte der Vorsitzende diese und ließ sie auf der Geschworenenbank Platz nehmen.

Vorsitzender zum Angeklagten Siefert: »Erheben Sie sich bitte und machen Sie Angaben zu Ihrem Stand und Vorleben.«

Der Angeklagte, ein großer, schlanker Mann, dessen eine vergrößerte Pupille kaum merklich zuckte, stand sogleich auf: »Mein Name ist Leonhard Siefert. Ich bin 26 Jahre alt, unverheiratet und stamme aus Olfen, Kreis Eberbach in Hessen. Ich bin als jüngstes Kind aus zweiter Ehe meines Vaters geboren. Ich habe zwei Brüder. Der eine betreibt in Olfen ein Steinhauergeschäft, der andere ist als Taglöhner 1916 gestorben. Aus der ersten Ehe meines Vaters stammen fünf Söhne, von denen drei nach Amerika auswanderten. Mein Vater ist schon früh, im Jahre 1905, meine Mutter im März letzten Jahres an Altersschwäche verstorben. Ich bin nicht vorbestraft, von Beruf Eisenbahnarbeiter. Bis zu meiner Verhaftung wohnte ich in Ziegelhausen bei der Witwe Kratzmüller.«

Als Siefert verstummte, forderte der Vorsitzende Oberstaatsanwalt Dr. Sebold zur Verlesung der Anklageschrift auf. Dieser erhob sich, rückte seine Robe zurecht, ordnete ein paar Schriftstücke auf seinem Tisch und begann, nach einer angedeuteten Verbeugung zur Geschworenenbank, mit ernster Stimme:

»Siefert, ich klage Sie an, vorsätzlich je einen Menschen mit Überlegung getötet zu haben, indem Sie am 29. Juni 1921 auf der Gemarkung Heidelberg im Walde oberhalb des Kümmelbacher Hofes am Linsenteicheck, ausgerüstet mit einem Militärkarabiner und Munition und hinter Bäumen versteckt, vorübergehenden Spaziergängern aufgelauert haben, um sie niederzuschießen und zu berauben. Zwischen 5 und 7 Uhr haben Sie sodann, bei Annäherung des Oberbürgermeisters Wilhelm Busse und Bürgermeisters a. D. Leopold Werner, durch einen Schuss in die linke Brustseite den Busse getötet, auf den davon eilenden Werner einen zweiten Schuss abgegeben, ohne ihn zu treffen, und sind ihm nachgesprungen, um ihm mit dem Gewehr mehrere Schläge auf den Kopf zu versetzen. Hierdurch haben Sie den Tod des Leopold Werner herbeigeführt und danach die Wertgegenstände der Ermordeten an sich genommen.«

Vorsitzender zum Angeklagten: »Bekennen Sie sich der Ihnen zur Last gelegten Taten schuldig?«

Der Angeklagte, der stehend und ohne äußerliche Regung der Anklage zugehört hatte, antwortete nach einer Pause: »Nein, Herr Präsident, ich weiß von nichts. Ich bin an alledem unschuldig und habe die Morde nicht begangen. Ich war auch nie auf der Seite des Neckars, wo die Morde begangen wurden. Dort kenne ich mich gar nicht aus.«

Vorsitzender: »Nun gut. Dann erzählen Sie mal von Ihrem Lebensgang, Schule, Beruf und so weiter.«

»Ich bin ganz normal in die Volksschule gegangen und war eigentlich ein guter Schüler. Bis auf die Rechtschreibung, da hat es etwas gehapert.«

Vorsitzender, schmunzelnd: »Ja, Sie schreiben allerdings furchtbar.«

Angeklagter: »Nach der Schulzeit habe ich im November 1912 bei Schmiedmeister Adam Kaufmann in Güttersbach eine Lehre angefangen und bin dort bis März 1917 geblieben. Danach bin ich beim Militärdienst in Darmstadt als Landsturmrekrut mit dem Gewehr 98 ausgebildet worden. Nach der Ausbildung wurde ich mit dem Reserveinfanterieregiment 88 an die Westfront verschickt. Ich war an vielen Stellungskämpfen in der Champagne beteiligt, wofür ich das Eiserne Kreuz erhalten habe. Im Krieg musste ich mehrere Wochen im Lazarett liegen. Schließlich habe ich mich 1918 freiwillig als Flugzeugführer zur Ersatzabteilung 9 nach Darmstadt gemeldet.«

»Weshalb lagen Sie im Lazarett? Hatten Sie eine Kriegsverletzung?«

Angeklagter, verschämt lächelnd: »Gewissermaßen kann man das schon sagen. Ich hatte eine schlimme Geschlechtskrankheit.«

Allgemeines Gelächter im Gerichtssaal. Auch der zweite Beisitzer konnte nur mühsam ein Schmunzeln unterdrücken. Erst als der Vorsitzende mit strenger Miene in Richtung Zuschauer blickte, wurde es wieder ruhig.

Vorsitzender: »Wie stand es um Ihre Schießkünste?«

»Ich war ein guter Schütze. In meiner Rekrutenzeit in Darmstadt habe ich einen Schießpreis erhalten. Nach dem Krieg arbeitete ich zunächst in einer Hammerschmiede, wo ich am Anfang nur 30 Mark pro Woche, Kost und Logis erhalten habe. Später wurde es dann mehr, war aber immer noch recht wenig. Vor drei Jahren bin ich zur Bahn gegangen. Dort habe ich lohnendere Arbeit in der Werkstätte gefunden und monatlich 1000 Mark erhalten. Seit Ende 1920 wohnte ich bei der Witwe Kratzmüller in Ziegelhausen. Für Kost und Logis habe ich zuletzt 280 Mark im Monat bezahlt. Dafür bekam ich Essen, Schlafquartier und Kaffee. Etwa 20 Mark monatlich habe ich für die Fahrten zur Arbeit benötigt.«

»Wo ist denn das restliche Geld geblieben? Sie mussten doch niemand unterstützen?«

»Ich verbrauchte es nur für meine Lebensweise. Wenn man schwer in der Arbeit ist – ein bedrängtes Luder war ich auch – und Hunger habe ich immer gehabt, dann reicht das Geld gerade hin. Als junger Mann habe ich mir wie die anderen manches Vergnügen gestattet und auch Verkehr mit Frauenzimmern unterhalten. Allerdings haben die mich nicht viel gekostet. Mehr Geld habe ich für das Rauchen ausgegeben. Aber man kann nicht sagen, dass ich besonders verschwenderisch gelebt habe. Bei meiner Wirtin hatte ich zuletzt allerdings 1800 Mark Schulden und weitere 600 Mark bei Freunden.«

»Haben die Schulden Sie gedrückt?«

»Ganz und gar nicht!«

Vorsitzender: »Das verstehe ich nicht. Warum haben Sie dann bei der allgemeinen Verwertungsgesellschaft in Chemnitz fälschlicherweise behauptet, dass Sie längere Zeit ohne Arbeit gewesen seien und dadurch Ihren Lohn verloren hätten?«

»Ich wollte mir von dieser Gesellschaft Geld leihen. Dafür musste

ich zunächst eine Provision zahlen und dann sollte ich auch noch einen Bürgen stellen. Als anständiger Mensch wollte ich meine Freunde nicht behelligen. Deshalb habe ich die Bürgschaftsurkunde mit dem Namen meines Freundes versehen. Geld habe ich trotzdem nicht bekommen.«
Vorsitzender: »Hatten Sie denn Hoffnung, auf andere Art an Geld zu kommen?«
»Das war Unsinn von mir.«
Vorsitzender, nachhakend: »Sie erzählten doch überall, dass Ihre Mutter Ihnen Geld hinterlassen habe und Sie nach Olfen gegangen seien, um die Erbschaft zu holen.«
»Davon weiß ich nichts.«
Der Vorsitzender wartete und fragte schließlich, als der Angeklagte nicht weiter antwortete: »Wollten Sie nicht mal durch eine reiche Heirat zu Geld kommen?«
»Das war auch ein Unsinn. Ich las ein Heiratsinserat einer Millionärin. Ich habe mich gleich gemeldet, worauf ein Agent zunächst 100 Mark Schreibgebühren gefordert hat. Darauf habe ich die Sache hängen lassen. Ich habe dann meine Uhr und meinen Mantel im Leihhaus verpfändet. Dort sind sie noch heute.«
Vorsitzender: »Sie haben verschiedene Liebschaften gehabt.«
»Allerdings, ich lernte mehrere Mädchen nacheinander kennen. Aber etwas Ernstes war nicht dabei. Die Mädchen, mit welchen ich in den letzten Jahren verkehrt habe, konnte ich als Frau nicht gebrauchen, weil sie entweder kein Vermögen hatten oder sich als Hausfrauen nicht eigneten.«
Der Vorsitzende zog ungläubig die Augenbrauen hoch: »Darauf werden wir später noch zurückkommen müssen. Wie halten Sie es denn mit der Religion?«
Siefert dachte nach, zögerte: »Ich bin zwar kein Kirchenspringer, absolut nicht. Ich bin aber nicht gottlos und Religion habe ich.«
Vorsitzender: »In Ihrem Zimmer wurden kommunistische Propagandaschriften und eine Beitrittserklärung zum Spartakusbund gefunden. Wenn ich es aus den Akten noch richtig in Erinnerung habe, war sie sogar ausgefüllt. Sind Sie denn Mitglied einer kom-

munistischen Partei?«
»Nein, bestimmt nicht. Ich habe die Beitrittserklärung nicht abgegeben, da ich an der Zugehörigkeit zu dieser Partei später kein Interesse mehr hatte. Die Propagandaschriften habe ich einem Mitarbeiter abgekauft, aber nie gelesen. Ich bin überhaupt kein Mitglied irgendeiner Partei. Außerdem bin ich darüber keinem Rechenschaft schuldig.« Trotzig schaute Siefert den Vorsitzenden an, als wolle er ihn herausfordern. Dieser erwiderte Sieferts Blick gelassen und ohne darauf einzugehen.
Im weiteren Verlauf des Verhandlungstages wurden verschiedene Leumundszeugen über den Lebenswandel des Angeklagten vernommen.
Zeuge Hammerschmied Correl: »Siefert war das ganze Jahr 1919 bei mir als Schmied beschäftigt. Er war einer der kräftigsten und fleißigsten Gehilfen, die ich je gehabt habe. Er konnte Stangen von siebzig Pfund mit Leichtigkeit bearbeiten. Allerdings«, der Zeuge zögerte einen Moment, als wisse er nicht genau, wie er fortfahren solle, »so richtig getraut habe ich ihm nie. Obwohl«, wieder ein kaum merkliches Zögern, »ich kann nicht einmal sagen, warum.« Correl, der wenig wortgewandt war, verstummte.
Der Vorsitzende half weiter: »Bei der Polizei haben Sie von einem Gewehr gesprochen, erinnern Sie sich noch?«
Sichtlich erleichtert, den Faden wieder gefunden zu haben, fuhr der Zeuge fort: »Ja, ja, das ist richtig. Im Herbst 1919 habe ich eines Abends den Schlosser Wilhelm Breitenstein in seiner Werkstätte besucht, um ein Werkzeug zu leihen. Dort traf ich den Angeklagten, der sich gerade an einem Militärkarabiner zu schaffen machte. Siefert hat kaum aufgesehen, sondern einfach weiter gearbeitet. Breitenstein hat mir damals erklärt, dass sie das Gewehr kürzer machten. So würde es besser unter den Mantel passen. Mir war das unheimlich, ich bin gleich wieder gegangen. Wem das Gewehr gehört hatte, weiß ich nicht. Ich habe damals auch nicht danach gefragt.«
Vorsitzender: »Wir werden den Breitenstein danach fragen.«
Zeuge Breitenstein: »Während des Krieges richtete ich im elterli-

chen Hause eine Schlosserwerkstätte ein. Dort arbeitete ich nach Feierabend, um ein Zubrot zu verdienen. Dabei war mir Siefert öfters behilflich. Nach dem Umsturz beim Durchzug der Truppen durch Ziegelhausen hatten wir eine Einquartierung. Von diesem Soldaten bekam ich ein Infanteriegewehr geschenkt. Einige Monate später wurde die Bevölkerung durch den Polizeidiener in Ziegelhausen mit der Ortschelle aufgefordert, alle Waffen abzuliefern. Ich wollte das Gewehr unbemerkt hinter dem Rathaus abstellen. Darum bat ich Siefert mitzugehen. Aber er überredete mich, es zu behalten. Er versprach, es für die Jagd umzuarbeiten. Siefert hatte ein ähnliches zu Hause und damit schon gejagt. In der Werkstätte von Corell haben wir den Lauf auf dem Schleifstein verkürzt. Den Rest hat er später in meiner Werkstatt verändert. Ich habe ihn öfters gebeten, mir das Gewehr zurückzubringen. Ich hatte Angst, er könne Unheil damit anrichten. Vor allem aber hatte ich Angst, ich könnte darin verwickelt werden. Nach etwa sechs Wochen brachte er es wieder. Ich habe es gleich zerlegt und den Schaft verbrannt.«

Die weiteren aufgerufenen Zeugen schilderten Siefert als ruhigen und ordentlichen Arbeiter. Manchen war jedoch gehöriger Respekt vor Siefert anzumerken.
Zeuge Lang: »Ich bin Betriebswerkmeister und war Vorgesetzter des Angeklagten. Bis zu seiner Verhaftung war mir Nachteiliges über den Angeklagten nicht zu Ohren gekommen.«
Vorsitzender, auf den Tisch deutend: »Beim Angeklagten sollen einige gestohlene Sachen gefunden worden sein. Sehen Sie sich die Gegenstände einmal genau an.«
Der Zeuge Lang betrachtete die auf dem Tisch liegenden Gegenstände ausgiebig. Endlich zeigte er auf einen Gewindebohrer: »Der stammt sicher aus der Schwetzinger Werkstätte. Der Flaschenzug kommt von uns, jedenfalls werden bei der Bahn genau diese benutzt. Das Abfallkupfer stammt wahrscheinlich auch von uns. Kupfer brauchen wir für die anfallenden Reparaturen in rauen Mengen. Der Abfall wird später vom Altwarenhändler abgeholt.«
Vorsitzender: »Na, Siefert, was sagen Sie dazu? Haben Sie diese

Dinge gestohlen oder nicht?«
»Es stimmt, den Gewindebohrer habe ich aus Schwetzingen mitgenommen. Der Flaschenzug ist allerdings aus Heidelberg. Der ist beim alten Eisen gelegen. Er war nichts mehr wert. Das Abfallkupfer habe ich bei meiner Arbeit in Schwetzingen erübrigt und es dann einem Altwarenhändler in Heidelberg verkauft.«
Vorsitzender zog die Stirne kraus. »›Erübrigt‹ nennen Sie das?«
Der Angeklagte schaute den Vorsitzenden fest an und nickte wie zur Bestätigung seiner vorangegangenen Worte heftig.
Vorsitzender: »Na gut, wenn Sie das so sehen. Dann wollen wir zu der Urkundenfälschung Ihren Arbeitskollegen Jung hören.«
Zeuge Jung: »Der Siefert hat vor einiger Zeit von mir verlangt, als Bürge für ihn aufzutreten. Dies habe ich ihm sofort abgelehnt. Es gedenkt mir nicht mehr ganz genau, aber ich glaube, es sollte vor einer Chemnitzer Gesellschaft sein. Trotzdem habe ich bald nachher von dieser Gesellschaft ein Fragebogen mit einem entsprechenden Schreiben wegen der Bürgschaft erhalten. Ich habe aber den Fragebogen unbeantwortet zurückgeschickt.«
»Gestatten Sie eine Zwischenfrage an den Angeklagten«, unterbrach Staatsanwalt Dr. Mickel. Er wandte sich, ohne die Antwort abzuwarten, an den Angeklagten. »Sie haben vorhin angegeben, als anständiger Mensch hätten Sie Ihre Freunde nicht mit Geldangelegenheiten behelligen wollen. Finden Sie es anständiger, die Unterschrift eines Arbeitskollegen auf einer Bürgschaft zu fälschen?«
»So habe ich es nicht gemeint«, antwortete Siefert.
»Wie denn?«, kam sofort die Frage des Staatsanwaltes.
Der Vorsitzende wartete gespannt auf die Antwort des Angeklagten, der jedoch schwieg. Schließlich wandte sich der Vorsitzende wieder dem Zeugen zu.
»Haben Sie Siefert darauf angesprochen?«
»Ja natürlich, er hat jedoch zunächst alles abgeleugnet, dann aber doch zugestanden, dass er von der Gesellschaft kein Geld erhalten hat.«
Vorsitzender: »Montags hatte der Angeklagte oft kein Geld mehr.

Haben Sie ihn deshalb geuzt?«
»Wir haben ihn montags oft gefragt: Wie steht es mit deinen Finanzen? Dann pflegte er zu sagen: ›Schlecht, sehr schlecht.‹ Einmal sagte er: ›Entweder ich werde ein reicher Mann oder ich gehe zugrunde!‹ Auch von einer Millionenheirat hat er gesprochen, was wir aber nicht für ernst gehalten haben. Wenn Siefert Geld hatte, war er ein Kavalier. Er gab dann Wein aus, was wir uns nicht leisten konnten. Als seine Verhaftung bekannt wurde, glaubten wir es zuerst nicht.« Während seiner Aussage vermied der Zeuge jeglichen Blickkontakt zum Angeklagten und schaute unverwandt zur Richterbank.

Die nächsten Zeugen, der Bürgermeister, der Lehrer und der Pfarrer aus Olfen, hatten wenig Ergiebiges zu berichten. Lediglich der Spezereihändler sagte aus, dass Siefert ihm einmal fünfzig Pfennig aus der Ladenkasse gestohlen habe. Schließlich, von den Zuschauern als Höhepunkt des Tages schon neugierig erwartet, standen die Vernehmungen der Liebschaften des flotten Siefert an.

Die Zeugin Englert, eine kleine, auf den ersten Blick unscheinbare Person, der aber bei näherer Betrachtung ein gewisser Liebreiz nicht abzusprechen war, betrat mit leicht erröteten Wangen den Zeugenstand.
Zeugin Johanna Englert, Dienstmagd: »Ich bin 18 Jahre alt und beim Privatier Hofer in Ziegelhausen in Stellung. Den Siefert lernte ich 14 Tage vor dem Raubmord kennen. Danach haben wir uns mehrfach gesehen, das letzte Mal am Donnerstag nach seiner Rückkehr aus Olfen.«
Vom Vorsitzenden immer wieder aufgefordert, lauter zu sprechen, erzählte sie die Geschichte ihrer Liebschaft mit dem Angeklagten. Jedem im Saale war alsbald klar, welch leichtes Spiel Siefert mit der schüchternen Dienstmagd gehabt hatte. Schließlich kam sie zum Kern ihrer Aussage.
»An jenem Donnerstag habe ich mich mit Siefert gegen 10 Uhr hinter der Kirche getroffen. Wir wollten einen Abendspaziergang un-

ternehmen. Ich bemerkte sogleich eine goldene Uhr und einen goldenen Ring mit einem großen Stein, auf dem sich ein Monogramm befand, an der Hand Sieferts. Als ich ihn darauf ansprach, antwortete er: ›Du bekommst auch einen. Ich habe ihn von meinem Stiefbruder aus Amerika bekommen. Der Ring hat einen solchen Wert, damit könnte man eine kleine Hochzeit feiern ...‹ Dabei schaute er mich wortlos an, bis mir ganz warm ums Herz wurde, und steckte mir einen Brillantring, den er aus seiner Westentasche zog, an den Goldfinger. Der Ring war aber zu groß. Am nächsten Tag gab ich ihm den Ring deshalb wieder zurück. Da habe ich dann wieder die goldene Uhr und eine silberne Uhrkette bei ihm gesehen.«
Vorsitzender zu Siefert: »Wollten Sie denn das Mädchen heiraten?«
Siefert: »Absolut nicht!«
Vorsitzender, wieder zur Zeugin gewandt: »Wussten Sie, dass der Ring nicht Siefert gehörte?«
Zeugin: »Nein, Siefert hat gesagt, er habe ihn von seiner Verwandtschaft aus Amerika zum Geburtstag geschenkt bekommen.«
Vorsitzender: »Was haben Sie denn mit Siefert unternommen?«
Zeugin: »Meist sind wir spazieren gegangen oder am Neckar gesessen.«
Vorsitzender: »Nur am Neckar gesessen?«
Zeugin, verschämt: »Ja, nun schon. Mehr war da nicht. Es war noch kein richtiges Verhältnis.« Während ihrer Vernehmung schaute die Zeugin verlegen auf den Boden. Schüchtern trat sie an den Richtertisch und identifizierte Uhr und Ring der Mordopfer, die sie beim Angeklagten gesehen hatte. Schließlich wurde sie entlassen und eine weitere Bekanntschaft des Angeklagten in den Zeugenstand gerufen.

Zeugin Elsa Haas, Weißnäherin: »Es stimmt, dass ich mit ihm ein Verhältnis hatte. Zuerst war es mehr Freundschaft, am Ende allerdings war es ein richtiges Liebesverhältnis. Wir haben jedes Wochenende Spaziergänge gemacht oder sind auf eine Kirchweihe gegangen. Noch bevor Siefert ins Gefängnis kam, haben wir uns getrennt. Grund hierfür waren unsere Glaubensunterschiede. Siefert

hat sich immer über Religion lustig gemacht und spöttische Bemerkungen über die ›Pfaffen‹ ausgeteilt. Außerdem waren meine Eltern gegen unsere Beziehung eingestellt.«
Staatsanwalt Dr. Sebold: »Wo sind Sie spazieren gegangen?«
Zeugin: »Manchmal am Neckar entlang auf dem Treidelpfad. Einmal sind wir von Ziegelhausen über den Übergang beim Schlierbacher Bahnhof am Friedhof, vorbei den Auweg entlang, nach Neckargemünd gegangen.«
Der Vorsitzende zog die Augenbrauen hoch, drehte sich zum Angeklagten und setzte zu einer Frage an. Zuvor griff der Verteidiger ein: »Siefert sagte mir soeben, er erinnere sich dieses Weges. Sie seien die Verlängerung des Auweges gegangen und am Kümmelbacher Hof herausgekommen.«
Vorsitzender: »Ja, das ist der richtige Weg. Aber bisher hat er doch immer bestritten, diese Seite des Neckars zu kennen. Wieso erinnert er sich nun plötzlich?«
Der Angeklagte schwieg. Seine grauen Augen hielten dem Blick des Vorsitzenden, der ihn unverwandt fixierte, stand. Im Saal herrschte gespannte Aufmerksamkeit, wie Siefert seine bisherigen falschen Angaben erklären werde. Als Siefert mit seinem Anwalt zu tuscheln begann, holte der Vorsitzende seine Sackuhr aus der Rocktasche, betrachtete sie aufmerksam, als könne diese ihm die Ungereimtheiten in der Aussage Sieferts erklären, steckte sie wieder zurück, räusperte sich und erklärte: »Die Sitzung ist für heute geschlossen. Morgen früh um 9 Uhr wird die Verhandlung fortgesetzt.«

Zweiter Verhandlungstag

Heidelberg, Dienstag 17.1.1922

Der Schwurgerichtssaal war vollständig besetzt. Wie am Vortage kontrollierten an der Eingangstür Posten der badischen Gendarmerie. Sämtliche mit Platzkarten zugelassenen Zuschauer befanden sich auf ihren nummerierten Sitzen. Pünktlich um 9 Uhr betrat das Gericht den Saal. Gleichzeitig wurde Siefert zu seiner Anklagebank geführt. Mit großem Interesse beobachtete eine ältere Dame durch ihr Fernglas, wie Siefert die Ketten abgenommen wurden und er sich sodann neben seinen Verteidiger setzte, der ihm jedoch mit einer unauffälligen Handbewegung bedeutete, wieder aufzustehen.

Vorsitzender: »Die Sitzung ist eröffnet, bitte nehmen Sie Platz. Siefert, Sie haben bei Ihrer ersten Vernehmung ausgesagt, Sie hätten nie einen Karabiner besessen. Wir haben aber gestern die Aussage des Zeugen Breitenstein gehört, der behauptete, bei Ihnen ein Militärgewehr gesehen zu haben. Siefert, was sagen Sie nun?«
»Jawohl, ich habe gesagt, dass ich kein Gewehr besessen hätte. Aber das war doch ganz natürlich. Wenn ich den Waffenbesitz gleich zugegeben hätte, so wäre ich sofort als Mörder hingestellt worden. Ich bin aber kein Mörder. Sie sehen, ich konnte nicht an-

ders handeln. Ich musste diese Lüge gebrauchen, sonst wäre ich verraten und verkauft gewesen.«

Im Zuschauerraum entstand Unruhe. Zwischenrufe, die bis auf den Namen »Siefert« nicht verständlich waren, wurden laut. Die Pressevertreter redeten plötzlich hörbar miteinander. Erst nach der Drohung des Vorsitzenden, den Saal zu räumen, kehrte Ruhe ein.
Vorsitzender: »Dann erzählen Sie uns, wie Sie zu Ihrem Gewehr kamen und ob das beim Tatort gefundene Gewehr das Ihrige ist. Schauen Sie es sich genau an.«
Der Angeklagte trat an den Richtertisch. Er nahm den auf dem Tisch liegenden Karabiner vorsichtig in die Hand, beäugte ihn von allen Seiten: »Das ist mit mein Gewehr. Ich erkenne es an der Art, wie es abgeändert ist.«
Vorsitzender: »Warum haben Sie das Gewehr abgeändert?«
»Es sollte nicht sogleich als Militärgewehr erkannt werden. Bei der Revolution wurden von den Soldaten die Waffenkammern gewaltsam geöffnet. Viele holten sich die Gewehre, wie sie wollten. Da habe ich auch eins mitgehen lassen. Da dies ja gewissermaßen ein Diebstahl war, habe ich es abgeändert.«
Vorsitzender: »Kann es sein, dass Sie es abgeändert haben, um damit besser wildern zu können? In Ihrem Rucksack wurden doch Rehhaare festgestellt.«
Siefert: »Nein, gewiss nicht. Mit Wildern habe ich mich nie abgegeben, obwohl die Verhältnisse nach der Revolution auf diesem Gebiet sehr merkwürdig waren. Und wie die Rehhaare in den Rucksack gekommen sind, kann ich mir nicht erklären. Der Rucksack gehörte auch nicht mir. Ich hatte ihn von Freunden meiner Mutter geliehen.«
Vorsitzender: »Wieso ist gerade Ihr Gewehr zum Mordplatz gekommen?«
»Alles hat mit meinem Urlaub angefangen. Den habe ich beantragt, um in meiner Heimatstadt einen Grabstein für meine Mutter zu setzen. Da ich aber nur drei Tage erhielt, ging ich nicht nach Hause, sondern wollte mir ein kleines Pläsier machen.

Am 25. Juni bin ich am Heidelberger Bahnhof mit zwei unbekannten, gut gekleideten Herren, von denen der eine nur gebrochen Deutsch konnte, ins Gespräch gekommen. Wir haben über Politisches, die Teuerungen und die Noske-Truppen gesprochen. Dabei ist das Gespräch auch auf die Waffenablieferungen gekommen. Als ich ihnen erzählte, was ich in dem in Zeitungspapier eingewickelten Paket herumtrug, waren sie daran interessiert. Schließlich haben sie den Karabiner für 800 Mark gekauft. Dafür sollte ich sogleich verreisen und mich am Abend des 29. Juni um halb 11 Uhr zum Schnellzug in Eberbach einfinden. Ich bin deshalb zunächst nach Jagstfeld gefahren, wo ich ein Turnfest mitgemacht habe. Abends fand ich keine Logis, weswegen ich in einem Wäldchen nahe Offenau übernachtete. Am nächsten Morgen bin ich über Heinsheim nach Rappenau weitergewandert. Weil ich aber unterwegs schlapp machte, kam ich erst abends an. In der Nacht vom Dienstag auf Mittwoch, am 29. Juni ...«
Vorsitzender, einwerfend: »Also an Peter und Paul, dem Mordtag?«
Der Angeklagte fuhr, ohne hierauf einzugehen, fort: ».... habe ich im Freien übernachtet. Früh morgens ging ich bis Wimpfen weiter und ließ mich am Nachmittag über den Neckar setzen. Mit der Bahn fuhr ich dann nach Neckarelz. Dort besuchte ich eine Kantine. Ich trank einen Kaffee und bin dann mit dem D-Zug weiter nach Heidelberg. In Eberbach wollte ich aussteigen, sah aber die beiden Unbekannten in den Zug steigen. Sie nahmen mich mit in ihr Zweite-Klasse-Abteil. Da habe ich gefragt: ›Was wollen Sie eigentlich von mir?‹ Eine rechte Antwort konnten sie darauf aber nicht geben. Nachdem wir noch eine Weile disputiert haben, bin ich eingeschlafen und erst wieder in Heidelberg aufgewacht. Meine beiden Begleiter waren verschwunden und ich vermisste meinen Hut. Ich fuhr mit der letzten Elektrischen nach Ziegelhausen, wo ich etwa um Mitternacht ankam. Am anderen Morgen habe ich dann Frau Kratzmüller erklärt, dass ich jetzt meine Schulden bezahlen könne.«
»1800 Mark Schulden?«, warf der Vorsitzende erstaunt ein.
»Ich hatte 800 Mark für das Gewehr bekommen und hatte etwa 200

Mark von meinem Lohn übrig. Als ich morgens meinen Rucksack ausräumte, fand ich die Sachen, die bei mir beschlagnahmt wurden. Allerdings habe ich den Fehler begangen, diese Wertsachen zu behalten, anstatt sie der Polizei zu übergeben. Es waren zwei Uhren, mehrere Ringe, die Brieftasche, Uhrketten und noch einiges, an das ich mich gerade nicht erinnere.«

»Sie haben auch noch einen Brief gehabt, den Sie in Ihre Mappe legten.« Der Vorsitzende hielt in seiner Rechten eine blaue Mappe in die Höhe.

Angeklagter: »Von dem Brief weiß ich nichts. In der Brieftasche fand ich aber noch 800 Mark.«

Vorsitzender, mit erstaunter Stimme: »Und all diese Wertsachen fanden Sie in Ihrem Rucksack? Ja, glauben Sie denn, dass Ihnen diese Geschichte jemand abnimmt?«

Siefert zuckte mit den Achseln: »Und doch ist die Geschichte wahr.«

Vorsitzender: »Ihre Einlassung über die beiden Unbekannten ist eine ungeheuerliche Konstruktion. Es gehört schon viel dazu, wenn ein Mensch das begreifen soll. Sie treffen im Bahnhofsrestaurant zwei Fremde, verkaufen ihnen einen Karabiner für 800 Mark – einen außerordentlich hohen Preis – und dann bekommen Sie einen mysteriösen Auftrag. Was ist denn dieser Auftrag?«

Angeklagter: »Ich sollte mich lediglich am Mittwoch mit den Männern in Eberbach wieder treffen.«

Vorsitzender: »Hat Sie denn nicht interessiert, was die beiden Männer in Eberbach von Ihnen wollten?«

»Heute sehe ich ein, was die beiden Unbekannten von mir gewollt haben. Sie wollten mich dadurch hereinlegen, dass sie mir die Sachen untergeschoben haben. Ich soll nun den Mörder spielen und sie gehen leer aus.«

Vorsitzender, ganz erstaunt, sich leicht aus dem Stuhle erhebend: »Was! Sie wollten Sie hereinlegen? Nach Ihrer Aussage sollen die beiden nur die Absicht gehabt haben, jemand umzubringen, um Sie zu bereichern.«

Angeklagter: »Ich kann nur sagen, was ich weiß.«

Vorsitzender: »Sie konstruieren sich das jetzt zusammen.

Siefert, was Sie von Ihrer Reise erzählt haben, wird durch die Beweisaufnahme widerlegt werden. Und die Geschichte von den Unbekannten ist einer der größten Schuldbeweise gegen Sie.«
Angeklagter: »Ich kann nur sagen, was ich schon ursprünglich angegeben habe.«
Vorsitzender, leicht aufgebracht: »Nein, nein! Ursprünglich haben Sie geleugnet.«
Angeklagter: »Das stimmt allerdings; am Anfang habe ich gar nichts zugegeben.«
Vorsitzender: »Sie haben abgestritten, die Beweisstücke im Hause zu haben, bis sie dort vorgefunden wurden. Merkwürdigerweise haben Sie auch nicht zuerst dem Untersuchungsrichter, sondern einem Mitgefangenen von den Beweisstücken erzählt. Außerdem haben Sie ihn gefragt, ob er nicht Mittel und Wege wisse, die Sachen verschwinden zu lassen. Und nun halte ich Ihnen vor: Am Tatort liegt Ihr Karabiner, Ihr Anzug ist mit Blut verschmiert, und Ihre Handschrift, einen Fingerabdruck nämlich, haben Sie am Tatort zurückgelassen! An Ihren Kleidern wurden Pflanzenreste gefunden, wie sie nur in dem Heckenschützenstand vorkommen. Waren Sie trotzdem nicht am Tatort? Können Sie das noch länger bestreiten?«
»Jawohl, das kann mein Fingerabdruck nie und nimmer gewesen sein, das bestreite ich.«

Der Vorsitzende unterdrückte seinen aufkeimenden Unmut und rief den Kriminalwachtmeister Farrenkopf in den Zeugenstand, der Sieferts Verhaftung in epischer Breite erzählte. Staatsanwalt Dr. Mickel bemerkte bei einigen der Geschworenen jenen abwesenden Blick, der deutlich zu erkennen gab, dass ihre Gedanken fernab vom Gerichtssaal spazieren gingen, sich mit allem beschäftigten, nur nicht mit der Aussage des Zeugen. In eine kleine Pause hinein warf er schroff die Aufforderung: »Jetzt erzählen Sie uns einfach nur, was Sie beim Angeklagten gefunden haben!«
Die Geschworenen, durch die plötzliche Schärfe in der Stimme des Staatsanwalts aus ihrem Dämmerzustand erweckt, hörten wieder

aufmerksam zu. Der Schwurgerichtsvorsitzende – ein alter Hase in dem Geschäft – blickte dankbar zum Staatsanwalt. Der Zeuge hingegen wirkte verunsichert über diese Intervention des Staatsanwaltes.

»Sie haben doch gehört, was der Staatsanwalt gefragt hat. Nun antworten Sie«, ermunterte ihn der Vorsitzende.

Zeuge: »Zunächst haben wir im Schrank in einer Schachtel nur eine blutige Uhrkette und den Zubringer eines Gewehrs gefunden. Auf dem Dachboden fanden wir, unter alten Kleidern versteckt, die hier auf dem Tisch ausgebreiteten Habseligkeiten der Mordopfer. Nachdem wir auch die Kleidungsstücke des Angeklagten durchsuchten, stießen wir auf einen Reparaturbeleg des Juweliers Keilbauer über einen Brillantring. Ich bin mit diesem Beleg zum Juwelier gegangen. Siefert hat dort ein paar Wochen nach den Morden einen Brillantring vorgelegt, dessen Stein er verkaufen wollte. Man hat sich auf einen Kaufpreis von 2500 Mark nur für den Stein geeinigt. Siefert hat dem Juwelier den Auftrag erteilt, den Ring enger zu machen und mit einem unechten Stein zu versehen. Zudem hat er ihm den Ehering des Busse verkauft. Allerdings lief das Geschäft nicht unter dem Namen des Angeklagten ab, sondern er hat sich als ein ›Karl Werner, Neckargemünd‹ ausgegeben.«

Vorsitzender : »Werner?«

Zeuge: »Ja, Werner. Das steht auch auf dem Beleg.«

Im Gerichtssaal herrschte atemlose Stille. Die Zuschauer beugten sich auf ihren Stühlen gebannt nach vorne. Auch die Geschworenen schauten aufmerksam zum Angeklagten. Staatsanwalt Dr. Mickel beglückwünschte sich insgeheim, die Geschworenen rechtzeitig geweckt zu haben. Er erwartete voller Interesse die Stellungnahme des Angeklagten. Allein dieser blickte teilnahmslos um sich, als ginge ihn dies nichts an oder als könnte er in diesem Punkt keine Aufklärung geben. Auch als der Vorsitzende ihn auffordernd ansah, erfolgte keine Reaktion. Schließlich unterbrach der Verteidiger die Stille.

»Der Angeklagte gibt hierzu im Moment keine Erklärungen ab.«

Der Vorsitzende schaute erstaunt zum Verteidiger, setzte zu einer Erwiderung an, hielt dann jedoch inne, als besinne er sich eines Besseren, und beendete die Sitzung.

Dritter Verhandlungstag

Heidelberg, Mittwoch 18.1.1922

Eine herrliche Winterlandschaft umgab den Tatort. Durch die blätterlosen Laubbäume war weit unten der nebelverhangene, träge fließende Neckar zu sehen. Die Rufe der Schiffer hallten nur schwach bis hoch in den Berg, gedämpft durch den alles verhüllenden Schnee. Am Tatort, in der Nähe des Kümmelbacher Hofes, hatten sich das Gericht, die Geschworenen, die Staatsanwälte, mehrere Zeugen, die Pressevertreter und viele Zuschauer eingefunden. Siefert war bereits von einer Mannschaft der Heidelberger Schupo im Lastauto hergebracht worden. Er stand gefesselt hinter der Absperrung des Tatortes in einem Ring von Kriminalisten, die aufmerksam das geschäftige Treiben beobachteten. Siefert selbst betrachtete die Szene gleichgültig.

Pünktlich um 9.30 Uhr eröffnete der Vorsitzende die Sitzung. Nach einigen einleitenden Worten forderte er den Sachverständigen Popp auf, die Lage und den Zustand der Leichen zu beschreiben. Der Sachverständige führte die Beteiligten an einen Steilhang am Alten Linsenteichweg, kurz vor der Einmündung in den Linsenteich-Auweg. Mühsam bahnte sich der Sachverständige den Weg durch den dichten Baumbestand, bis er unweit des Wegrandes vor

einem Felshaufen stehen blieb. Er schaute den in seiner Nähe stehenden Vorsitzenden fragend an. Nachdem dieser leicht mit dem Kopf genickt hatte, begann er:
»Als ich zum Tatort gerufen wurde, waren diese Sandsteine künstlich aufeinandergeschichtet. Man erkannte dies sofort, da an manchen Steinen die moosbedeckten Flächen nach unten gerichtet waren. Das Ganze wirkte wie ein Grab. Ein zentnerschwerer Sandsteinfindling bedeckte die Leiche des Bürgermeisters Werner nahezu vollständig. Von diesem Felsbrocken stammten vermutlich die schweren Verletzungen der Brust und der Eingeweide. Als wir die Leiche unter den Steinen vorsichtig befreiten, wurden auf dem dunkelblauen Anzug unzählige Maden sichtbar. Die Leiche lag auf dem Rücken, das linke Bein vom übrigen Körper bedeckt, das rechte etwas gebeugt. Die Weichteile des Kopfes waren vom Madenfraß völlig zerstört, in der Kopfhöhle wimmelten zahllose Würmer.«
Der Sachverständige reichte dem Vorsitzenden einige Lichtbilder, die seinen emotionslosen Vortrag untermalten. Der Vorsitzende betrachtete sie eingehend und reichte sie jeweils an die Geschworenen weiter. Deren Interesse an den Bildern schien, nachdem sie der grausigen Details gewahr wurden, schnell zu erlöschen. Der Oberstaatsanwalt warf nur einen kurzen Blick auf die Bilder. Rechtsanwalt Karg und der Angeklagte schienen keinerlei Interesse an den Bildern zu haben. Nach einigen nebensächlichen Ausführungen des Sachverständigen zog der gesamte Tross etwa 150 Meter quer durch das Gelände zum zweiten Leichenfundort.

»Die Leiche von Bürgermeister Busse war in ähnlicher Weise mit Steinen bedeckt«, fuhr der Sachverständige fort. »Der Verwesungszustand war auch bei dieser Leiche weit fortgeschritten. Die zwischen den Steinen freiliegende linke Hand war fast vollständig skelettiert.« Wiederum reichte der Sachverständige den Beteiligten einige Lichtbilder, die mehr oder weniger aufmerksam betrachtet wurden.
»Auf den Photos sind keine Schleifspuren zu sehen. Kann ein

Mensch die mehr als zwei Zentner schwere Leiche des Werner durchs Gebüsch ziehen?«, fragte Rechtsanwalt Karg.
»Schleifspuren konnten wir nicht mehr feststellen. Dies war jedoch durchaus normal. Denn zwischen den Morden und der Auffindung der Leichen war einige Zeit vergangen. Regen, Wind und Wild hatten die Spuren zumindest teilweise vernichtet. Als ich kam, war der Waldboden zudem von den Suchmannschaften zertrampelt.«
Rechtsanwalt Karg insistierte: »Könnten zwei Männer die Leichen getragen haben?«
Sachverständiger: »Natürlich besteht die Möglichkeit. Aber ob dies so war, kann ich nicht sagen. Ich habe auf dem Boden keine verwertbaren Spuren gefunden.«
»Dann wollen wir dazu mal Kriminalwachtmeister Kniffel fragen, der war schließlich einer der Ersten am Tatort«, griff der Vorsitzende in den Disput ein. Es dauerte eine Weile, bis dieser zur Stelle war. Außer Atem vom steilen Abstieg berichtete er:
»Die vorgefundenen Spuren sprachen eindeutig dagegen, dass die Leichen von zwei Männern getragen wurden. Der Täter muss die Leichen unter dem Arm gepackt und rückwärts den Hang hinuntergezogen haben. Die Schleifspuren der Füße waren teilweise noch gut erkennbar. Dazu braucht man keine zwei Männer.«
»Ich glaube, das genügt. Wir sollten uns noch den Schützenstand anschauen«, unterbrach wiederum der Vorsitzende. Ohne eine Reaktion der Beteiligten abzuwarten, mühte er sich den Hang hinauf. Er überquerte den durch unzählige Holzfuhrwerke ausgefurchten Weg, folgte einem schmalen Fußpfad hinunter zum Kümmelbacher Hof und steuerte zielsicher auf eine Gruppe Felsblöcke zu, zwischen denen dicht gedrängt Fichten, Kastanien, Buchen und Haselnusssträucher wuchsen. Geduldig wartete er, bis alle Prozessbeteiligten nachgefolgt waren. Obwohl der Tatort mit Schnee bedeckt war, konnte man den künstlich mit Zweigen ausgepolsterten Schützenstand, der freies Schussfeld auf den Fahrweg bot, erkennen. Deutlich sichtbar waren am unteren Teil des Stammes einer Hainbuche zwei parallel verlaufende Einkerbungen. Untersu-

chungsrichter Hönl legte zur Demonstration in die Einkerbungen eine mitgebrachte Infanteriepatrone Modell 98, welche vom Täter an eben dieser Stelle zurückgelassen worden war. Rechts oberhalb der beiden Einkerbungen befand sich ein nasenförmiger Auswuchs, der trefflich zur Gewehrauflage benutzt werden konnte. Ein Wachtmeister führte vor, wie der Täter, das Gewehr an der Buche angelehnt, kniend durch die eine Öffnung bildenden Felsen auf seine Opfer geschossen hatte.

Einige Meter oberhalb des Schützenstandes wurde das vermutete Nachtlager des Täters in Augenschein genommen. Zwischen eng stehenden Fichten war mit abgeschnittenen Zweigen eine mit Laubwerk ausgepolsterte Höhle gebaut. Sorgfältig abgedeckt hielt sie dem winterlichen Schnee stand. Richter Hönl erläuterte, wo die Überreste der Mahlzeiten des Täters und der Zwickerbehälter mit der Aufschrift »Optiker Behle Herford« gefunden worden waren. Siefert verfolgte all dies mit geringem Interesse, schien sich mehr mit den immer wieder von den Polizisten zurückgedrängten Gaffern zu beschäftigen. Nachdem keine weiteren Fragen gestellt wurden, bestimmte der Vorsitzende: »Na, dann wollen wir mal nach Ziegelhausen zurück und uns das Zimmer des Angeklagten ansehen.«

Zustimmendes Nicken allseits. Der den Angeklagten führende Wachtmeister rüttelte leicht an den Handketten: »Siefert, jetzt gehen wir wieder hinunter.«

Siefert antwortete: »Ja, gehen wir, ich habe von der Sache genug.«

In einer schmalen Kolonne bewegte sich der Gerichtstross zu den Kraftfahrzeugen, die zum Weitertransport bereitstanden. In Ziegelhausen vor der Kratzmüllerschen Wirtschaft warteten neugierige Mitbürger, die den vermeintlichen Raubmörder von Angesicht zu Angesicht betrachten wollten. Nur ungenügend gelang es der Heidelberger Schupo, die Ordnung aufrechtzuerhalten. Immer wieder umgingen Schaulustige die aufgestellten Absperrungen, um einen Blick auf das Ungeheuer, welches Heidelberg in Angst und Schrecken versetzt hatte, zu erhaschen. Als alle Beteiligten schließlich die Wohnung Sieferts erreichten, war es nur wenigen vergönnt, Siefert zu sehen. Zu rasch war Siefert, dicht umringt von drei Kriminalbeamten, in der Wirtschaft verschwunden. In Sieferts Kammer begutachtete man den Schrank, in welchem angeblich der Karabiner bis zum Tage des Verkaufs aufbewahrt worden war. Auch eine Untersuchung der auf dem Speicher gelagerten Truhe, in welcher die Wertsachen der beiden Bürgermeister gefunden worden waren, brachte nichts Bemerkenswertes zu Tage. Nach kurzer Zeit fuhr man zurück ins Heidelberger Gericht.

Gegen 16.30 Uhr eröffnete der Vorsitzende im Schwurgerichtssaal die Nachmittagssitzung mit der Vernehmung des Zigarrenmachers Jakob Weiss. Dieser verbüßte damals eine Freiheitsstrafe wegen Aufruhrs im Mannheimer Gefängnis.
Vorsitzender: »Nun erzählen Sie mal, was Ihnen der Angeklagte alles gebeichtet hat.«
Zeuge Weiss: »Ich saß zusammen mit dem Lenz in Untersuchungshaft. Siefert wurde zu uns in die Zelle gelegt. Schon kurz nach seiner Einlieferung jammerte er den ganzen Tag, dass er in seinem jugendlichen Alter sein Leben hinter Gefängnismauern verbringen müsse. In den Morgenstunden hat er sich regelmäßig im Bett gewälzt, geseufzt und geweint. Ich habe es als ein Zeichen seines Schuldbewusstseins angesehen. Um Näheres herauszubekommen, habe ich zu ihm gesagt: ›Du brauchst nicht zu toben. Du hast doch die Morde begangen, denn andernfalls würdest du doch herausrücken mit der Sprache und sagen, wie es sich mit der Sache verhält.‹ Zunächst hat er dies heftig bestritten.«

Der Zeuge unterbrach plötzlich verunsichert seine Aussage, da er bemerkte, dass der Vorsitzende ihm nicht mehr seine ungeteilte Aufmerksamkeit schenkte. Dieser hatte in den hinteren Zuschauerreihen eine ältere Dame entdeckt, die den Angeklagten mit einem Fernglas schon lange beobachtete. Ein kleiner Anstoß der Nachbarin und der strenge Blick des Vorsitzenden brachten sie jedoch schnell dazu, das Fernglas verschämt wegzustecken.

Ein aufmunterndes Nicken des Vorsitzenden an den Zeugen und dieser berichtete weiter: »Nach ein paar Tagen fing er wieder an zu klagen. Plötzlich sagte er zu mir: ›Mir kann nur ein Mann helfen und die Sache retten. Ich muss jetzt sagen, was mich drückt.‹ Er erzählte uns von einer Kiste auf dem Heuspeicher seiner Wohnung, in der sich altes Gerümpel befinde. Darunter seien Uhren, ein Brillantring und zwei Ketten versteckt. Nicht weit von der Kiste, unter Brettern, liege Geld, viel Geld.«
»Warum hat Ihnen Siefert dies alles erzählt?«, unterbrach der Staatsanwalt den Zeugen.
»Er glaubte wohl, einer von uns werde bald entlassen. Denn er sagte zu uns: ›Ihr Männer, die Sachen gehören weggebracht, sonst muss ich eben den Mord begangen haben.‹ Dabei beteuerte er, ihm seien die Sachen von zwei Männern, die er in der Eisenbahn getroffen habe, zugesteckt worden. Als ich ihn darauf fragte, was er sich beim Auffinden dieser Sachen gedacht habe, entgegnete er mir: ›Ich habe mir eben dabei nichts gedacht.‹«
Auch der Zellengenosse Lenz bestätigte die Aussage des Zeugen Weiss. Die ganze Geschichte mit den zwei unbekannten Herren habe man dem Siefert aber nicht abgenommen. »Ich weiß noch genau, wie ich gesagt habe: ›Das glaubt doch kein Mensch im Odenwald.‹ Trotzdem hat er immer weiter darauf bestanden. Mehr kann ich dazu nicht sagen«, beendete der Zeuge Lenz seine Aussage.

Nach und nach wurden Zeugen vernommen, die sich am 29. Juni, dem Tattag, in der Nähe des Kümmelbacher Hofes aufgehalten hatten. Keiner hatte den Täter gesehen oder Siefert am Tatort bemerkt. Alle bestätigten jedoch, gegen halb sieben in der Nähe des Kümmelbacher Hofes zwei Schüsse gehört zu haben. Lediglich der Zeuge Menter wusste Genaueres zu berichten:
»Am 29. Juni ging ich mit einem Freund und dessen Schwester über den Königstuhl zum Hohen Kreuz spazieren. Kurz nach 6 Uhr begegneten wir in der Nähe des Tatorts einem Mann mit einem geschulterten Gewehr. Als wir ihn nach dem Weg fragten, nahm er die rechte Hand vom Riemen des umgehängten Gewehrs und zeig-

te uns den Weg. Dabei musterte er uns eindringlich. Als wir zum Kümmelbacher Hof weitergingen, hörten wir gegen halb sieben zwei Schüsse fallen. Da ich damals noch an ein Jagderlebnis glaubte, sagte ich zu meinem Freund: ›Der hat einen guten Schuss gemacht.‹«

Vorsitzender: »Wie sah der Mann aus?«

»Der Mann war im Gesicht ganz sonnenverbrannt. Genaueres konnte ich aber nicht sehen, da er seinen hellen Hut tief nach unten gezogen hatte. Am Gesicht kann ich Siefert als Täter deshalb nicht erkennen.« Der Zeuge betrachtete Siefert eingehend. Dieser erwiderte lauernd den Blick des Zeugen. Der Zeuge schüttelte den Kopf, seine Unsicherheit war ihm anzumerken.

»Von Gestalt könnte es der Angeklagte gut gewesen sein. Aber sicher bin ich nicht.«

Der Vorsitzende ließ dem Zeugen den Hut Sieferts und dessen dunklen Anzug vorlegen. Der Zeuge betrachtete beides aufmerksam, drehte und wendete den Hut, prüfte den Anzug intensiv. »Ja, ein solcher Hut war es. Da bin ich ganz sicher. Auch der Anzug ist der gleiche. Ich erkenne ihn an dem Revers und an der Farbe.«

Vorsitzender, sich an den Angeklagten wendend: »Was haben Sie dazu zu sagen?«

Siefert: »Ich war mein Lebtag noch nicht am ›Hohen Kreuz‹.«

Der Zeuge und dessen Schwester, die den Zeugen Menter begleiteten, bestätigten die vorherige Aussage, konnten den Angeklagten jedoch nicht mit Bestimmtheit identifizieren. Auch alle weiteren Zeugen brachten keine endgültige Erklärung darüber, ob es sich bei der fraglichen Person um den Angeklagten gehandelt hatte. Schließlich brachte die Vernehmung des kleinen Volksschülers Rittmüller doch noch eine Überraschung.

Volksschüler Rittmüller: »Ich war am 29. Juni, dem Peter-und-Pauls-Tag, zum Beerensuchen mit meiner Mutter, meiner Schwester und Bekannten im Wald. Beim Auwege haben wir den Siefert so gegen Nachmittag gesehen. Ich musste mich im Auftrag meiner Mutter hinter einen Holzhaufen stellen und beobachten, wohin er

ging, weil meiner Mutter nicht wohl dabei war. Er hatte den Hut in das Gesicht gezogen und schaute immer vorsichtig um sich rum. Ich hab' noch gedenkt, alleweil kann mer Angst krigge.« Der kleine Rittmüller bemühte sich sichtlich, hochdeutsch zu sprechen, fiel jedoch immer wieder in den Schlierbacher Dialekt zurück.
Vorsitzender: »Warum hattest du Angst?«
»Siefert hatte ein Gewehr geschultert. Er bewegte sich sonderbar, gar net wie e Spaziergänger. Er hat immer wieder um sich geguckt. Es hatte was Falsches an sich. Deswegen habe ich mich nicht bemerkbar gemacht, sondern bin still gebliebe, bis er weg war.«
»Hast du Siefert schon vorher gekannt oder gesehen?«
Rittmüller: »Nein, ich habe ihn im Wald zum ersten Mal gesehen. Das zweite Mal war bei der Gegenüberstellung im Gefängnis. Dort habe ich ihn auch gleich wieder erkannt.«
Siefert, dazwischen redend: »Den Jungen habe ich oft am Sportplatz getroffen.«
Der kleine Rittmüller schaute Siefert einen Augenblick direkt an, vermochte aber dem stechenden Blick des Angeklagten nicht lange standzuhalten. Trotzig wandte er sich zum Vorsitzenden: »Nein, das stimmt nicht! Ich komm net auf de Sportplatz.«

Trotz weiteren Bemühungen des Angeklagten blieb der kleine Rittmüller bei seiner Aussage. Er ließ sich nicht beirren. So sehr die Verteidigung auch versuchte, seine Aussage zu erschüttern, es gelang nicht. Schließlich verzichtete auch der Verteidiger auf weitere Fragen.

Nach einer kurzen Pause wurde erneut dem Sachverständigen Dr. Popp das Wort erteilt.
»In der Nähe der Leiche des Werner wurde seinerzeit unter einem Stein diese Brieftasche gefunden.« Der Sachverständige zeigte den Geschworenen eine schwarze Brieftasche, die an der Außenseite verschmutzt, mit Blut befleckt und teilweise durch Schimmel vermodert war.
»Die Tasche ist ringsum stark mit Blut verschmiert, wie deutlich zu

erkennen ist. In der Geldtaschenabteilung fehlt zwar das Geld, aber Briefe, Postkarten und Visitenkarten sind noch vorhanden. Derjenige, der die Scheine herausgenommen hat, musste sich blutige Finger geholt haben. An den Briefen ist gut zu erkennen, wie der Täter versucht hatte, das Blut von seinen Fingern abzustreifen.« Der Sachverständige legte die Briefe vor den Geschworenen auf die Balustrade. »Irgendwelche verwertbaren Fingerabdrücke sind hierauf nicht zu finden. Aber an der Rückseite dieser Bergbahnkarte und insbesondere auf der Postkarte aus Breslau fanden sich blutige Fingerabdrücke.«

Der Sachverständige überreichte einem der Geschworenen ein Vergrößerungsglas. Aufmerksam betrachteten nacheinander sämtliche Geschworenen den Abdruck. Währenddessen fuhr Dr. Popp mit seinen Ausführungen fort.

»Ich habe diese Blutspuren in meinem Laboratorium untersucht und einen ausreichend großen Abdruck gefunden. Da aber die Postkarte von gelber Farbe ist und der Blutabdruck zwischenzeitlich gleichfalls gelb geworden war, war anfänglich die Unterscheidung sehr schlecht. Ich bedampfte die Postkarte in einer geschlossenen Kammer mit Feuchtigkeit und Sauerstoff, wodurch sich wieder rotes Oxyhämoglobin bildete; jetzt ergab sich eine deutliche Unterscheidung von Blut und Postkarte. Nunmehr photographierte ich die Abdrücke.« Dr. Popp überreichte den Geschworenen Vergrößerungen der Postkarte und der Bergbahnkarte, auf denen die Fingerabdrücke gestochen scharf zu erkennen waren.

»Wenn Sie den Fingerabdruck auf der Postkarte genau betrachten, werden Sie 27 Hautleisten erkennen. In diesen wurden 12 daktyloskopische Fixpunkte und über 50 Hautporenabdrücke festgestellt. Ich habe von Siefert Fingerabdrücke gemacht. Hier habe ich den Abdruck von Sieferts rechtem Mittelfinger. Vergleichen Sie beide Bilder und Sie werden mit bloßem Auge die Übereinstimmung erkennen. Dieser Abdruck stimmt genau mit einer Stelle des Originalabdrucks vom rechten Mittelfinger des Siefert überein.

Die Übereinstimmung betrifft nicht nur den allgemeinen Linienverlauf, sondern auch mathematisch genau die Lage der Fixpunk-

te, der Poren und deren Eigenart.«
Während dieser Ausführungen beriet sich Siefert eifrig mit seinem Verteidiger. Immer wieder zeigte er mit dem Finger auf bestimmte Punkte der Photographien.

Vorsitzender: »Angeklagter, würden Sie Ihre Äußerung laut machen, damit wir Sie alle verstehen können?«
Der Angeklagte verstummte, gab jedoch keine Erklärungen ab. Währenddessen hatte der Sachverständige zwei Glasscheiben, die bisher unbemerkt neben dem Zeugenpult standen, auf einer breiten Staffelei aufgestellt. Sofort wurde ihm ungeteilte Aufmerksamkeit entgegengebracht.
»Sie sehen hier zu meiner Linken den Fingerabdruck auf der Postkarte in 144-facher Vergrößerung auf rotem Glas. Daneben in derselben Vergrößerung einen Abdruck des rechten Mittelfingers von Siefert auf blauem Glas. Vergleicht man die einzelnen Linien der Bilder, erkennt man in allen Einzelheiten die Übereinstimmungen.« Der Sachverständige pochte mit einem Stock auf eine schleifenförmige, sich nach links öffnende Hautleiste.
»Vergleichen Sie diese Schleife mit der Schleife auf dem anderen Bild; sie stimmen überein. Hier zeigen die einzelnen Hautleisten in ihren Krümmungen ganz besondere Erscheinungen, welche noch verstärkt werden durch die an der Seite der Leisten liegenden Hautporen. Auch diese sind jeweils an den genau geometrisch gleichliegenden Stellen zu finden. Um Sie vollständig von der Identität der auf der Postkarte gefundenen Fingerabdrücke mit dem Abdruck von Siefert zu überzeugen, lege ich nun die beiden Glasscheiben aufeinander.« Der Sachverständige hielt die beiden übereinander gelegten Glasplatten gegen das Licht. Ein Raunen ging durch die Zuschauerreihen. Auch die Geschworenen gaben einen Moment lang ihre Zurückhaltung auf und redeten wild durcheinander. Erst als der Vorsitzende mit scharfer Stimme intervenierte, kehrte Ruhe ein. Der Sachverständige fuhr fort:
»Meine Herren Geschworenen, Sie sehen hier, wie Linie um Linie, Pore um Pore der beiden Abdrücke miteinander verschmelzen. Ist

das abgedrückte Feld auch klein, so muss aus der mathematischen Kongruenz der Individualerscheinungen geschlossen werden, dass hier der blutige Abdruck des rechten Mittelfingers des Angeklagten vorliegt. Keine andere Person als Siefert hat die Brieftasche angefasst.

Ich habe selbstverständlich auch die in der Nähe der Leichen gefundene Tatwaffe untersucht. Auf ihr fanden sich jedoch nur nicht verwertbare Fingerspuren. Diese zeigen aber, dass der Täter die Waffe am Lauf noch mit blutigen Fingern angefasst hat.«

Der Sachverständige war mit seinen Ausführungen am Ende. Die Staatsanwälte nickten ihm dankend zu. Fragen schienen sie nicht zu haben, was bei dem Ergebnis der Anhörung des Sachverständigen verständlich war. Siefert tuschelte erregt mit seinem Verteidiger, der beruhigend die Hand auf seinen Arm legte. Der Vorsitzende schaute mehrmals zu den Prozessbeteiligten und war vom Nichtgebrauch des Fragerechtes überrascht.

»Nachdem hierzu offensichtlich keine Erläuterungen mehr gewünscht werden, können wir uns dem zweiten Sachverständigen zuwenden. Da die Beweiskraft der Daktyloskopie nicht allgemein bekannt ist, soll uns Geheimrat Prof. Heinze aus Berlin, eine Autorität auf diesem Gebiet, über die Zuverlässigkeit des Fingerabdruckverfahrens Aufklärung verschaffen.«

Prof. Heinze, ein stattlicher Herr mittleren Alters mit einem grauen Vollbart, trat an das Zeugenpult. »Hohes Gericht, meine Herren Geschworenen, von Seiten der Wissenschaft waren zwei bedeutende Fragen zu klären: erstens, bleiben die Papillarlinien eines Menschen im Verlaufe eines Lebens unverändert; zweitens, ob sich ein Papillarbild bei verschiedenen Menschen genau wiederholt.

Die Hautleisten, sogenannte Papillarien, und ihre charakteristischen Muster entstehen ab dem dritten Monat der Embryonalentwicklung. Sie bleiben in ihrer Anordnung während eines Menschenlebens gleich. Mit dem Wachstum der Hände verändert sich allein ihre Größe.

Auch die Richtigkeit des zweiten Satzes ist durch lange Erfahrung bewiesen. Die Daktyloskopie wurde vor 3000 Jahren im alten Chi-

na entdeckt, wo man gültige Verträge durch Fingerabdrücke der beteiligten Parteien besiegelte. Schon die Chinesen wussten: Die Linien eines Menschen verändern sich nicht! Kein Mensch hat dieselben Linien wie ein anderer, nicht einmal eineiige Zwillinge! Es wird Sie interessieren, wie die Gerichte in aller Welt sich zur Beweiskraft dieser Wissenschaft verhalten haben. Seit 1903 sind allein in Deutschland hunderte Verurteilungen nur auf Grund von Untersuchungen der Fingerabdrücke erfolgt. Aus meiner Praxis kann ich von zwei Morden berichten, bei denen lediglich aufgrund der Fingerabdrücke zum Tode verurteilt wurde. Aber auch in anderen Ländern vertraut man auf die Daktyloskopie. Im Jahre 1898 fand man den Verwalter einer indischen Teeplantage mit durchschnittener Kehle in seinem geplünderten Büro. Unter den zurückgelassenen Papieren war ein Kalender mit zwei braunen Klecksen; einer von ihnen musste von einem Finger einer rechten Hand stammen. Da zu diesem Zeitpunkt in Kalkutta bereits das weltweit erste nationale Fingerabdruckbüro bestand, schickte man den Abdruck zum Vergleich dort ein. Er stammte vom rechten Daumen eines ehemaligen Bediensteten des Verwalters. Obgleich er weit entfernt lebte, konnte man ihn aufspüren und verurteilen.
Wird also bei einer daktyloskopischen Untersuchung die Übereinstimmung eines Fingerabdruck an einem Gegenstand mit dem Papillarbild einer Person festgestellt, so ist ein zuverlässiger Beweis erbracht«, schloss der Sachverständige.

Siefert, der sich während der Ausführungen des Sachverständigen mehrmals mit einem Taschentuch den Schweiß aus dem Gesicht wischte, versuchte, sich zu Wort zu melden. Sein Verteidiger kam ihm jedoch zuvor.
»Zum Gutachten des Herrn Prof. Heinze habe ich keine Erklärung abzugeben, aber ich bitte, morgen bei besserer Beleuchtung die Gutachtenbilder des Herrn Dr. Popp nochmals zu zeigen.«
Vorsitzender: »Nun gut, wenn keine der Beteiligten ergänzende Fragen an Herrn Prof. Heinze haben, vernehmen wir den Waffensachverständigen Paul John.« Auf einen kaum merkbaren Wink

des Vorsitzenden eilte einer der Gerichtsdiener hinaus, rief den Sachverständigen auf und geleitete ihn zum Zeugenstand. Der Vorsitzende blickte freundlich zum Sachverständigen, der sich in seiner Rolle sichtlich unwohl fühlte. Nachdem er Stand und Beruf – Waffenmeister bei der Badischen Polizei in Heidelberg – angegeben hatte, schaute er nur verlegen zu Boden.
»Herr Sachverständiger, nun erzählen Sie uns einfach, was Sie über den Karabiner«, dabei deutete der Vorsitzende auf das auf dem Richtertisch liegende Gewehr, »und den Zubringer herausgefunden haben.«
Der Sachverständige schien über die freundliche Anrede seine Befangenheit zu verlieren. Er nahm den Karabiner vom Tisch, betrachtete ihn aufmerksam und begann, bedächtig zu sprechen. »Der Karabiner ist zwar abgeändert worden, aber es lässt sich mit ihm noch tadellos schießen. Wäre der Schaft nicht abgebrochen und der Zubringer nicht durch Gewalteinwirkungen verbogen, so würde man den Karabiner auch als Mehrlader verwenden können. Die einzige Änderung des Karabiners, ich meine natürlich ohne die Folgen der Gewalteinwirkungen, besteht im abgeschnittenen Schaft. Damit wurde der Lauf teilweise freigelegt.«
»Der Zubringer«, warf der Staatsanwalt ein.
Der Sachverständige drehte den Zubringer in seiner Hand, bis die eingestanzte Nummer für ihn sichtbar wurde. »Mit dem Zubringer werden bei einem Mehrlader die Patronen in den Lauf gebracht. Dieser Zubringer trägt die eingestanzte Nummer 84, welche mit den letzten beiden Ziffern der Fabriknummer des Karabiners übereinstimmt. Dieser Zubringer dürfte also ein Zubehörteil des Karabiners sein.«
»Einen Moment bitte, einen Moment. Was heißt hier ›dürfte‹? Gehört der bei Siefert gefundene Zubringer zu dem Karabiner oder nicht?«, unterbrach der Verteidiger.
»Es ist so: Im Frieden wird streng darauf geachtet, dass die Nummern der Zubehörteile eines Gewehres mit der Nummer auf dem Gewehr übereinstimmen. Dies soll das tadellose Funktionieren einer Waffe sichern. Theoretisch kann der Zubringer mit der Num-

mer 84 auch zu einem anderen Karabiner mit den gleichen Endziffern gehören. Nach meinen Erfahrungen sind im Kriege nicht selten Zubehörteile von Schusswaffen aus Not ausgetauscht worden. Es lässt sich also allein aus der Übereinstimmung der Nummern nicht ohne weiteres auf die Zugehörigkeit zu einer bestimmten Waffe schließen. Ich habe aber in der Erfurter Gewehrfabrik, in der dieser Karabiner hergestellt wurde, nachgeforscht. Anhand der vorgelegten Lichtbilder wurde mit Sicherheit bestätigt, dass die Nummern auf dem Zubringer und dem Gewehr dieselbe Stanzung aufweisen. Auf den Vergrößerungen ist dies schon mit dem bloßen Auge zu erkennen. Es spricht alles dafür, dass dieser bei Siefert gefundene Zubringer auch zu der im Wald gefundenen Tatwaffe gehört.«

Der Verteidiger versuchte noch vergeblich, durch einige Fragen die Feststellungen des Gutachters in Zweifel zu ziehen. Wie schon in den vorausgegangenen Tagen nestelte der Vorsitzende umständlich seine Taschenuhr aus der Weste unter seiner Robe. Nachdem er mit leichtem Erstaunen festgestellt hatte, wie schnell die Zeit verstrichen war, schloss er die Verhandlung.

Vierter Verhandlungstag

Heidelberg, Donnerstag 19.1.1922

Wie bisher jeden Tag wurde Siefert von zwei Gendarmen zu seinem Platz geführt. Rechtsanwalt Karg kam wenige Sekunden später mit wehender Robe und setzte sich mit einem hörbaren Seufzer neben Siefert. Der Vorsitzende rückte einige Schriftstücke auf seinem Tisch zurecht, grüßte den Verteidiger und sprach Siefert direkt an:

»Nun Angeklagter, Sie wollten doch eine Erklärung zu den Fingerabdrücken abgeben. Jetzt haben Sie Gelegenheit dazu.«

Siefert tuschelte mit seinem Verteidiger. »Mir wurden kurz nach dem 29. Juli, an dem diese Fingerabdrücke in dem Zeitungsartikel ›Siefert entlarvt‹ öffentlich bekannt gegeben worden sind, die Photographien gezeigt. Ich fasste sie besonders ins Auge, weil ich mich selbstverständlich sehr dafür interessierte. Bei der Überprüfung habe ich herausgefunden, dass die Abdrücke nicht übereinstimmen. Ich ließ die Angelegenheit aber bis Dezember ruhen. Dann sah ich beim Untersuchungsrichter die Bilder wieder. Es fielen mir sichtbare Erhöhungen auf, die ich für photographierte Staubteile hielt. Außerdem sah ich aufgetragene, gelblich schimmernde Linien, die mit meinem Fingerabdruck nichts zu tun hatten. Als ich gestern die Bilder sah, waren die gelben Linien verschwunden.

Es besteht daher bei mir der Verdacht, dass mit den Abdrücken etwas geschehen ist, was ich nicht erfahren soll.«
»Wollen Sie damit behaupten, sie seien gefälscht?«, entgegnete der Vorsitzende mit Verwunderung.
»Jawohl, das behaupte ich! Etwas ist daran nicht im Reinen.«
»Wollen Sie behaupten, dem Gericht seien jetzt andere Bilder vorgelegt worden, als man Ihnen seinerzeit gezeigt hat?« Die Stimme des Vorsitzenden klang deutlich gereizt.
»Jawohl, ich kann dies demonstrieren, wenn ich hierzu einen Bleistift erhalte.«
Beisitzer: »Die gelbe Farbe ist auf den Bildern immer noch enthalten. Die Poren sind gelb ausgefüllt, um sie deutlicher hervortreten zu lassen. Auch die Linien sind ja gelb gemacht.«
Der Vorsitzende unterbrach seinen Beisitzer: »Da soll uns der Sachverständige Auskunft geben. Herr Dr. Popp, was können Sie uns dazu sagen?«
Sachverständiger Dr. Popp: »Der Angeklagte hat zutreffend beobachtet. Die Photographien, die ihm gestern gezeigt wurden, sind etwas anders, als die zuerst gezeigten. Ich habe die kolorierten Bilder nur zur Erläuterung hergestellt. Allein maßgeblich sind die Schwarz-Weiß-Originale, an denen nichts farblich verändert wurde. Auf den Schwarz-Weiß-Bildern ist die Übereinstimmung der Abdrücke auch vorhanden. Zur Beruhigung der Geschworenen kann ich erwähnen, dass ich von Siefert zweimal Fingerabdrücke habe herstellen lassen. In beiden Fällen waren Sieferts Abdrücke mit denen auf der Postkarte identisch. Um restliche Zweifel zu zerstreuen, will ich die vorhandenen Übereinstimmungen aufzeigen. Wenn nichts entgegensteht, bitte ich sämtliche Geschworenen an meinen Tisch.« Auf einen fragenden Blick des Sachverständigen zur Richterbank nickte der Vorsitzende nur leicht mit dem Kopf. Die Geschworenen verharrten unschlüssig auf ihren Plätzen. Erst auf ein nachdrückliches »Bitte, meine Herren!« versammelten sie sich neben dem Tisch des Sachverständigen.
»Ich werde Ihnen anhand jeder der Hautlinien die Entsprechung aufzeigen. Bei den inneren Linien sehen Sie im Mittelpunkt des

Fingerabdrucks eine sogenannte Doppelschleife, deren Einzelschleifen nahezu parallel verlaufen. Der Abstand zwischen den Schleifen und dem Schleifenende ist bei beiden Fingerabdrücken identisch.« Mit einem Zirkel demonstrierte der Sachverständige den Abstand.

»Der Abstand der Hautlinien im Zentrum der rechten Schleife ist fast doppelt so groß ist wie der in der linken. Den gleichen Abstand, den gleichen Krümmungsgrad können wir auf dem Fingerabdruck der Postkarte und dem später beim Angeklagten abgenommenen Abdruck erkennen.« Wieder belegte der Sachverständige seine Behauptung durch Vermessung mit dem Zirkel. Den Geschworenen wurde Schleife für Schleife mit Lupe, Zirkel und Lineal erläutert. Diese Betrachtung zog sich nahezu lautlos, nur immer wieder von erklärenden Worten des Sachverständigen unterbrochen, weit über eine Stunde hin. Als alle Geschworenen schließlich wieder ihre Plätze eingenommen hatten, ergriff Siefert augenblicklich das Wort:

»Ich bin mir absolut im Klaren über die Fingerabdrücke. Aber ich habe nach wie vor den Verdacht, dass etwas nicht stimmt.«

Der Sachverständige Popp griff leicht empört in die Diskussion ein: »Ich habe keine anderen Photographien gemacht wie die vorliegenden. Die Originalabdrücke hat Kriminalsekretär Assmann angefertigt und mir persönlich übergeben.«

Bevor der Sachverständige weiterreden konnte, unterbrach der Vorsitzende: »Dann wollen wir doch mal den Zeugen Assmann dazu hören. Gerichtsdiener, bitten Sie den Zeugen herein.«

Zeuge Assmann: »Ich habe dem Angeklagten die Fingerabdrücke im Gefängnis zweimal von jedem Finger abgenommen. Er hat dann die jeweiligen Blätter zur Sicherheit noch unterschrieben.«

Vorsitzender, dem Zeugen die Fingerabdrücke zeigend: »Sind dies die Originalabdrücke?«

Der Zeuge besah sich die Abdrücke genau. »Ja, dies sind die Originale. Ich selbst habe sie Siefert abgenommen. Darunter befinden sich die Unterschriften des Angeklagten.«

»Könnten Sie den Geschworenen vorführen, wie dabei verfahren

wird?«
»Selbstverständlich. Ich habe sämtliche Utensilien hierzu mitgebracht.« Der Zeuge entnahm seiner Tasche eine Zinkplatte, eine kleine Dose mit Druckerschwärze und eine Gummirolle. »Alles, was man machen muss, ist die Zinkplatte mit der Druckerschwärze einreiben, jeden Finger zunächst über die eingeschwärzte Platte rollen und auf weißes Papier drücken. Genauso habe ich es bei Siefert gemacht.« Der Zeuge demonstrierte das Verfahren an den Fingern des Gerichtsdieners, dem es sichtlich peinlich war, im Mittelpunkt des Geschehens zu stehen. Der Sachverständige erläuterte den Geschworenen die auch in der Originalgröße deutlich sichtbaren Unterschiede zu den Abdrücken des Angeklagten. Auch Siefert und dessen Verteidiger hatten nach der Demonstration des Sachverständigen keine Fragen mehr.

Nach einer kurzen Unterbrechung wurde der Erste medizinische Rat Dr. Holl in den Zeugenstand gerufen. Der Sachverständige schilderte den Zustand der durch Madenfraß entstellten Leichen derart plastisch, dass einige zart besaitete Gemüter eilig den Saal verließen. Auf Hinweis des Vorsitzenden fasste er seine gelehrten Ausführungen für die Geschworenen in einfachen Worten zusammen:
»Der Verstorbene Busse erlitt einen Schuss, der unmittelbar neben dem Brustbein im zweiten linken Zwischenrippenraum in den Körper eindrang. Die Kugel hat den rechten Lungenflügel sowie den zehnten Brustwirbel zerrissen. Der Schusskanal führte über die rechte Rückenseite in Höhe des zwölften Brustwirbels, etwa 4 cm seitlich der Mittellinie der Wirbelsäule. Der Schuss war sofort tödlich. Aufgrund der Verletzungen muss man von einer Waffe mit hoher Durchschlagskraft ausgehen. Nach dem Schusskanal hat der Schütze in einem Winkel von etwa 45 Grad zum Opfer gestanden. Besonders bemerkenswert ist, dass der rechte Ringfinger der Leiche im Grundgelenk, im vorderem Drittel der Phalangen, scharf durchtrennt wurde. Das in der Gesäßtasche des Ermordeten gefundene Endstück des Fingers befindet sich in konservierender Lö-

sung auf dem Richtertisch. Man kann die glatten Schnittstellen erkennen, was ein sicherer Beweis für eine Durchtrennung mit einem scharfen Instrument ist.«
»Können Sie sich erklären, warum der Finger abgetrennt wurde?«, warf der Staatsanwalt ein.
»Sicher kann ich hierzu nichts sagen, aber vermutlich sollte dies die Wegnahme des Eheringes am Ringfinger erleichtern. Man konnte ja in der Gravierung der Innenseite des Ringes noch deutlich Blut nachweisen.«
»Herr Vorsitzender, bitte schreiten Sie ein. Der Sachverständige möge keine Vermutungen äußern, sondern nur gesicherte Erkenntnisse vortragen«, blaffte der Verteidiger dazwischen.
»Fahren Sie bitte fort«, erwiderte der Vorsitzende, ohne auf den Verteidiger einzugehen.
»Die Leiche des Bürgermeisters Werner wies keine Schussverletzungen auf. Obwohl das Innere der Kopfschwarte wegen der bereits eingesetzten Veränderung durch Fäulnis und Maden Einzelheiten nur noch bedingt erkennen ließ, war am Schädeldach über dem rechten Stirnbein eine scharfrandige, weidenblattförmige Wunde mit blutig durchtränkten Rändern von 5 cm Länge zu erkennen. Im Innern der Schädelhöhle steckte ein 4 cm langer Knochensplitter. Alles in allem waren die an dem Schädeldach gefundenen Verletzungen so schwerer Natur, dass die Kopfverletzungen zum Tode führen mussten.«
»Könnten derartige Verletzungen durch einen Karabiner entstanden sein?«, unterbrach der Vorsitzende.
»Selbstverständlich. Es dürften mehrere Schläge gewesen sein. Die ersten rührten wahrscheinlich von dem unbeschädigten Gewehrkolben her. Nachdem der Schaft des Gewehres durch die gewaltigen Schläge zerbrochen war, hat das Opfer noch weitere Schläge mit dem Gewehrschloss empfangen.«
Vorsitzender: »Nach Aussage des Angeklagten soll das Blut auf seinem Anzug von Nasenbluten herrühren. Sie haben ihn doch nach seiner Verhaftung untersucht. Konnten Sie etwas feststellen?«
»Siefert hatte an seinem rechten Ohr eine abgeheilte Schürfung.

Auf dem Rücken seiner Finger befanden sich kleine Verletzungen, wie sie aber bei Arbeitern häufig zu finden sind. Darüber hinaus ist mir nichts Ungewöhnliches aufgefallen.«
Der Verteidiger überlegte einen Augenblick, setzte zu einer ergänzenden Frage an, hielt jedoch inne und blätterte suchend in seinen Unterlagen. »Waren eigentlich bei den Leichen Schürfspuren festzustellen?«, wechselte er abrupt das Thema.
Sachverständiger: »Bei der fortgeschrittenen Fäulnis der Toten konnte ich hierzu keine Feststellungen treffen. Allerdings war in die Taschen des Rockes von Werner Blut gelaufen. Die Leiche muss deshalb eine Zeitlang aufrecht und nach vorne gebeugt gelegen haben. Vielleicht hat ihn der Täter an einen Felsen gelehnt und erst später, nachdem die Leiche Busses vom Weg weggezogen war, verscharrt.«
Immer wieder stellte Rechtsanwalt Karg Fragen, die darauf zielten, in das Gutachten des Sachverständigen Zweifel zu säen. Als einige der Geschworenen ihre Müdigkeit nicht mehr unterdrücken konnten, kam endlich das für alle erlösende »Ich habe keine Fragen mehr«. Erkennbar erleichtert unterbrach der Vorsitzende die Verhandlung.

Nach einer Pause wurden Zeugen vernommen, welche über die Rückkehr des Angeklagten am Peter-und-Pauls-Tag zu berichten wussten. Der Straßenbahnschaffner Birnstiel schloss kategorisch aus, dass Siefert an diesem Tag am Karlstor auf die vordere Plattform der letzten Elektrischen gestiegen sei. Der Zeuge Konrad glaubte, die Heimkehr des Angeklagten sei zwischen 10 und 11 Uhr erfolgt. Er habe ihn mit einigen Freunden vor der Kirche getroffen. Aufgefallen sei ihm nur sein sonnenverbranntes Gesicht. Ansonsten sei er »wie immer gleich gut aufgeräumt« gewesen. Weitere Zeugen sahen Siefert am Mordtag zwischen 9.30 und 10.30 Uhr nach Hause kommen.
Auch die Wirtin Kratzmüller bestätigte diese Zeitangaben: »Als Siefert abends in die Wirtschaft kam, habe ich schon leicht geschlafen. Ich hoffte, auch die letzten Gäste würden gehen, wenn sie

merkten, wie müde ich war. Getrunken haben die nämlich nichts mehr, nur noch politisiert, wie es Männer halt so tun. Die haben sich aber nicht abhalten lassen, einer hat nur gesagt: ›Die Kratzmüller ist ja eingeschlafen.‹ Ich habe aber weiter so getan, als schliefe ich, bis plötzlich ein anderer sagte: ›Eben kommt der Siefert.‹«
Die Tochter der Gastwirtin Kratzmüller, die Zeugin Berta Kratzmüller, bestätigte die Angaben ihrer Mutter, wusste jedoch weitere Details hinzuzufügen: »Weil ich meinte, Siefert sei in Olfen gewesen, habe ich ihn gefragt, was er dort gemacht habe. Siefert sagte: ›Wir haben Grabsteine gesetzt.‹«
Vorsitzender mit erstaunter Stimme: »Grabsteine gesetzt.«
Zeugin Berta Kratzmüller: »Jawohl, das hat er gesagt. Genau so! Und weiter hat er gesagt: ›Morgen rechnen wir gleich alles ab. Ich hab mich immer dafür geschämt, euch meine Schulden nicht bezahlen zu können.‹ Am nächsten Morgen hat er von seinen Schulden 1200 Mark abbezahlt. 115 Mark haben wir für die Eier, die er am nächsten Morgen auch gebracht hat, abgezogen. Am Ende der Woche hat er noch weitere 500 Mark bezahlt.«
Vorsitzender: »Angeklagter, Sie haben die Zeugen gehört. Mehr als zehn Zeugen haben Sie jedenfalls vor 11 Uhr abends in Ziegelhausen gesehen und manche sogar mit Ihnen gesprochen. Sind Sie immer noch mit dem Spätwagen gefahren?«
Angeklagter, mit leicht gekränktem Gesichtsausdruck: »Ich kann doch nichts dafür, wenn die Zeugen solche Aussagen machen.«
Im Zuschauerraum machte sich Heiterkeit breit. Wie ein Peitschenschlag drang die Stimme des Vorsitzenden durch den Saal: »Es hat absolute Ruhe zu sein!« Dann, zum Angeklagten gewandt: »Siefert, Sie tun sich keinen Gefallen, wenn Sie immer nur Ausflüchte, Halbwahrheiten und Lügen vorbringen. Wenn Sie nicht der Täter sind, sollten Sie tunlichst bei der Wahrheit bleiben.«
Siefert: »Bleibe ich, bleibe ich.«
»Nein, das stimmt nicht. Ich erinnere Sie nur an die Geschichte mit den Eiern. Warum haben Sie nicht gleich bei der Polizei gesagt, dass Sie die Eier für die Wirtin Kratzmüller in Heidelberg und nicht in Olfen gekauft haben? Weshalb sagten Sie nicht, dass Sie auf einer

Pläsierreise gewesen sind? Wieso hielten Sie diese Fiktion so lange aufrecht? Weshalb haben Sie dies alles erst beim Untersuchungsrichter zugegeben? Siefert, warum?«

Siefert murmelte etwas halblaut vor sich hin, ging jedoch nicht auf den Vorhalt ein. Der Vorsitzende wartete lange. Von so viel fehlender Einsicht enttäuscht, schüttelte er nur den Kopf. »Nun gut, fahren wir mit einem weiteren Komplex fort. Sie haben den Ring unter dem Namen ›Werner‹ verkauft. Wie kamen Sie auf den Namen Werner?«

Siefert: »Ich habe den Namen aus freien Stücken so gewählt, weil ein Arbeitskollege von mir so heißt.«

»Warum haben Sie nicht Ihren Namen angegeben? Man gibt doch keinen falschen Namen an.«

»Das allerdings.«

Vorsitzender: »Haben Sie die erste Notiz am 4. Juli über das Verschwinden der Bürgermeister in den Zeitungen gelesen? Die ganze Stadt sprach davon.«

»Leider habe ich das nicht gelesen. Ich wäre dann wenigstens so schlau gewesen und hätte die Sachen bei der Polizei abgegeben.«

Vorsitzender: »Es gibt aber Mörder, die sich so sicher fühlen, dass sie Dummheiten begehen.«

Siefert: »Das glaube ich nicht.«

Vorsitzender: »Dann wollen wir mal die weiteren Zeugen darüber vernehmen, was diese zu den Habseligkeiten der Ermordeten zu sagen haben.«

In einer ermüdenden Reihe von Vernehmungen wurden eine Vielzahl von Zeugen zu den Wertsachen der Ermordeten befragt. Alle bestätigten, diese bei Siefert gesehen zu haben. Schließlich wurde Staatsanwalt Haas hierüber vernommen.

»Nach der Verhaftung des Angeklagten durchsuchte ich mit mehreren Kriminalbeamten dessen Kammer, wo ich schließlich auch eine silberne Uhrkette fand. Siefert, dem ich dies vorhielt, sagte: ›Die Kette gehört mir nicht, die habe ich nie gehabt.‹

Als ich ihm sagte, ich hätte die Kette vor wenigen Minuten in seinem Zimmer gefunden, erwiderte er: ›Das ist unmöglich!‹

Auch später verlegte er sich aufs Leugnen, obwohl ich ihn darauf aufmerksam machte, wie wichtig die Angaben der ersten Vernehmung seien. Mein ganzes Zureden half nichts. Er saß stahlhart und leugnete, die primitivste Art der Verteidigung. Dann versuchte er plötzlich, den wilden Mann zu spielen. Er schrie mich an: ›Geben Sie mir ein Messer, ich will mich selbst richten! Denn wer mein Blut vergießt, über den soll mein Blut kommen! Mein äußerer Mensch ist zwar ein Lump, aber mein innerer Mensch ist anständig. Ja, ich will totgeschlagen werden, die Welt ist mir null und die Menschheit und dieses Zimmer.‹ Ich sagte darauf zu Siefert: ›Lassen Sie solche Mätzchen gefälligst bleiben, das wirkt nicht auf mich. Sie sind nicht unzurechnungsfähig, auch wenn Sie jetzt dieses Theater vorspielen.‹ Als er merkte, dass er mit dem Wilden-Mann-Spielen keinen Eindruck machen konnte, stellte er seine Taktik um. Er wurde plötzlich lammfromm. Beteuerte immer wieder seine Unschuld. Am Ende hat er noch auf Vorhalt wegen seiner kommunistischen Verbindungen gesagt: ›Ich bin kein Spartakist, ich liebe aber das Recht und die Gerechtigkeit.‹«
Vorsitzender: »Hat er Ihnen gegenüber Angaben gemacht, auf welche Weise er plötzlich zu so viel Geld gekommen ist?«
»Zunächst nicht. Aber bei seiner letzten Vernehmung hat er behauptet, ein Landwirt in der Nähe von Jagstfeld habe ihm 2000 Mark gegeben. Als ich ihn nach dessen Namen fragte, sagte er: ›Das sage ich unter keinen Umständen. Es ist eine Ehrenpflicht für mich zu schweigen.‹ Es war auch tatsächlich nichts aus ihm herauszubringen. Ich hatte den Eindruck, er wolle damit andeuten, mit dem Landwirt Schiebergeschäfte gemacht zu haben.«
Vorsitzender: »Haben Sie ihn nach der Schusswaffe gefragt?«
»Selbstverständlich! In den ersten Vernehmungen hat er bestritten, eine Schusswaffe zu besitzen. Erst als ich ihn mit den gegenteiligen Zeugenaussagen konfrontierte, hat er den Waffenbesitz zugegeben. Er ist ganz blass geworden. Ich bemerkte sogar, wie seine Schlagader hämmerte. Einen Moment lang glaubte ich, nun wird er weich, gesteht und sagt, wo die Leichen liegen. Er hat sich aber schnell wieder gefasst. Trotzdem habe ich noch mal gefragt.

›Sind Sie sich darüber im Klaren, Siefert‹, sagte ich zu ihm, ›was es für die Angehörigen bedeutet, nicht zu wissen, wo die Toten sind? Sie werden zu überlegen haben, ob Sie nicht vor Gott und den Menschen hierüber die Wahrheit sagen.‹ Er antwortete nur: ›Ich bin nicht der Täter! Wenn ich es wüsste, so würde ich als Mensch, der ein Herz im Leibe hat, die Stelle angeben. Wer Derartiges tut, ist überhaupt kein Mensch mehr.‹«
Vorsitzender zu Siefert: »Wollen Sie jetzt etwas hierzu erklären?«
Siefert schüttelte leicht seinen Kopf.

»Na denn, dann wollen wir uns mal mit Ihrer Reise nach Jagstfeld beschäftigen. Wenn ich mich recht entsinne, wollen Sie am Montag in Offenau, zwei Tage in der Gegend und am Mordtage im oberen Neckartal gewesen sein. Da Untersuchungsrichter Hönl mit Ihnen die Fahrt wiederholt hat, soll er uns erzählen, was dabei herausgekommen ist«, sagte der Vorsitzende an Siefert gerichtet.
Untersuchungsrichter Hönl: »Ich bin den Behauptungen Sieferts nachgegangen, weil er in seinen Vernehmungen immer wieder beteuert hatte, zur Tatzeit nicht in der Mordgegend gewesen zu sein. Er hat sich von dieser Reise die allergrößten Hoffnungen gemacht und gesagt: ›Wenn ich in die Lage komme, dort überall hingeführt zu werden, weiß man, dass ich nicht der Mörder bin.‹
Wir fuhren mit dem Kraftwagen unter Bewachung zunächst nach Offenau. Dort besuchten wir die Wirtschaften, bei denen Siefert am 27. Juni vergeblich um Nachtquartier nachgefragt haben wollte. Die erste Wirtschaft hatte keine Fremdenbetten. Beide Wirtsleute behaupteten mit allergrößter Entschiedenheit, Siefert noch nie gesehen zu haben. Bei ihnen habe seit Jahren niemand mehr um ein Nachtlager gebeten. Trotzdem ist Siefert bei seinen Behauptungen geblieben. Als Nächstes fuhren wir zum ›Adler‹. Auch die dortigen Wirtsleute erkannten Siefert nicht wieder. Außerdem hätten in jener Nacht von Montag auf Dienstag alle Betten leer gestanden. Sicherlich hätten sie Gäste nicht abgewiesen, wenn diese um ein Nachtlager gebeten hätten. Denn die Zeiten seien schlecht und man müsse um jeden Pfennig kämpfen.«

Ausführlich schilderte der Untersuchungsrichter seine Reise mit dem Angeklagten. Jeder von Siefert benannte Ort sei aufgesucht, jede benannte Person befragt worden. Anhaltspunkte dafür, dass Siefert am Montag und danach in der Gegend von Offenau gewesen war, gab es genug. Niemand aber hatte Siefert am dritten Tag seiner Reise, am Mordtag, in dieser Gegend gesehen oder gar mit ihm gesprochen.
Vorsitzender zu Siefert: »Was sagen Sie nun? Nach Aussage des Untersuchungsrichters hat Sie keiner der Zeugen am Mordtage während Ihrer Pläsierreise erkannt. Behaupten Sie immer noch, dort gewesen zu sein?«
Siefert gab nicht auf. »Jawohl, die Zeugen müssen sich irren. Ich bestehe darauf, sie nochmals zu hören.« Siefert wurde von seinem Verteidiger unterbrochen. Flüsternd unterhielten sie sich. Rechtsanwalt Karg versuchte eindringlich, Siefert umzustimmen. Er befürchtete, bei nochmaliger Vernehmung der Zeugen könne sich der negative Eindruck, den die Aussage des Untersuchungsrichters hinterlassen hatte, verstärken. Siefert schüttelte immer wieder heftig mit dem Kopf. Er gab nicht nach. Schließlich erklärte der Verteidiger: »Hohes Gericht, wir sind damit einverstanden, wenn nur die drei wichtigsten Zeugen der Reise vernommen werden. Der Landarbeiter Berchtold, der Fährmann Schott und der Oberschaffner Kämmer.« Hierauf einigte man sich.

Zeuge Berchtold: »Ich erkenne den Angeklagten wieder. Er hat mich nach dem Weg nach Rappenau gefragt. Das stimmt, aber es war nicht am Peter-und-Pauls-Tag. Denn als ich mit ihm sprach, arbeitete ich neben der Scheune mit meinem Gespann. Die Ochsen waren wegen der vielen Fliegen unruhig. Ich musste die Unterhaltung immer wieder unterbrechen, um meine Tiere in den Griff zu bekommen. An dem Feiertag aber haben wir nicht gearbeitet.« Siefert wollte weitere Fragen stellen. Diesmal jedoch konnte ihn der Verteidiger zurückhalten.

Zeuge Schott: »Ich bin auf dem Turnerfest in Offenau mit dem Angeklagten zusammengetroffen. Zuerst habe ich ihn für einen Studenten oder wandernden Künstler gehalten. Später habe ich ihn am 27. Juni mit dem Boot über den Neckar gesetzt. Wir haben über die Schiffschaukeln gesprochen, die noch vom Turnerfest am Ufer standen. Siefert hat – mit einer Hand auf die Schaukeln deutend – gesagt: ›Die Schiffschaukeln sind der Untergang der jungen Leute.‹ Daran erinnere ich mich genau, denn ich habe davon später meiner Frau erzählt. Da die Schiffschaukeln aber am 29. Juni um 4 Uhr in der Früh zur Bahn abgefahren wurden, hätten sie beim Übersetzen des Siefert am 29. Juni gegen 5 Uhr am Nachmittag nicht mehr dastehen können.«

Vorsitzender: »Siefert, behaupten Sie immer noch, am 29. Juni übergesetzt zu haben? Wie reimt sich das alles zusammen?«
Siefert: »Jawohl. Aber ich habe mir da eine Bresche geschlagen, indem ich mich allzu sehr auf die Schiffschaukel gestützt habe. Ich sehe jetzt, es richtet sich alles gegen mich.« Sieferts Stimme klang belegt, seine Mundwinkel zuckten. Zum ersten Male an diesem Verhandlungstag wirkte er sichtbar erschüttert.

Zeuge Kämmer: »Ich habe den Schnellzug am 29. Juni 1921, der um 10.02 Uhr planmäßig von Eberbach abgeht, begleitet. Der Zug bestand aus Maschine, Packwagen, einem Dritte-Klasse-Wagen, einem der zweiten Klasse und wieder einem Dritte-Klasse-Wagen. Genau in dieser Reihenfolge. Ich weiß dies so genau, da ich die damaligen Fahrpläne nochmals nachgeschaut habe.«
Vorsitzender zu Siefert: »In welchem Wagen sind Sie gefahren? Sie behaupten doch, Sie seien von dem hinteren Wagen nach vorne in die zweite Klasse gegangen.«
»Das stimmt.«
Vorsitzender zum Zeugen: »Siefert behauptet, eine Fahrkarte dritter Klasse gehabt zu haben. In Eberbach seien dann die zwei Unbekannten mit drei Fahrkarten zweiter Klasse eingestiegen und sie hätten sich zusammen in ein Abteil der zweiten Klasse gesetzt. Einer der Unbekannten habe das Licht abgedreht und Siefert sei bald

darauf eingeschlafen. Haben Sie die Fahrkartenkontrolle vorgenommen?«
Zeuge Kämmer: »Ich habe die Fahrkartenkontrolle gehabt, den Angeklagten aber weder in der dritten noch in der zweiten Klasse bemerkt. Ein solcher Fall wäre mir aber in Erinnerung geblieben. Der Angeklagte hätte mir eine Fahrkarte der dritten Klasse geben müssen. Es wäre mir dies sofort aufgefallen, denn Siefert musste doch in diesem Wagen, den ich kontrollierte, eine Karte der zweiten Klasse vorweisen, die aber noch nicht durchlocht war. So etwas fällt einem Schaffner auf.«
Staatsanwalt: »Ist es möglich, dass zwei Personen mit drei Fahrkarten durch die Sperre gehen und alle drei Fahrkarten lochen lassen können?«
»Nein, das macht kein Beamter, denn er weiß dann schon, dass Schmuggel getrieben werden soll.«
Siefert zum Zeugen: »Ich erinnere mich genau, dass der Kontrolleur einen Strich auf meine Karte gemacht hat.«
Zeuge: »Das kann nicht sein. An diesem Tage habe nur ich kontrolliert und ich würde mich an einen derartigen Vorgang erinnern. Sie waren einfach nicht in diesem Zug!«

Wiederum entstand aufgeregte Bewegung im Saale, welche den Vorsitzenden aufmerken ließ. Bevor er reagieren konnte, schob ihm der Beisitzer unauffällig seine Taschenuhr neben den Aktenstapel. Ein kurzer Blick auf die Uhr, die weit nach sieben zeigte, eine wortlose Verständigung mit den neben ihm sitzenden Kollegen und die Verhandlung wurde auf den nächsten Vormittag vertagt. Nur langsam leerte sich der Sitzungssaal. Die Wachtmeister versuchten, die heftig diskutierenden Heidelberger Bürger, Journalisten und sonstige Neugierige schneller aus dem Gerichtsgebäude zu treiben. Mochte der Prozess noch so aufregend sein, für sie war der schon lange ersehnte Feierabend wichtig.

Fünfter Verhandlungstag

Heidelberg, Freitag 20.1.1922

Siefert stand in Fußketten neben der Anklagebank, während ein Wachtmeister eilfertig versuchte, das Schloss der Kette zu öffnen. Geduldig wartete der Vorsitzende, bis Siefert befreit auf der Anklagebank Platz nehmen konnte.

Vorsitzender: »Nachdem wir bisher mehr als 100 Zeugen gehört haben, sind nur noch wenige Zeugen zu vernehmen. Somit können wir heute die Beweisaufnahme schließen. Auf Antrag der Verteidigung wird am Samstag ein Ruhetag eingelegt, der zur Vorbereitung der Plädoyers dienen kann.« Nach einer kurzen Pause wandte sich der Vorsitzende mit ernster Miene an die Geschworenen. »Meine sehr geehrten Herren Geschworenen, aus gebotenem Anlass weise ich Sie darauf hin, sich in keiner Weise von außen beeinflussen zu lassen. Falls in den nächsten Tagen Leute an Sie herantreten, die Sie im Sinne einer bestimmten Urteilsbildung zu beeinflussen versuchen, so wenden Sie sich vertrauensvoll an das Gericht. Aber nun wollen wir den Sachverständigen Dr. Popp anhören.«

Der Sachverständige ordnete seine Papiere auf dem Stehpult, bevor er begann. »Das bei den Leichen gefundene Gewehr ist am abgebrochenen Schaft mit tiefen Kratzern versehen. Die sprühregen-

artigen Blutspritzer an der Waffe beweisen, dass der Kolben schon abgebrochen war, während die letzten Schläge den Kopf des Opfers trafen. Denn wir wissen durch eine Vielzahl von Experimenten, dass sich Blut immer sprühregenartig verteilt und nie in Form von Tropfen, wenn man auf einen blutigen Untergrund schlägt. Die Beschädigungen am Schaft des Karabiners rühren vermutlich von ihrem Einsatz als Hebel zum Verschieben der Felsbrocken. Daraus lassen sich auch die länglichen Kratzer erklären.
An der Waffe fanden sich bräunliche Haare, die mit den Haaren von Bürgermeister Werner übereinstimmen. Durch die Wucht der Schläge sind sie am Gewehr haften geblieben.«
Der Sachverständige nahm einen Schluck aus dem bereitgestellten Wasserglas, räusperte sich und fuhr fort: »An den Kleidern Sieferts konnte man nach der Beschlagnahme am rechten Hosenbein, am Rock und am Ärmel rötliche Schimmer erkennen, die aber nicht ohne weiteres als Blut nachzuweisen waren. Deshalb habe ich die entsprechenden Stellen mit Wasserstoffsuperoxyd behandelt. Hierdurch wird ein Teil des Sauerstoffes mit solcher Heftigkeit entbunden, dass sich ein dicker Schaum entwickelt. Die eindeutige Reaktion bewies, dass sich hier Fermentkörper befanden. Es handelte sich also um Blut. Um sicherzugehen, haben wir im Labor noch die Spektralanalyse angewandt. Der rote Blutfarbstoff absorbiert im Spektrum einen Teil des Lichtes und erzeugt zwischen gelb und rot liegende Farbbänder, die nur vom Oxyhämoglobin herrühren können. Da es sich bei den Flecken um Blut handelte, mussten wir noch tierisches Blut ausschließen. Hierzu habe ich ein 1901 entwickeltes Verfahren des deutschen Bakteriologen Paul Uhlenhuth angewendet. Damit lassen sich mit Menschenblut-Antiserum schon kleinste Mengen Menschenblut nachweisen. Durch dieses Verfahren ist Menschenblut an Sieferts Anzug mit allergrößter Sicherheit nachgewiesen.
Mit einem Binokularmikroskop habe ich an den Kleidern zwischen den Stofffasern weiteres Blut festgestellt, welches mit bloßem Auge nicht sichtbar war. Dieses reagierte bedeutend stärker als die ausgewaschenen Blutstellen.

Denn diese waren offensichtlich mit Wasser vorbehandelt worden, wodurch der Blutfarbstoff ausgelaugt war. An den verwaschenen Stellen war das Bluteiweiß durch ein heißes Bügeleisen zersetzt worden. Da an dem Rock die Blutzerstörung größer war als an der Hose, gehe ich davon aus, dass zuerst der Rock gebügelt wurde und das Bügeleisen später nicht mehr die volle Hitze entfaltet hatte. Durch die Reaktion auf das Besprühen mit der Wasserstoffsuperoxyd-Lösung konnte ich nahezu am ganzen Anzug feine Blutspritzerchen nachweisen. Diese entstehen typischerweise, wenn man mit einem harten Gegenstand einem bereits blutenden Menschen auf die verletzte Stelle schlägt, insbesondere auf die stark durchblutete Kopfhaut. Das Blut spritzt dann nach allen Seiten auseinander und übersprüht den Angreifer. Aber damit nicht genug! Ich fand auch an den Manschetten des Angeklagten Blutspritzer und an der linken inneren Brusttasche des Rockes eine Blutabstreifung.«

Siefert redete plötzlich aufgeregt auf seinen Verteidiger ein. Rechtsanwalt Karg flüsterte ihm, in der Stille für die Umsitzenden gerade noch zu hören, ein »jetzt noch nicht« zu. Siefert ließ sich nicht zurückhalten. »Sonderbarerweise sind die Blutspuren gerade am rechten Hosenbein und am linken Ärmel. Ich behaupte, das Blut kommt ganz woanders her«, wandte er sich an den Sachverständigen. Beruhigend legte der Verteidiger seine Hand auf den Arm Sieferts und zog ihn, der halb aufgestanden war, auf die Anklagebank zurück. Der Verteidiger sammelte sich einen Augenblick, stand auf und sagte:
»Herr Vorsitzender, ich möchte einen Antrag stellen. Zum Beweis dafür, dass das festgestellte Blut nicht von den Ermordeten, sondern aus geschlechtlichem Verkehr mit der Zeugin Erna Walter stammt, bitte ich, diese zu vernehmen. Die Zeugin wurde von mir bereits geladen und wartet vor dem Gerichtssaal.«
Der merklich verärgerte Vorsitzende besprach sich flüsternd mit seinen Beisitzern. Gänzlich ungehalten erwiderte er schließlich: »Dies ist ja ganz was Neues. Dazu möchten wir erst mal die Einlas-

sung des Angeklagten hören. Siefert, erklären Sie uns dies.«
Siefert: »Ich hatte von Mai bis in die erste Hälfte des Juni mit der Erna Walter ein Verhältnis. Im Juni habe ich mit ihr zweimal im Freien geschlechtlich verkehrt. Jedes Mal auf der linken Neckarseite in der Nähe des Auweges. Ich glaube, die Walter hatte vorher schon Geschlechtsverkehr. Sie hat mir darüber zwar nichts mitgeteilt, aber ich habe von ihr über ein früheres Verhältnis erfahren. Sie sagte, ihr früherer Liebhaber sei gefallen oder vermisst. Die Walter hat sich nicht ohne weiteres hingegeben, es bedurfte vielmehr der Überredung durch mich. In beiden Fällen ist es bei mir zum Samenerguss gekommen; ich habe aber Vorsicht geübt, weil ich sie nicht schwängern wollte. Als ich nach dem ersten Geschlechtsverkehr nach Hause kam, entdeckte ich unten an meinem Hemd mehrere Blutflecken. Ich dachte, die Walter hat, ohne es zu sagen, bei dem Verkehr ihre Periode oder eine sonstige Blutung gehabt. Blutflecken fand ich auch an meinem Taschentuch, mit welchem ich nach dem Beischlaf mein Geschlechtsteil gereinigt habe. Einige Tage später hatte ich mit ihr den zweiten Geschlechtsverkehr. Dies war Anfang Juni, den genauen Tag kann ich nicht mehr sagen. Vor dem Geschlechtsverkehr hatte die Walter ein Vorbeugungsmittel gegen Schwangerschaft eingeführt. Es heißt ›Patentex‹ und ich hatte es ihr verschafft. Als ich am Abend nach Hause kam, entdeckte ich an meinem Hemd wieder Blutflecken. Bei näherem Hinsehen gewahrte ich auch unter den Fingernägeln Blut.«
Der immer noch verärgerte Vorsitzende schaute ungläubig. »Bei der Polizei haben Sie ausgesagt, dass die Blutflecken von Nasenbluten kämen. Jetzt sollen sie von der Walter stammen. Außerdem, wie erklären Sie sich die vielen kleinen Blutspritzer an beiden Hosenbeinen und an Ihrem Rock?«
»Dies kann ich mir allerdings nicht vorstellen. Da man aber an meinen Kleidern solche Blutflecken gefunden haben will, müssen sie vom Geschlechtsverkehr mit der Walter herrühren.«
Vorsitzender, mit deutlicher Betonung: »Nicht nur dort, sondern unter anderem auch in Ihrer linken Rocktasche! Und außerdem, warum haben Sie das nicht früher gesagt?«

»Ich wollte das Mädchen nicht schlecht machen. Ich tue dies heute nur deshalb, weil ich doch eine Erklärung für die Blutflecken beibringen muss. Ansonsten hätte ich nie so etwas über das Mädchen ausgesagt.«

»Nun gut, dann wollen wir hören, was die Zeugin zu sagen hat. Allerdings bitte ich, zuvor den Saal zu räumen. Wegen Gefährdung der Sittlichkeit wird die Öffentlichkeit ausgeschlossen.« Es dauerte geraume Zeit, bis endlich der letzte Zuschauer den Saal verlassen hatte. Nicht wenige bedauerten dies, wurden doch gerade jetzt interessante Dinge zu Tage gebracht. Schließlich konnte mit der Vernehmung der Zeugin Walter begonnen werden.

»Ich habe vor sieben Jahren, im Alter von 15, nacheinander beide Elternteile verloren und dachte daran, mich in nächster Zeit zu verheiraten. Ich habe die Beziehung zu Siefert nicht als Tändelei aufgefasst, sondern als ernstes Verhältnis. Deshalb habe ich mich meiner Dienstherrin Frau Pfarrer Konze anvertraut und ihr gesagt, ich hätte einen anständigen Freund gefunden, mit dem ich ausgehen wolle. Sie war damit einverstanden, verlangte aber, dass ich pünktlich um 10 Uhr zu Hause sei. Meine Dienstherrschaft hat bei Pfarrer Lang in Ziegelhausen Erkundigungen über Siefert eingezogen, die gut ausgefallen sind.

Am Mittwoch nach Fronleichnam hat Siefert auf einem Spaziergang erstmals den Wunsch ausgesprochen, mit mir zu verkehren. Ich habe dies abgelehnt, weil ich damals meine Tage hatte. Siefert hat sich damit zufrieden gegeben. Am darauffolgenden Montag ist es auf einem Spaziergang in der Nähe der Orthopädischen Anstalt zum ersten Geschlechtsverkehr gekommen. Meine Periode hatte bereits am Freitag aufgehört. Ich habe darauf am Samstag Abend, wie ich es regelmäßig tue, ein Bad genommen. Zu diesem Zeitpunkt war mir nicht mehr unwohl.

Etwa 14 Tage nach diesem ersten Geschlechtsverkehr mit Siefert hat gleichfalls an einem Montag in der gleichen Gegend der zweite und letzte Geschlechtsverkehr mit Siefert stattgefunden. Siefert hat wieder darauf gedrängt, mit mir geschlechtlich zu verkehren. Ich habe ihm aber gesagt, dass sich Derartiges nicht schicke, solange

man nicht in aller Form verlobt sei. Er entgegnete, andere Mädchen würden es auch machen. Er suchte mich mit einem Verhütungsmittel zu beruhigen. Ich habe mich schließlich dazu bereitgefunden. Nachdem mir Siefert mit einem Glasröhrchen eine Flüssigkeit in die Scheide eingeführt hatte, ist es zum Geschlechtsverkehr gekommen. Sowohl beim ersten als auch beim zweiten Verkehr bin ich nass geworden, vermutlich, weil Siefert zum Samenerguss gekommen ist. Nach dem Geschlechtsverkehr musste ich Wasser lassen. Dabei bemerkte ich Blut, wovon ich dem Siefert aber nichts gesagt habe. Als ich mich an jenem Abend ausgekleidet hatte, war meine ganze Leibwäsche mit Blut beschmiert. Auch die geschlossene Hose an der Innenseite bis an die Knie herab.«
Auf Frage des Vorsitzenden: »Bei dem Geschlechtsverkehr habe ich im Gras auf dem Rücken gelegen. Siefert lag die ganze Zeit auf mir, mit seinen Beinen zwischen den meinigen. Wie dabei Blut aus meinem Geschlechtsteil an das untere Ende des Hosenbeines von Siefert gekommen sein soll, kann ich nicht erklären. Allerdings hat Siefert, bevor er sein Geschlechtsteil in das meinige steckte, und auch nach dem Geschlechtsakt mit den Fingern an meinem Geschlechtsteil gespielt.« Die Zeugin verstummte verlegen, wagte ihren Blick nicht zu heben. Jedermann im Saal sah ihre Pein. Plötzlich hob die Zeugin den Kopf, nahm allen Mut zusammen und sagte, den Blick nur auf den Vorsitzenden gerichtet: »Ich möchte gerne bitten, vor meiner Dienstherrschaft meine Angaben, soweit angängig, geheim zu halten.«
Der Vorsitzende nickte freundlich, als stimme er zu, entließ die Zeugin und wandte sich wieder an den Sachverständigen. »Herr Sachverständiger, halten Sie es für möglich, dass die Blutflecken an den Kleidern des Angeklagten von dem Geschlechtsverkehr mit einem Frauenzimmer herrühren?«
Sachverständiger: »Nein, absolut nicht! Diese Einlassung des Angeklagten ist mit dem Befund an seiner Kleidung nicht in Einklang zu bringen. Denn gerade die Teile der Kleidung, welche bei einem solchen Verkehr Blutspuren hätten aufnehmen können, sind nicht blutig gewesen. Außerdem spricht die Art der Blutspuren gegen

eine solche Herkunft, da sich keinerlei Schleim oder sonstige Spuren des Verkehrs vorfanden. Auch die sprühregenartigen Blutflecken lassen sich mit den Behauptungen des Angeklagten nicht vereinbaren.
»Haben Sie weitere blutbefleckte Kleidungsstücke oder Ähnliches vorgefunden?«
Der Sachverständige zeigte auf zwei Frottierhandtücher. »Diese zwei Handtücher wurden beim Angeklagten sichergestellt. Wie seine Kleidung sind sie mit Menschenblut besudelt. Wie im Übrigen auch dieses Taschentuch.« Der Sachverständige nahm, mit zwei Fingern es vorsichtig haltend, ein schmutziges Taschentuch vom Tisch. Die Initiale »W« war deutlich zu erkennen. »Das Taschentuch war mit dem dunklen Farbstoff Nikrosin verunreinigt. Der Angeklagte könnte sich mit dem Taschentuch die mit Blut bespritzen Schuhe gereinigt haben.« Die Schuhe, deren Absätze und Oberleder mit zahlreichen Kratzern versehen waren, wurden den Geschworenen vorgelegt.
Siefert, zum Sachverständigen gewandt: »Das ist doch gar nicht möglich. Während der Wanderung konnte ich meine Schuhe doch nicht wichsen. Es konnte sich also Schuhcreme nicht von meinen Schuhen übertragen.«
Sachverständiger: »In dieser Allgemeinheit trifft dies nicht zu. Wir können heute schon kleinste Partikel von Nikrosin erkennen. Auch müssen diese nicht unmittelbar zuvor aufgetragen worden sein. Selbst Wochen vorher aufgetragene Creme lässt sich feststellen.«

Im weiteren Verlaufe der Verhandlung beschrieb der Sachverständige das mit Moos ausgepolsterte und mit Fichtenzweigen getarnte Räuberlager. Die Untersuchung der Schnittstellen der Fichtenzweige hatte jeweils eine deutliche Scharte hervorgebracht. Diese waren allerdings mit den drei beim Angeklagten sichergestellten Messern nicht in Einklang zu bringen.
Vorsitzender: »Siefert, hatten Sie nicht ein schadhaftes Messer mit einem Sprung in der Schneide?«
Siefert: »Nein. Eines meiner Messer hatte einen Sprung am Rücken,

nicht an der Schneide.«
Staatsanwalt, dazwischenfahrend: »Der Angeklagte hatte sich kurz vor seiner Verhaftung ein neues Messer angeschafft. Die Polizei konnte nicht feststellen, wo das alte Messer verblieben ist.«
Verteidiger: »Siefert, wo ist dieses Messer hingekommen?«
Siefert: »Die Schneide war abgebrochen, da habe ich es auf meiner Arbeitsstelle weggeworfen.«
Staatsanwalt: »Erinnern Sie sich noch daran, wann dies war?«
Siefert antwortete nicht sogleich, sondern unterhielt sich flüsternd mit dem Verteidiger. Der auf der Siefert zugewandten Seite sitzende Beisitzer versuchte unauffällig, etwas zu verstehen. Er drehte den Kopf in einem seltsamen Winkel, was ihm das Aussehen eines alten Marabus verschaffte. Der Vorsitzende blickte erstaunt auf den sich windenden, sich kaum merklich aus dem Sitz erhebenden Kollegen. »Ist Ihnen nicht gut? Sollen wir eine Pause machen?«
»Nein, nein. Es geht schon. Aber vielleicht doch, oder ...«, stammelte der Beisitzer verlegen.
»Na gut. Wir machen eine kurze Pause. Und ich bitte darum, für einen Augenblick die Fenster zu öffnen. Ein bisschen frische Luft schadet uns allen nicht«, unterbrach der Vorsitzende die Verhandlung. Die angestaute Spannung im Saale entlud sich in lebhafter Diskussion, Gelächter wurde laut und hie und da verließ ein Zuhörer oder einer der Journalisten den Sitzungssaal. Letztere wohl, um für die Samstagsausgabe einen Bericht an die Redaktion durchzugeben. Siefert und sein Anwalt verharrten auf ihren Plätzen. Verteidiger Karg blätterte abwesend in seinen Akten. Auch die Geschworenen verließen ihre Plätze nicht. Nach kurzer Zeit wurde die Verhandlung mit der Vernehmung des Sachverständigen Popp fortgesetzt.

Sachverständiger: »Ich komme nun zur Erläuterung der beim Angeklagten vorgefunden Pflanzenspuren. Wie Sie alle bei der Besichtigung des Tatortes feststellen konnten, war das Räuberlager mit Moos ausgepolstert, aber – wie der Schützenstand – nur für eine Person ausreichend groß. Wer also auf dem Mooslager lag, der musste auch von dem Moos Spuren an der Kleidung haben. Denn erfahrungsgemäß bleiben an den Kleidern, sowohl an den wolligen Anzugsgeweben wie auch in den Taschen und Falten des Anzuges, Teile der Flora des betreffenden Geländes hängen. Deshalb sammelte ich aus der Umgebung des Tatortes und des Hanges am Pfalzgrafenstein alles an Pflanzen, vermoderten Blattresten, Tannennadeln und was ich nur finden konnte. Ich kam zu folgendem Ergebnis: In der Umgebung des Räuberlagers sind sechs verschiedene Moosarten vorhanden. Hinzu kommen Hainbuchen, Rotbuchen, Weißbuchen, Eichen, Kastanien, Haselnuss und zwei Fichtenarten sowie verschiedene weitere Pflanzen, die in unserem Zusammenhang ohne Interesse sind. Ich habe Ihnen die Flora des Tatortes in Herbarienblättern mitgebracht.« Der Sachverständige erläuterte anhand von Herbarienblättern die signifikanten Merkmale der Pflanzen. Im Zuschauerraum kniff eine Mutter ihren halbwüchsigen Sohn, der einzuschlafen drohte, und flüsterte ihm ins Ohr: »Pass auf, hier lernst du was fürs Leben.« Währenddessen fuhr der Sachverständige in jenem belehrenden Ton fort, der in den Sälen aller Universitäten schon manchen Studenten zu einem Nickerchen veranlasst hat. Plötzlich jedoch veränderte sich seine Tonlage, wurde schärfer. Alle akademische Langeweile war aus seiner Stimme verbannt.

»Nun, meine Herren, an der Kleidung des Angeklagten war die ganze Flora des Pfalzgrafenhanges vertreten. Eine mikrophotographische Untersuchung ergab: Von den sechs Moosarten des Pfalzgrafenhanges waren vier am Anzug des Siefert vertreten. Sie zeigten in der Wuchsform dieselbe Entwicklung der Blätter, wie sie am Tatort zu sehen waren. Das ist in den stark vergrößerten Photographien in aller Deutlichkeit zu erkennen.«

Der Sachverständige erläuterte den Geschworenen detailreich die Übereinstimmungen. »Ich habe noch eine weitere Identität der Flora feststellen können. In den Taschen Sieferts habe ich winzige vermoderte Blattstückchen gefunden. Diese stammen von Rotbuchen, Hainbuchen, Eichen und zwei verschiedenen Fichtenarten, die alle an der Mordstelle heimisch sind.«

Verteidiger: »Wie konnten Sie die Übereinstimmungen anhand dieser Überreste, die kaum als Pflanzen zu erkennen sind, feststellen?«
Der Sachverständige schien auf diese Frage gewartet zu haben. »Wir haben die Restchen auf weißem Papier photographiert und die Bilder vergrößert. Dadurch lässt sich die Form des Zellengewebes erkennen, wodurch wir die Baumart bestimmen konnten.« Der Sachverständige legte einige Vergrößerungen auf den Tisch der Verteidigung. Rechtsanwalt Karg schob die Bilder nach kurzer Betrachtung zu Siefert weiter. Auch dieser betrachtete sie nur flüchtig. Als keine weiteren Fragen kamen, fuhr der Sachverständige fort.
»Nun war noch zu prüfen, ob nicht auch der Ziegelhäuser Berghang, wo der Angeklagte immer gewesen sein will, eine ähnliche Flora aufweist. Ich habe dort genaue Untersuchungen vorgenommen und fand fünf unterschiedliche Moosarten vor, allerdings nur zwei der Moosarten des Pfalzgrafenhanges. Aber die auf der Ziegelhäuser Seite vorkommende Moosart unterschied sich deutlich von der Moosart des Tatortes. Sie war nur in verkümmerter Form vorhanden. Dies erklärt sich daraus, dass die Seite des Pfalzgrafensteins ein Schattenhang ist, wo der Moosbewuchs auffallend üppig gedeiht. Der Hang auf der anderen Neckarseite hatte dagegen unter der Einwirkung der heißen Sommersonne nur eine ganz geringe Moosvegetation in winzigen Kümmerformen hervorgebracht. Dort war der Boden zu trocken, um diesen kleinen Pflanzen ein gutes Fortkommen zu ermöglichen. Ich habe auch noch Proben der Flora im Wald von Wimpfen entnommen, wo der Angeklagte vom 28. zum 29. Juni genächtigt haben will. Dort habe ich nur Kiefern vorgefunden. Am Siefertschen Anzug wurden jedoch keine Kiefernnadeln, sondern Fichtennadeln gefunden.«
Kaum hatte der Sachverständige seine Ausführungen beendet, versuchte Siefert durch immer neue Einwände die Ausführungen des Sachverständigen zu entkräften, ohne jedoch dessen Gutachten erschüttern zu können.

Nachdem keine weiteren Fragen an den Sachverständigen Popp gestellt wurden, erstattete Prof. Dr. Hans Gruhle, Facharzt für Nerven- und Gemütskranke der Psychiatrischen Klinik in Heidelberg, sein Gutachten über die Zurechnungsfähigkeit des Angeklagten. In kurzen, klaren Worten legte er dar, dass Siefert körperlich und geistig normal war.

Vorsitzender: »Nachdem nun alle Zeugen gehört sind und auch die Verteidigung keine weiteren Beweisanträge mehr vorgebracht hat, sind die Beweismittel erschöpft. Die Verhandlung wird auf Montag Vormittag 9 Uhr vertagt. Dann werden die Verteidigung und die Staatsanwaltschaft Gelegenheit für ihre Plädoyers haben.«

Sechster Verhandlungstag

Heidelberg, Montag 23.1.1922

Die erste Stunde des letzten Prozesstages war erfüllt von juristischem Geplänkel über die Voraussetzungen von Tateinheit, Tatmehrheit, der Schuldfrage, mildernden Umständen und, und, und. Böhmische Dörfer für die meisten der Anwesenden. Nachdem alle Formalien besprochen waren, erteilte der Vorsitzende dem Oberstaatsanwalt Dr. Sebold das Wort.

»Hochverehrte Geschworene, dieses Verbrechen ist eines der scheußlichsten in den Annalen der deutschen Justiz und der Chronik der Stadt Heidelberg. Lähmendes Entsetzen breitete sich über die Bevölkerung, als die Tat ruchbar wurde. Eine Massenflucht aus den überfüllten Hotels war die Folge. Ehrbare Bürger dieser von den Kriegsflammen mitgenommenen Bevölkerung verzichteten aus Angst auf die allseits beliebten Spaziergänge. Und das mit Recht. Denn man wusste nun, dass ein Raubtier schlimmster Art in unserem Stadtwald gehaust hatte. Das Sicherheitsbedürfnis unserer strapazierten Heidelberger Bürgerschaft wurde erneut in Mitleidenschaft gezogen. Mancher, der kurz vorher den Platz am Pfalzgrafenstein besucht hatte, fragte sich mit schwerem Grauen, wie leicht hättest auch du dem Mörder zum Opfer fallen können?

Doch dies ist nur einer der Aspekte dieser gräulichen Meucheltat. Erinnern wir uns, in welch bestialischer Weise Bürgermeister Werner getötet wurde. Wusste denn der Täter – gewisse Anzeichen sprechen dagegen –, ob Bürgermeister Werner schon tot war, als er ihn unter den Steinen begrub? Ist nicht das Abschneiden des Fingers von der Leiche Busses eine Tat, die eines französischen Senegalnegers würdig wäre? Wäre er nicht in die Arme der Nemesis gefallen, so würde der Verbrecher vor weiteren schauerlichen Taten nicht Halt gemacht haben, hatte er sich doch bereits von seiner Geliebten einen Hausschlüssel zu der Wohnung ihrer wohlhabenden Dienstherrschaft verschafft. Man braucht keinen Genius in sich, um zu erahnen, weswegen Siefert ein Verhältnis mit der kleinen und wenig bedeutenden Dienstmagd anknüpfte, hatte er doch zur gleichen Zeit eine andere Schöne aus Eberbach. Siefert bereitete eine neue Tat vor, die nur durch die sensationelle Entdeckung des Briefes im Hause Kratzmüller vereitelt wurde. Der Familie Kratzmüller gebührt unser aller Dank. Es war eine mutige Tat und es war eines Bürgers Pflicht, als sie Siefert zur Anzeige brachten. Umso trauriger ist es, welchen Anfeindungen diese Familie in Ziegelhausen wegen ihrer Anzeige ausgesetzt war. Sie wurde von einem Teil der Ziegelhauser Bevölkerung eine Zeit lang regelrecht boykottiert.«

Der Oberstaatsanwalt machte eine Pause, trank einen kleinen Schluck aus dem vor ihm stehenden Wasserglas und blickte plötzlich scharf in die Zuschauer, als würde er gerade ihnen vorwerfen, die Familie Kratzmüller schlecht behandelt zu haben. Mit erhobener Stimme fuhr er fort: »Ich will einer im Publikum verbreiteten irrtümlichen Meinung ein für alle Mal den Garaus machen. Auch ein Mann, der kein Geständnis ablegt, kann zum Tode verurteilt werden. Alles andere wäre ja eine Prämie auf die Verlogenheit! Ein lückenloser Indizienbeweis ist besser als ein Geständnis. Denn in diesem kann noch außerordentlich viel Verlogenheit stecken, während die stummen Zeugen die Wahrheit sicher reden. Siefert hat sich als Lügner großen Stils, Heuchler ersten Ranges und Egoist mit eisernen Nerven erwiesen. Meine Herren Geschworenen, ich

möchte Sie an dieser Stelle nur an die Lügengespinste von Siefert über die angebliche Erbschaft seiner Mutter, über den Karabiner, über die Bürgschaft, den Kauf der Eier erinnern. Auch bei seinen Liebschaften hatte der ›schöne Siefert‹ immer nur gelogen und deshalb leichtes Spiel gehabt. Er hat sie rasch gewonnen und vielfach zur gleichen Zeit gehabt. Wenn er ihre Liebe genossen hatte, warf er sie wie eine ausgepresste Zitrone beiseite. Und zwar mit jenem infamen Lächeln, welches er uns im Gerichtsaal zeigte. Geradezu erschütternd war die Aussage der Zeugin Walter. Er hat die Zuneigung dieser einfachen Dienstmagd erschlichen. Sie nur dazu ausgenutzt, um seine niederen Triebe zu befriedigen. Nicht genug damit, er hat sie noch durch seine unglaubwürdigen Ausflüchte als Zeugin vor Gericht gezerrt. Es ist unerhört, wie er an diesem Mädchen gehandelt hat. An der Alleintäterschaft Sieferts gibt es keine Zweifel. Auch sein Motiv liegt offen zu Tage. Obwohl er billig verpflegt wurde, reichte ihm das Geld nicht aus. Er machte Schulden und nach seinen missglückten Heirats- und Darlehensversuchen entstand bei ihm der verbrecherische Wille zur Tat.
Meine Herren Geschworenen, bei schweren Verbrechen wird grundsätzlich auch ein Psychologe gehört, der entscheidet, ob der Täter zurechnungsfähig ist. Uns ist bei solchen Gutachten nicht immer wohl. Denn diese Psychologen finden oft ein Häkchen, wodurch sie eine Strafmilderung herbeiführen. Ich bin seit vielen Jahren Staatsanwalt, aber ein solches Gutachten wie im Falle Siefert habe ich noch nie gehört. Wir stehen heute am Ende der Untersuchung, die einen lückenlosen Indizienbeweis erbracht hat. Meine Herren, jetzt halten wir ihn mit eisernen Zangen, aus denen es kein Entrinnen mehr gibt.
Ich fordere den Kopf dieses Angeklagten. Dieser Unhold muss vom Erdboden verschwinden!
Er selbst hofft, nur ins Zuchthaus zu kommen, aber selbst eine lange Zuchthausstrafe könnte diesen Menschen nicht bessern. Denn wir haben es hier mit einem Raubtier der gefährlichsten Art zu tun. Wenn es möglich wäre, dass er in Freiheit käme, dann wehe denen, die seine Rachsucht auf sich gezogen haben. An seine Besserung

glauben Sie wohl auch nicht. In politisch turbulenten Zeiten ist es jederzeit möglich, dass schwere Verbrecher den Pforten des Zuchthauses entrinnen. Wenn Siefert befreit würde, könnte er sich an die Spitze einer Bande setzen. Dann aber, meine Herren, würden wir einen Schinderhannes pfälzischen Andenkens wieder erleben, der das Entsetzen der Bevölkerung hervorrufen würde. Denken Sie immer daran.

Ich übergebe nun das Wort an meinen Kollegen Staatsanwalt Dr. Mickel, der sich mit der Beweisführung im Einzelnen auseinandersetzen wird.« Der Oberstaatsanwalt nickte kurz zur Richterbank, bevor er sich setzte.

Staatsanwalt Dr. Mickel erhob sich, verneigte sich tief vor Gericht und Geschworenenbank. »Hohes Gericht, meine sehr verehrten Geschworenen. Der Täter dieses abscheulichen Doppelmordes hat gehandelt wie ein richtiger Wegelagerer, ein Straßenräuber großen Stils. Die Verhandlung hat in übergroßer Deutlichkeit gezeigt, dass dieser gemeine Mordbube nur Siefert sein kann.

Siefert hat von Jugend an einen Hang zum Stehlen und Lügen gehabt. Leider ist es ihm immer wieder gelungen, den Maschen des Gesetzes zu entrinnen. Darüber hinaus hatte er einen Hang zur Großmannssucht und zum Kavalierspielen. Sein Lohn reichte nie. Die Last seiner Schulden drängte ihn zu einer Lösung. ›Entweder werde ich ein reicher Mann oder ich gehe zu Grunde‹, hat er zu seinen Kollegen gesagt. Der Überfall war sein einziger Ausweg, nachdem die reiche Heirat fehlgeschlagen war und der Kredit nicht gewährt wurde.

Siefert besaß den Karabiner, mit dem die Opfer hinterrücks erlegt wurden. Dessen Besitz hat er so lange geleugnet, bis er es nicht mehr konnte. Dann hat er angegeben, ihn mit Ladestreifen und Patronen für 800 Mark an Unbekannte verkauft zu haben. Die Waffe an der Mordstelle hatte allerdings keinen Zubringer mehr. Dieser wurde nach der Tat in Sieferts Wohnung gefunden und passt genau zu Sieferts Waffe. Es wäre doch merkwürdig, wenn die Unbekannten nach der Tat den Zubringer bei Siefert versteckt hätten.

Wie sagte der Zeuge Lenz zutreffend: ›Das glaubt dir im ganzen Odenwald keiner.‹ Meine Herren Geschworenen, auch Sie werden dies sicherlich nicht glauben.
Der Angeklagte war auch am Montag und nicht, wie er uns weismachen will, am Mordtag in Offenau. Der Fährmann von Offenau hat ihn zweifelsfrei erkannt. Die Aussage des Fährmanns war die Bresche im Alibibeweis des Angeklagten. So hat es Siefert selbst gesagt. So ist es auch! Denn aus der Aussage des Fährmannes ergibt sich zweifelsfrei: Siefert war am Peter-und-Pauls-Tag nicht in Offenau. Siefert war schon am Morgen des Mordtages auf dem Weg zum Wildschützenstand und hat sich nachmittags noch vorübergehend in Ziegelhausen aufgehalten.
Der Angeklagte hat auch während seiner Pläsierreise nirgendwo um Unterkunft nachgesucht. Er wollte kein Quartier in einem Wirtshaus, weil es dort Fremdenzettel gibt. Deshalb musste er bei Mutter Grün übernachten, wenn nicht später sein Alibi in die Brüche gehen sollte.
Siefert sagte am Mordabend bei Kratzmüllers, er habe in Olfen Grabsteine gesetzt. Ja! Er hat Grabsteine gesetzt, aber nicht in Olfen! Nicht nur da hat der Angeklagte gelogen. Erst am 30. Juni will er den Inhalt seines Rucksackes kennen gelernt haben. Meine Herren Geschworenen, wie konnte dann der Angeklagte schon am 29. Juni Berta Kratzmüller versprechen, die Schulden bei den Kratzmüllers zu zahlen? Auch hier ist der Alibibeweis misslungen. Wenn auch bei diesem abscheulichen Verbrechen keine direkten Zeugen anwesend waren, so gibt es zum Glück doch stumme Zeugen, die beredte Angaben machten.
Erinnern Sie sich an den Fingerabdruck Sieferts, der sich auf der blutigen, neben der Leiche liegenden Postkarte befand? Sie alle haben die Erklärungen des Sachverständigen Popp dazu gehört. Der Fingerabdruck stammt vom rechten Mittelfinger des Angeklagten. Da gibt es überhaupt keine Zweifel. Siefert bemerkte das ihm drohende schwere Geschütz der Anklage sofort. Deshalb machte er die unglaubwürdige Behauptung vor Gericht, man habe ihm falsche Fingerabdrücke untergeschoben. Meine Herren, dieses haben wir

nicht nötig. Der Mord ist nur von einem, diesem Täter ausgeübt worden«, wobei der Staatsanwalt auf den Angeklagten zeigte.
»Der Sachverständige Prof. Heinze hat uns in die Geheimnisse der Daktyloskopie eingeführt. Wir wissen nun, dass diese stummen Zeugen nicht zu übertölpeln sind. Wer sich dagegen einen Alibibeweis aufbauen will, muss zu einer schlaueren Kategorie von Verbrechern zählen.
Jetzt kommen wir zu einem der wichtigsten Beweismittel, der Flora des Waldlagers am Tatort. Der braune Anzug und der Überzieher des Angeklagten trugen kleine Stücke von Laubmoosen, Eichenblättern, Hainbuchen, Zweigstücke von Lärchen und Fichtennadeln. Die Zusammensetzung dieser Pflanzen kommt nur am Tatort vor. Die Vergleiche des Sachverständigen haben dies mit überzeugender Genauigkeit ergeben. Der Angeklagte hat zwar zunächst geleugnet, jemals an dieser Seite des Neckars gewesen zu sein. Erst als dies durch die Aussage einer seiner Liebschaften nicht mehr zu halten war, hat er eingestanden, sich schon früher in der Nähe des Tatortes aufgehalten zu haben.
Das Blut an Sieferts Kleidung wurde vom Sachverständigen zweifelsfrei als Menschenblut identifiziert. Dieses Blut stammt nicht vom mit der Zeugin Walter vollzogenen Geschlechtsverkehr. Mag die Zeugin zu dieser Zeit auch Blutungen gehabt haben, so könnten Besudelungen der Hosen des Angeklagten nicht in diesem Umfang aufgetreten sein. Die trotz der Reinigung des Anzuges vorgefundenen Blutspuren befinden sich hauptsächlich in spritzartiger Verteilung unterhalb der Knieteile an der Außenseite der Hose. Genau dort also, wo beim Zuschlagen auf ein bereits am Boden liegendes Opfer Blutspritzer hingelangen. Außerdem an den Ärmeln, die durch den Transport der Leichen mit Blut in Berührung kamen. Schließlich bin ich auch davon überzeugt, dass Siefert allein am Tatort war. Wären es mehrere Täter gewesen, so hätten sie wohl nicht einen nach dem anderen ermordet, sondern den Angriff geschlossen geführt. Meine Herren Geschworenen, nehmen Sie einmal an, es wären mehrere Täter gewesen. Dann frage ich, warum hatte dann Siefert alles, aber auch alles, Wertgegenstände, Geld,

selbst die Brotmarken im alleinigen Besitz? Sollten die anderen oder der andere ohne Beute ausgegangen sein? Nie und nimmer! Auch die Unterhaltung mit den beiden Mitgefangenen war eine schlau berechnete Taktik. Er wollte sie reizen, die Wertgegenstände wegzuschaffen, um sich zu entlasten. Aber sie dachten anders.
In diesem Verfahren haben an die hundert Zeugen ihren Schwurfinger erhoben, aber der Finger Sieferts, der rechte Mittelfinger, der sich blutig an der Mordstelle abgeprägt hatte, ist Hauptbelastungsbeweis gegen ihn. Der rechte Ringfinger des unglücklichen Oberbürgermeisters Busse aber, den der Täter abgeschnitten hatte, um sich des Trauringes zu bemächtigen, wurde zum Schwurfinger für die tierische Grausamkeit, mit der Siefert die Leichenschändung verübt hat.
Meine Herren Geschworenen, ich fordere Sie auf, den Angeklagten des Mordes an Busse und Werner in Verbindung mit Raub schuldig zu sprechen.«

Im Publikum entstand Unruhe, Zwischenrufe wurden laut. Staatsanwalt Dr. Mickel setzte sich sichtlich erschöpft. Der Vorsitzende ordnete eine Pause vor dem Schlussplädoyer des Verteidigers an. Es dauerte nahezu eine halbe Stunde, bis sich die Prozessbeteiligten wieder im Sitzungssaal eingefunden hatten. Verteidiger Rechtsanwalt Karg, der von Anfang an wenig Neigung verspürt hatte, diesen Fall zu übernehmen und sich nur ungern dem Spruch, als Offizialanwalt zu fungieren, gebeugt hatte, sortierte noch seine Unterlagen, als bereits Ruhe im Saal herrschte. Nebenbei schrieb er einige Stichwörter in seine Handakte, machte ansonsten jedoch einen niedergeschlagenen Eindruck. Er bemerkte nicht die angespannte Erwartung auf sein Plädoyer. Erst ein dezentes Räuspern des Vorsitzenden löste ihn aus seiner Versunkenheit.
»Meine sehr verehrten Herren Geschworenen, hohes Gericht, die Staatsanwaltschaft, die sich selbst so gerne als objektivste Behörde der Welt bezeichnet, hat in diesem Verfahren in einer Weise agiert, die nicht mehr zu tolerieren ist. Hier drückt sich ein Hass aus, den ich nicht zu verstehen mag. Worte wie ›Raubtier gefährlichster Art‹,

›französischer Senegalneger‹, ›Wir fordern von ihm den Kopf!‹ haben in einem deutschen Gerichtsaal nichts zu suchen. Auch Siefert ist einer Mutter Kind, ein Mensch mit Vorzügen und Nachteilen. Auch ihm sollte deshalb die Achtung entgegengebracht werden, die allen Menschen entgegenzubringen ist.
Das Verhalten der Staatsanwaltschaft geht einher mit einer Stimmungsmache, die in einer Reihe von Zeitungsartikeln zum Ausdruck gekommen ist. Man ist in der Bevölkerung nicht mehr objektiv. Meine Herren Geschworenen, lassen Sie sich davon nicht beeinflussen, nicht die Presse, nicht die Straße, nicht Ihre Stammtischbrüder haben darüber zu entscheiden, ob Siefert schuldig ist oder nicht. Sie, nur Sie alleine haben darüber zu befinden.
Dem Angeklagten steht bis zum heutigen Tage eine tadellose Vergangenheit zur Seite. Aus unserem heimischen Odenwald stammend, hat er sich als Kind, Schüler, Lehrling, Geselle und Soldat außerordentlich gut geführt. Seine Erzieher, Meister und Arbeitskollegen stellen ihm das allerbeste Zeugnis aus. Nichts spricht deshalb für irgendeine Anklage der zur Last gelegten Taten.
Auch hat niemand die Tat beobachtet. Keiner der Zeugen hat Siefert als jenen einsamen Waldgänger eindeutig erkannt, der am Mordtag mit geschultertem Gewehr in der Nähe des Tatortes gesehen wurde. Das gesamte Beweismaterial beruht nur auf Indizien. Ich will zugeben, ich kann die Feststellungen der Wissenschaft nicht aus dem Weg schaffen. Vor der Wissenschaft muss ich mich und auch der Angeklagte beugen. Die Beurteilung der wissenschaftlichen Gutachten ist Ihre Pflicht. Aber bedenken Sie, dass vieles nur auf Mutmaßungen beruht. Wo man sich nur auf Mutmaßungen stützen kann, muss Ihr Gewissen besonders scharf sein, ob Sie dem Antrag auf Raubmord stattgeben wollen.
Denn Mord fordert Henkershand! Auge um Auge, Blut um Blut.
Ob der Angeklagte der Täter ist, wissen nur er selbst und der Herrgott. Sie, die Sie die furchtbare Verantwortung tragen, von Ihnen hängt der Erfolg ab, den sich der Oberstaatsanwalt wünscht, indem er sagte: ›Ich fordere von Ihnen den Kopf.‹
Ich will unterstellen, dass der Angeklagte am Auweg gewesen ist.

Aber es sind keine Zeugen dafür da, ob ein überlegter Mord oder ein Totschlag vorliegt. Der Angeklagte hat stets bestritten, die Morde verübt zu haben. Er hat immer behauptet, in eine Falle geraten zu sein. In einem Brief vom September letzten Jahres aus dem Untersuchungsgefängnis hat er an seinen Bruder geschrieben: ›Ich rufe es euch zu, dass ich keinesfalls der Mörder bin, aber wohl an dritter Stelle noch ein Opfer dessen bin.‹
Hat der Angeklagte die Leichen vielleicht nur beraubt, als sie schon durch andere Hände gefallen waren? Dann aber hätte er sich nur der Leichenfledderei schuldig gemacht. Wir wissen es nicht. Ich muss diese Fragen dem richterlichen Ermessen der Geschworenen anheim stellen. Ich kann deshalb nicht sagen: Bejahen Sie oder verneinen Sie. Ich muss dies ganz Ihnen überlassen, denn Sie sind hier als souveräne Richter. Etwas ist uns in Deutschland trotz all der Trümmerhaufen noch geblieben: die Souveränität der Geschworenen. Gehen Sie Ihren schweren Gang, tun Sie Ihre Pflicht. Aber bedenken Sie, es geht bei Ihrem Urteil um ein Menschenleben, nicht um ein Raubtier gefährlichster Art. Bedenken Sie, welch große Energie, welche Nervenstärke der Angeklagte in sich trägt, die er uns während der letzten Tage bewiesen hat. Diese sollte man der Gesellschaft erhalten.«

Kaum hatte der Offizialverteidiger seine Rede beendet, erhob sich im Sitzungssaal ob der letzten Sätze ein empörtes Geraune. Noch bevor der Vorsitzende zur Ruhe mahnen konnte, meldete sich Staatsanwalt Dr. Mickel erneut zu Wort. Die Zuhörer verstummten sofort, wussten doch die Gerichtskundigen, dass dies außergewöhnlich war. Ganz selten nur erwidert die Staatsanwaltschaft auf das Plädoyer des Verteidigers.
Staatsanwalt Dr. Mickel trat mit erregter Miene vor seinen Tisch. »Die Energie dieses Menschen soll der Gesellschaft erhalten bleiben? Eines Menschen, der ein paar Habseligkeiten wegen zwei Menschen hinterlistig ermordet hat. Meine Herren, man kann über solche Energie verschiedener Auffassung sein!
Der Verlauf dieses Prozesses hat uns einen tiefen Einblick in die

Energie dieses Angeklagten gegeben. Der Angeklagte ist kein Leichenfledderer. Unter einem Leichenfledderer, einem Wort aus der Gaunersprache, versteht man einen harmlosen Spitzbuben. Glauben Sie, dieser Mensch hat nur als Spaziergänger zwei Ermordete gefunden und sich deren Wertsachen angeeignet? Der Angeklagte selbst glaubt nicht an diese Erzählungen. Das schauerliche Drama, dessen Beurteilung sich hier im Saale abgespielt hat, nähert sich seinem Ende. Die Justizbehörden und die Sachverständigen haben mit größter Sorgfalt und peinlichster Gewissenhaftigkeit ihre Pflicht getan. Meine Herren Geschworenen, diese scheußlichen Mordtaten müssen auf dem Schaffot gebüßt werden. Fällen Sie nun als aufrechte deutsche Richter Ihren Spruch unparteilich, hart und ohne Regung eines Mitleides. Sprechen Sie: schuldig des Mordes! Gnade üben ist Sache des Staatsministeriums. Auch von ihm hoffen wir, dass es den Angeklagten Siefert seine blutigen Taten durch Henkershand büßen lässt. Ich fordere Recht! Nicht mehr und nicht weniger!«

Siefert, empört über die donnernde Rede des Staatsanwaltes, drehte sich hilfesuchend zu seinem Anwalt. Dieser sprach beruhigend auf ihn ein, ohne ihn jedoch besänftigen zu können. Schließlich erklärte er resignierend zum Richtertisch:
»Der Angeklagte möchte eine Erwiderung abgeben.«
Sprudelnd brach es aus Siefert heraus. Mit lauter, fester Stimme rief er in den Sitzungssaal hinein: »Meine Herren Geschworenen! Ich bin leider nicht in der Lage, einen anderen Beweis zu erbringen, als was ich gesagt habe. Nicht ich trage die Schuld, dass mein Alibibeweis in Trümmer ging; die Schuld tragen die Herren selber. Ich habe schon kurz nach meiner Verhaftung gesagt, wo ich mich während der Mordtage aufgehalten habe. Aber erst Wochen danach brachte man mich nach Offenau. Dann sollten dort die Zeugen sagen: Jawohl, den Mann kennen wir wieder. Wie soll das möglich sein? Ich bin nicht der Mann, der gegen den Schwur der Zeugen oder gegen die Wissenschaft ankämpfen kann. Aber ich sage noch einmal: Ich bin nicht der Mörder! Ich bin als 17-jähriger Junge ins

Feld gezogen und habe meine Haut fürs Reich zu Markte getragen, ohne zu wissen, warum. Ich bin wieder bereit, wenn es sein muss, meine Haut zu Markte zu tragen. Ich werde dann das dritte Opfer. Wenn ich der Mörder wäre, dann hätte ich so viel Ehrgefühl im Leibe, um es zu sagen. Handeln Sie, wie es Ihnen beliebt.«

Im bis auf den letzten Platz gefüllten Zuschauerraum entstand Unruhe. Zwischenrufe wurden laut. »Hängt den Halunken!«, »Lasst Siefert frei!«, »Rübe ab!«, wurde im allgemeinen Geraune hörbar und spiegelte den Meinungsstand des Prozesses wider. War zwar die Mehrzahl der Heidelberger Bürger von der Schuld Sieferts überzeugt, so gab es doch eine ganze Menge Menschen, die daran nicht glaubten. Allmählich legte sich die Unruhe und der Vorsitzende begann mit der Belehrung der Geschworenen. Er erläuterte, dass diese nur über die Schuldfrage sowie über das Vorhandensein von mildernden Umständen zu entscheiden hätten. Sämtliche ihnen vorgelegten Fragen seien nur mit Ja oder Nein zu beantworten. Ein Antrag gelte als abgelehnt, wenn er weniger als 7 Stimmen auf sich vereinige. Der Angeklagte wurde abgeführt und die Geschworenen zogen sich zur Beratung zurück. Nach mehreren Stunden wurde die Verhandlung wieder eröffnet und der Obmann der Geschworenen verlas den Urteilsspruch.

»Auf Ehre und Gewissen bezeuge ich als Spruch der Geschworenen auf die Fragen:
Ist der Angeklagte schuldig, auf der Gemarkung Heidelberg im Walde oberhalb des Kümmelbacher Hofes am 29. Juni 1921 vorsätzlich zwei Menschen, den Oberbürgermeister Wilhelm Busse und den Bürgermeister Leopold Werner, getötet und die Tötung mit Überlegung ausgeführt zu haben?

– Ja, mit mehr als 7 Stimmen –

Und durch dieselbe Handlung auf einem öffentlichen Wege, bei Begehung der Tat eine Waffe mit sich führend, mit Gewalt gegen eine Person fremde bewegliche Sachen einem anderen, dem Oberbürgermeister Busse und dem Bürgermeister Werner, in der Absicht weggenommen zu haben, sich dieselben rechtswidrig anzueignen?

– Ja, mit mehr als 7 Stimmen – «

Zunächst war atemlose Stille im Saal. Noch ehe sich die Zuhörer fassen konnten, ergriff der Oberstaatsanwalt das Wort.

»Aufgrund des Wahlspruches der Geschworenen beantrage ich, den Angeklagten zweimal zum Tode, ferner zu dauerndem Ehrverlust und Einziehung seines Karabiners zu verurteilen.«

Der Verteidiger erhob sich. Es hatte den Anschein, als würde er zum Schlusswort ansetzen. Er zuckte jedoch resignierend mit den Schultern. »Ich habe keinen Antrag zu stellen.«
Siefert, der mit äußerster Anstrengung um Fassung bemüht war, drehte sich zu den Geschworenen: »Meine Herren, wohlan, Sie haben mich hier verurteilt, aber so wahr ich hier stehe, ich bin nicht der Mörder. Verzeihe es Ihnen ein höherer Richter!« Mit einer verächtlichen Handbewegung hin zur Geschworenenbank, die so gar nicht zu seinem Schlusswort zu passen schien, setzte er sich.
Das Gericht zog sich zur Beratung zurück. Nach kurzer Zeit wurde die Verhandlung wieder aufgenommen und der Vorsitzende verlas das Urteil:
»Der Angeklagte Leonhard Siefert aus Olfen wird wegen Mordes in zwei Fällen zweimal zum Tode und dauerndem Verlust der bürgerlichen Ehrenrechte verurteilt. Der zur Tat verwendete Karabiner wird eingezogen. Der Angeklagte hat die Kosten des Verfahrens zu tragen.«

Nachbau der badischen Guillotine

Dritter Teil

Die Kunst des Krieges lehrt uns, nicht darauf zu hoffen, dass der Feind nicht kommt, sondern darauf zu bauen, dass wir bereit sind, ihn zu empfangen; nicht auf die Möglichkeit zu hoffen, dass er nicht angreift, sondern auf die Tatsache, dass wir unsere Stellung uneinnehmbar gemacht haben.

Sunzi: »Die Kunst des Krieges«

1

Vieles sprach für Sieferts Schuld. Polizei, Staatsanwaltschaft und Gericht waren jeder Spur nachgegangen. Die Fingerabdrücke auf der Postkarte, die bei ihm gefundenen Habseligkeiten der Ermordeten, sein Karabiner, das unglaubwürdige Alibi, die Pflanzen- und Blutspuren an seiner Kleidung, die Zeugenaussagen und nicht zuletzt seine fortwährenden Ausflüchte, die allesamt als Lügen enttarnt wurden. Aber was war dran an dem Artikel »Neues im Fall Siefert« vom 27. Juli 1921 im »Mannheimer Generalanzeiger«? Im gesamten Verfahren gab es keinen Hinweis auf zwei Kellner in Baden-Baden oder Karlsruhe. Auch die geheimnisvolle Zeugin M., die den Hinweis gegeben hatte, tauchte im Prozess nie auf. Es war kaum vorstellbar, dass der »Mannheimer Generalanzeiger« die Informationen – entgegen seiner Ankündigung – an die örtliche Kriminalpolizei nicht weitergeleitet hatte. Auch die Angaben des Philipp Rösch im Februar 1922 ließen Zweifel an der Täterschaft Sieferts aufkommen. Zwar konnte dieses Schreiben erst nach dem Urteilsspruch erster Instanz bei der Staatsanwaltschaft eingegangen sein. Zur Aufnahme eines Revisionsverfahrens hätte es aber genügen können. Von all dem war in den Akten nichts zu finden. Besonders der Leserbrief in der »FAZ« vom 21.1.1952 gab mir zu denken. Handelte es sich lediglich um ein Gerücht, von einem erklärten Gegner der Todesstrafe dankbar aufgegriffen?

Nicht alle Fakten trafen zu. Siefert war kein obdachloser Waldgänger. Er stand in einem festen Arbeitsverhältnis und hatte in Ziegelhausen eine Unterkunft. Siefert hatte das Gewehr auch nicht von einem Unbekannten am Bahnhof geschenkt bekommen, sondern es war sein eigener Karabiner. Dennoch: Es schien, als sei die Indizienlage doch nicht so eindeutig gewesen, wie von der Staatsanwaltschaft behauptet wurde.

Meine telefonische Anfrage bei der Stadt Herford über die Familienverhältnisse des ermordeten Bürgermeisters Busse brachte keine neuen Erkenntnisse. Immerhin versprach der zuständige Beamte, Nachforschungen anzustellen. Zur Sicherheit gab ich ihm meine Faxnummer, allerdings mit geringer Hoffnung, jemals eine Auskunft zu erlangen.
Ich fuhr nochmals ins Heidelberger Stadtarchiv. Der Artikel in der »FAZ« musste in den hiesigen Blättern ein entsprechendes Echo gefunden haben. Schon nach kurzer Zeit wurde ich in der »Rhein-Neckar-Zeitung« vom 26.1.1952 fündig:

Unhaltbare Gerüchte um den Fall Siefert

Landgerichtspräsident Dr. Anschütz widerlegt unverantwortliche Behauptung

Der Präsident des Landgerichts Heidelberg Dr. Anschütz bittet uns um Veröffentlichung folgender Erklärung:

Aus der »Frankfurter Allgemeinen« vom 21.1.1952 wird von verschiedenen Zeitungen die Behauptung übernommen, es habe sich bei der Verurteilung des Angeklagten Siefert wegen der Ermordung der Bürgermeister Busse und Werner in Heidelberg im Jahre 1921 um einen Justizmord gehandelt, da »der Sohn des einen Ermordeten« später vor seinem Tode in der Beichte bekannt habe, er habe seinen Vater im Streit erschossen und den Augenzeugen gleichfalls ermordet.

Woher der Gewährsmann der »Frankfurter Allgemeinen«, ein Dr. jur. Rudolph Heilbrunn in Amsterdam, das »Beichtgeheimnis« hat, ist unbekannt. Auf alle Fälle ist an dem Gerücht kein wahres Wort, denn aus den Akten ergibt sich, dass keiner der beiden ermordeten Bürgermeister einen Sohn hatte. Auch die weitere Schilderung des Dr. Heilbrunn über den Vorgang im Sommer 1921 stimmt in entscheidenden Punkten nicht.

Dr. Anschütz

RNZ: *Die Redaktion der Rhein-Neckar-Zeitung hatte es abgelehnt, den an die »Frankfurter Allgemeine« gerichteten Leserbrief zu veröffentlichen. Es erschien uns von vornherein verdächtig, dass sich Dr. Heilbrunn auf eine im Rahmen einer Beichte abgegebene Mitteilung berief. Man muss sich darüber im Klaren sein, dass man, wenn man von einem »Justizmord« spricht, ganz bestimmten Menschen, nämlich den Richtern und den Geschworenen des betreffenden Prozesses, vorwirft, einen Mord begangen zu haben. Diejenigen unserer Leser, die uns gebeten haben, den Brief der »Frankfurter Allgemeinen« nachzudrucken, werden verstehen, warum wir es nicht getan haben.*

Die Stellungnahme des Landgerichtspräsidenten war eindeutig, wurde aber nicht durch Beweise untermauert.
Am nächsten Morgen rief ich in Herford an. Erfreulicherweise hatte der Beamte die entsprechenden Unterlagen zur Hand. Kurze Zeit später wurde vom Faxgerät das Melderegister der Stadt Herford aus dem Jahre 1921 ausgespuckt. Ausweislich dessen war Bürgermeister Busse verheiratet und hatte zum Zeitpunkt der Morde zwei Mädchen in halbwüchsigem Alter. Bürgermeister Werner war, wie ich mittlerweile den Akten entnommen hatte, unverheiratet und kinderlos. Zur Bestätigung war die Kopie eines Schreibens des Magistrats der Stadt Herford vom 2. Juni 1924 an den Oberstaatsanwalt in Heidelberg beigefügt. Das Gerücht hatte bereits 1924 zu entsprechenden Nachfragen geführt. Die Legende mit der

Beichte war offensichtlich frei erfunden und nochmals wieder belebt worden, vermutlich um den Argumenten gegen die Todesstrafe Nachdruck zu verleihen.

Ich begann gerade die Doktorarbeit von Professor Bornhold zu lesen, als ein Anruf einging.

»Störe ich, Kügele. Sie erinnern sich? Man hat mir Ihre Privatnummer gegeben, ich hoffe, Sie haben nichts dagegen. Aber was ich zu sagen habe, wird Ihr Herz erwärmen und die schlechte Laune vertreiben. Oder sind Sie in Eile?«

»Für gute Nachrichten ist immer Zeit. Was gibt's?«, antwortete ich, neugierig geworden.

»Also, mein Mandant Fritz Meier stürmte vor einer Stunde wutentbrannt in unser Büro. War von der Sekretärin nicht aufzuhalten. Sah ziemlich mitgenommen aus, der Gute. Sein linkes Auge war komplett zu. Die Nase sichtbar verbogen und den linken Arm trug er in einer Schlinge. Er sei gestern Abend brutal zusammengeschlagen worden. Originalton Meier. Hat sich lautstark beschwert. Von wegen Deal nicht eingehalten. Ich solle Anzeige wegen Anstiftung zur Körperverletzung gegen Sie erstatten«, gluckste Kügele vergnügt.

»Was habe ich damit zu tun? Gestern Abend saß ich vor dem Fernseher und habe ›Die Wiege der Sonne‹ angeschaut. Toller Film. Am besten ist die Szene, in der Sean Connery seinem Partner erklärt, dass die Japaner nicht danach suchen, wer den Fehler verschuldet hat, sondern wie man ihn beheben kann.«

»Wunderbare Szene«, kam es mit Begeisterung vom anderen Ende der Leitung. »Wie im richtigen Leben. Mein Mandant glaubt aber, Sie hätten den Deal ausgeplaudert, falsche Behauptungen in Umlauf gebracht und seine Kumpels aufgehetzt. Ihm die Sache mit der Anzeige auszureden war einfach. Selbst Meier hat gleich begriffen, dass dies nur nach hinten losgehen kann. Aber der hat eine Stinkwut auf Sie. Wollte Sie nur warnen. Der Bursche ist zwar saudoof, wie unschwer zu bemerken ist, aber wenn er genug Alk intus hat, ist ihm alles zuzutrauen.«

»Vielen Dank für die Warnung. Richten Sie ihm aus, der Deal sei wortgetreu eingehalten. Die Anzeige wurde zurückgezogen. Richten Sie ihm ferner aus, er solle in Zukunft um meine Gesundheit beten, um die Unversehrtheit meines Autos, die Scheiben meiner Wohnung, den geregelten Stuhlgang meiner Schildkröte und alles, was mir nur im Geringsten lieb und teuer ist. Denn wenn auch nur zufällig meine Reifen aufgeschlitzt sind, meine Schildkröte an Magenverstimmung leidet oder ähnliches Missgeschick geschieht, werde ich zuallererst an ihn denken. Dann reiß ich ihm den Arsch auf bis zu den Ohren.«

»Richte ich aus. Richte ich alles wortgetreu aus. Mit dem größten Vergnügen«, kicherte Kügele amüsiert ins Telefon.

Ich war zufrieden. Die Sache hatte sich wie ausgemalt entwickelt. Zumindest einer der Schläger hatte Prügel bezogen und so meine niederen Rachegelüste befriedigt. Meier würde nicht nochmals handgreiflich werden. Der wusste genau, was ihm in einem solchen Falle blühte. Die Kollegen reagieren auf Angriffe gegen Staatsdiener meist sehr empfindlich.

Vergnügt griff ich wieder zu Bornholds Arbeit. Wie erhofft, spielte der Fall Siefert eine untergeordnete Rolle und tangierte meine Arbeit nur am Rande. Zunächst beruhigt legte ich die Arbeit beiseite. Aber sie ließ mich nicht los. Gleich einer alten Schallplatte sprangen meine Gedanken immer wieder in dieselbe Rille. Wieso erschien die Arbeit so polyphon? Die juristischen Argumente waren fast durchgängig brillant. Trotzdem gab es da einen Sprung, eine rätselhafte Disharmonie.

Da ich von Textanalyse keine Ahnung hatte, begann ich das erste und letzte Kapitel der Arbeit nach bestimmten Kriterien systematisch miteinander zu vergleichen. Es wurde bereits dunkel, als es mir langsam dämmerte:

Die Wortzahl der Sätze in Kapitel 1 war durchschnittlich um 9,7 % geringer als im letzten Kapitel. Kapitel 1 kam mit insgesamt drei Relativsätzen aus, während im Schlusskapitel elf eingesetzt wurden. Nur im letzten Kapitel fand sich fünffach »mithin«. Im Eingangskapitel wurden hierfür variierend »also«, »folglich« oder

»deswegen« verwendet. Im Schlusskapitel fand der erweiterte Infinitiv mit »um zu« dreimal Gebrauch, im Eingangskapitel nie. In Kapitel 1 wurden die Absätze als Trennung eines Gesamtgedankens benutzt. Im Schlusskapitel dienten sie zu Unterstreichung einzelner Argumente, was dem Geschriebenen etwas Gespreiztes aufsetzte. Der wichtigste Unterschied war zwischen den Zeilen fühlbar. Die ersten zwei Drittel der Arbeit waren von der Überzeugung des Verfassers getragen. Man konnte spüren, wie der Autor von seinen Argumenten bestimmt war. Die Sätze waren in juristisches Gestein gehauen. Im Schlusskapitel dagegen bat der Verfasser gleichsam um nachsichtige Würdigung seiner Argumente. Es fehlte die Gewissheit, die die exzellenten Juristen auszeichnet, manchmal aber in besserwisserische Arroganz umschlägt. Ich hatte schon unzählige juristische Arbeiten, Aufsätze, Urteile und Dissertationen gelesen und kannte die Schwierigkeiten des Schreibens. Die Arbeit gleicht dem Bügeln von Herrenhemden. Sind Kragen und Brust glatt, schlägt der Rücken Falten. Sind diese endlich weggebügelt, knittern die Ärmel. Nur mit Ruhe, Kunstfertigkeit und Systematik gelingt es, ein Hemd faltenfrei im Schrank zu verstauen. So ist es auch mit der Fertigung juristischer Texte. Wird ein krauser Halbsatz geglättet, schlägt der nachfolgende sprachliche Falten. Wird ein Argument im ersten Teil verändert, stößt sich hieran das nächste. Ganz selten gelingt eine Arbeit aus einem Guss. Die Arbeit von Prof. Bornhold war bis zum letzten Drittel ein großer Wurf. Beim ersten Lesen erging es mir wie dem Zuschauer beim Basketball, der den Spielmacher beobachtet, wie dieser vor der Dreierlinie stoppt, über die Streckung der Sprunggelenke hochsteigt, einen Wimpernschlag lang in der Luft verharrt und den Ball in Richtung Korb entlässt. Mit leicht nach hinten gebogener Handfläche der rechten Hand und einer linken, die den Ball kaum berührt, ihm nur den Weg weist. In diesem Bruchteil einer Sekunde erkennt der sachkundige Zuschauer den perfekten Wurf. Doch irgendwer hat in den Flug des Balles eingegriffen, hat verhindert, dass er in einer eleganten Linie den Korbring berührungslos durchquert und mit einem feinen Zischen durch das Netz gleitet.

Alles sprach dafür, dass hier zwei Verfasser am Werk gewesen waren. Der Einsatz eines Ghostwriters, und sei es nur für eine kleine Seminararbeit, ist keine Seltenheit. Also war durchaus denkbar, dass Bornhold sich einen Teil der Arbeit hat schreiben lassen. Im Falle einer Dissertation ist es jedoch eine Blamage und nebenbei auch noch eine Straftat.

2

Die Geschichte um Bornhold nahm seltsame Konturen an. Irgendetwas stimmte nicht. Bornhold wollte seine Arbeit zunächst nicht herausgeben, was erklärlich war, wenn er sie nicht alleine geschrieben hatte. Wieso aber war dies seinem Doktorvater nicht aufgefallen, oder reimte ich mir nur etwas zusammen? Ich entschloss mich, den Stier bei den Hörnern zu packen. Die Telefonnummer des Doktorvaters von Bornhold war schnell gefunden. Nach dem dritten Läuten meldete er sich.

»Kommen Sie, wann Sie wollen. Ich bin ein alter Mann und ich habe alle Zeit der Welt. Wenn es sein muss, können Sie auch gleich kommen.« Professor Bartels Stimme klang klar und interessiert, nicht wie die eines alten Mannes.

»Wenn es passt, bin ich in einer halben Stunde bei Ihnen. Sie wohnen noch in der Bergstraße?«

»Richtig. Sollten Sie keinen Parkplatz finden, stellen Sie das Auto rechts neben dem Haus vor meine Garage. Aus Straßensicht.« Ehe ich mich verabschieden konnte, hatte er aufgelegt. Jedenfalls war sein Interesse geweckt worden, als ich ihm am Telefon von meinen Recherchen über den Fall Siefert erzählte. Ich war gespannt darauf, was er über die Dissertation von Bornhold zu berichten hatte. Ich erwog kurz, eine Krawatte umzubinden, entschied mich aber dagegen und wienerte nur oberflächlich meine Slipper. Schuhe sind das wichtigste Kleidungsstück, hatte mich meine Oma gelehrt. Ich erinnerte mich gut an ihre Antwort auf die Frage meines Vaters, was sie vom neuen Pfarrer halte. »Er trägt braune Schuhe mit gegossenen Gummisohlen zur schwarzen Soutane!« Ihr Gesichtsausdruck ließ – obschon sie streng gläubig und den Herren Pfarrer ihrer Gemeinde eigentlich immer wohl gesonnen war – keinen Zweifel aufkommen, was sie von Derartigem hielt. Schon damals hatte ich mich gefragt, wie sie Gottes Sohn nur verzeihen konnte, dass er in Jesuslatschen herumgelaufen ist.

Professor Bartel öffnete selbst die Tür. Ein großer, bis auf den Ansatz eines kleinen Embonpoint schlanker und immer noch drahtiger alter Herr. Kurzgeschnittene graue Haare zierten einen massigen Schädel. Hinzu kam ein markantes Gesicht mit einer imposanten, die gesamte Physiognomie beherrschenden Adlernase und, hinter einer randlosen Brille, klare blaue Augen. Eine imponierende Erscheinung, zu der die legere, aber gepflegte Kleidung wie auch sein fester Händedruck passten. Obwohl er mittlerweile über achtzig sein musste, war keine Spur jenes typischen Altmännergeruchs, oftmals vermischt mit einem Hauch Naphthalin, zu bemerken. Im Gegenteil umgab ihn ein dezent zitroniger Geruch eines klassischen Eau de Toilette. Vermutlich Dior. Die Wohnung entsprach seinem Äußeren. Schnörkellos, mit Designermöbeln der achtziger Jahre, ließ sie durchaus Rückschlüsse auf seinen Charakter zu. Am meisten überraschte die technische Ausstattung. Gegenüber einer bequemen Sitzecke stand eine brandneue Hi-Fi-Anlage, daneben ein Großbildschirm vom Feinsten. Trotz aller Sachlichkeit wirkte das Zimmer nicht ungemütlich, sondern man spürte, dass darin gelebt wurde. Vermutlich auch wegen der nachlässig neben dem Sofa gestapelten Bücher. Keine Bildbände vom letzten Museumsbesuch, die doch keiner mehr in die Hand nahm und die nur die Kunstbeflissenheit des Wohnungsinhabers demonstrieren sollten. Nein, obenauf lag »Die Brandmauer« von Henning Mankell; darunter konnte ich Per Enquists »Der Besuch des Leibarztes« erkennen. István Örkénys »Minutennovellen« und auch John von

Düffels »Vom Wasser« wurden offensichtlich gerade gelesen, denn sie lagen aufgeschlagen neben dem Stapel. Alle Bücher waren gebunden. Soweit ich erkennen konnte, befand sich kein Paperback darunter. Entweder kaufte er aus ästhetischen Gründen nur leinengebundene Bücher oder er befürchtete, das Erscheinen der Paperbacks nicht mehr zu erleben. In seinem Alter sicherlich eine vernünftige Überlegung. Zudem an den Wänden Kunst, die keiner einheitlichen Stilrichtung zuzuordnen war, der Wohnung aber den Charakter eines durchgestylten Schauraumes gründlich nahm. Mein neugieriger Blick, insbesondere auf die Bücher, war nicht unbemerkt geblieben.

»Die ›Minutennovellen‹ liebe ich. Vor allem die zwar nicht schöne, aber wahre Geschichte von dem alten Mann und dem Auto«, bemerkte Bartel, mit dem Kopf leicht in Richtung der Bücher weisend. »Mankell ist mittlerweile zu blutrünstig geworden. Ich halte nichts davon, die Spannung durch eine erhöhte Literzahl verspritzten Blutes zu steigern. Aber ich komme ins Plaudern. Sie sind sicher nicht hier, um über Literatur zu sprechen.«

»Nicht ganz«, griff ich den Faden auf. »Ich recherchiere für eine Doktorarbeit bei Professor Gabriel über den Fall Siefert. Dabei bin ich auf eine alte Dissertation eines Ihrer ehemaligen Doktoranden und jetzigen Lehrstuhlinhabers für Kriminologie in Heidelberg gestoßen, bei der auch der Fall Siefert eine gewisse Rolle spielt. Die Arbeit irritierte mich, obwohl ich zunächst nicht erkannte, warum.«

Etwas Unbestimmtes, nicht zu Deutendes flammte kurz in den blauen Augen auf.

»Ich weiß, es steht mir nicht zu, ehemalige Doktoranden von Ihnen zu kritisieren, insbesondere wenn sie mittlerweile ordentliche Professoren sind. Aber lassen Sie mich bitte erklären.« Ohne seine Antwort abzuwarten, fuhr ich fort. »Die Arbeit ist brillant, jedenfalls ein Großteil davon. Der Schluss fällt aber merkbar ab. Sowohl sprachlich als auch in der gedanklichen Schärfe.« Wieder dieses kurze Aufflammen in den Augen meines Gastgebers. Ich meinte, eine leichte Verstimmung zu bemerken. Bevor er Gelegenheit hatte zu unterbrechen, sprach ich weiter. »Ich glaube, sie wurde von Bornhold nicht alleine gefertigt. Und ich glaube, dies belegen zu können.« Kurz und knapp schilderte ich meine Textanalyse. »Jetzt frage ich mich, warum dies nicht bemerkt wurde?«

Einen kurzen Augenblick befürchtete ich, hinausgeworfen zu werden. Doch das Funkeln der Augen erlosch sogleich. Zurück blieb wie zuvor nur der Schatten einer weiteren Regung, die ich nicht zu deuten wusste. Ich schwieg und wartete eine geraume Zeit. Der alte Herr betrachtete mich nachdenklich, abschätzend.

Ich legte nach. »Vielleicht hilft es: Ich werde bedroht. Seit ich am Fall Siefert arbeite, wurde ich zusammengeschlagen und mein Fahrrad wurde manipuliert. Bei dem unvermeidbaren Sturz kam ein neben mir fahrender Bekannter zu Tode.« Der alte Herr antwortete immer noch nicht, sondern stand auf. Gerade als ich damit rechnete, doch noch hinauskomplimentiert zu werden, begann er zu reden.

»Es ist eine lange Geschichte und keine ruhmreiche. Für mich nicht und für all die anderen wohl auch nicht. Aber vielleicht sollte ich sie endlich erzählen. Ich hole eine gute Flasche Wein. Die Geschichte wird dadurch nicht besser, aber sie lässt sich leichter ertragen.«

Nach kurzer Zeit kam er mit einem wohltemperierten Weißburgunder zurück. Gekonnt öffnete er die Flasche, kostete vorweg und schenkte, anscheinend mit seiner Wahl zufrieden, ein.

»Ich war etwas jünger als Sie«, begann er. »Ich assistierte in Tübingen an der Juristischen Fakultät und wartete darauf, einen Ruf als Professor an eine renommierte Hochschule zu erhalten. Damals war ich schon mit meiner späteren Frau liiert, aber nicht verheiratet. Unseren Eltern, ganz besonders aber meinem zukünftigen Schwiegervater, einer nicht ganz unbedeutenden Figur in der deutschen Wirtschaft, war dies ein Dorn im Auge. Ich hatte für einen Lehrstuhl in Heidelberg meinen Hut in den Ring geworfen. Am Wochenende bevor ich vorsingen musste, lud mich mein zukünftiger Schwiegervater in das beste Restaurant am Platze ein. Bei Kaffee und Cognac kam er zur Sache. Ob ich seine Tochter Klara liebe, wie es um Kinder stehe, wie ich meine Zukunft gestalten wolle und so weiter. Ja, ich liebe Ihre Tochter, ja, ich wünsche uns Kinder, aber erst, wenn ich einen eigenen Lehrstuhl habe, waren meine Antworten. Hierauf lehnte er sich zurück, schaute mich offensichtlich zufrieden an und sagte leichthin:

»Dann ist ja alles bestens. Ich denke, ihr solltet nächstes Frühjahr heiraten. Klara wird sich freuen, wenn sie erfährt, dass Sie um ihre Hand angehalten haben. Ihren Lehrstuhl in Heidelberg bekommen Sie. Keine Sorgen, ich deichsle das. Außerdem gehört mir ein annehmbares Häuschen in Heidelberg, in einer guten Gegend. Ich werde den jetzigen Mietern alsbald kündigen«.

Professor Bartel nahm einen Schluck, schaute mich prüfend an und fuhr fort. »Ich sehe, Sie werden ungeduldig, aber dies ist ein Teil der Geschichte, die zu erzählen ist. Warten Sie ab. Zügeln Sie Ihre Neugierde. Wie Sie sicher bemerkt haben, war mein Schwiegervater sehr bestimmend, zudem war er außerordentlich einflussreich. Beides wusste er zu eigenem und, aus seiner Sicht, auch zum Nutzen der Familie einzusetzen. Ich bekam meine Stelle in Heidelberg und wir heirateten wie befohlen. Übrigens eine der besten Entscheidungen in meinem Leben, denn meine Frau war nicht nur schön, sondern auch klug.«

Und wohlhabend, dachte ich, ohne es auszusprechen.

»Mit der Zeit kam in Heidelberg der Erfolg. Wie Sie sicherlich wissen, habe ich neben einigen strafrechtlichen Lehrbüchern einen der meist benutzten Handkommentare für die Praxis verfasst. Damit einher ging eine bessere Ausstattung des Lehrstuhles; ich erhielt zwei Assistenten, Bornhold und Kallmann, beide mit glänzenden Examina. Bornhold war überaus strebsam, genauso ehrgeizig wie klug, aber keineswegs brillant. Kallmann dagegen war brillant und hatte, was man bei Juristen selten trifft, eine klare, verständliche Sprache. Ich mochte ihn. Denn bei all seiner juristischen Schärfe war er im persönlichen Umgang witzig, liebenswert und ohne Boshaftigkeit. Bornhold konnte nicht verborgen geblieben sein, dass ich Kallmann zu fördern suchte. Trotzdem waren sie Freunde geworden und wohnten auch zusammen. Beide waren bereits eine gewisse Zeit am Lehrstuhl und die ersten Ergebnisse ihrer Arbeiten waren zu erwarten. Dann ereignete sich jener schreckliche Unfall. Martin Kallmann – sagte ich schon, dass er ein sportlicher Draufgänger war? – stürzte am Weißen Stein in Dossenheim beim Drachenfliegen ab. Er war sofort tot. Natürlich gab es eine Untersuchung, ein Fremdverschulden wurde jedoch ausgeschlossen. Irgendein Schäkel – oder gibt es derartige Verbindungen nur beim Segeln? – war nicht ordnungsgemäß befestigt gewesen. Wenige Wochen später schlug Bornhold einen Wechsel seines Themas vor. Es war ziemlich nahe am Inhalt der Arbeit von Kallmann. Ich hatte zunächst Vorbehalte, aber nachdem Kallmann tot war, stellte ich sie hintan. Schon nach einem knappen halben Jahr legte Bornhold einen ausgeschriebenen Entwurf seiner Dissertation mit dem bekannten Thema vor. Beim Lesen der Arbeit fiel auch mir der Bruch gegen Ende auf. Die Gründe hierfür glaubte ich bald erkannt zu haben. Ich stellte Bornhold zur Rede und warf ihm indirekt vor, die Arbeit von Kallmann geklaut zu haben. Er leugnete, führte die Schwäche am Ende auf Mangel an Zeit zurück. Tatsächlich lief auch sein Assistentenvertrag aus. Ich schenkte ihm keinen Glauben, bemängelte an der Arbeit dieses und jenes, spielte auf Zeit. Gerade hatte ich mich entschlossen, meinen Verdacht dem Dekan mitzuteilen, was ein formelles Verfahren nach sich gezogen hätte, da kam überraschend mein Schwiegervater nach Heidelberg. Er lud mich in den Europäischen Hof zum Essen ein. Diesmal nahm er sich nicht die Zeit, bis zum Kaffee zu warten, sondern kam gleich zur Sache.

›Wo liegen eigentlich die Probleme bei der Doktorarbeit deines Assistenten Bornhold?‹, war seine erste Frage. Ich war vollkommen überrascht, da ich meinen Verdacht niemandem mitgeteilt hatte. Er bemerkte mein Erstaunen und fügte hinzu: ›Einer meiner alten Vorstandskollegen hat neulich gefragt. Bornhold ist sein Neffe. Das einzige Kind seiner heiß geliebten Schwester, deren Mann früh verstorben ist.‹ Als wäre dies genug der Erklärungen, stützte er seine Hände auf den Tisch und sah mich erwartungsvoll an. Ich erzählte ihm die ganze Geschichte, nebst meinem Verdacht, der sich mittler-

weile zur Gewissheit gesteigert hatte. Mein Schwiegervater hörte aufmerksam zu und begann dann sein Verhör.
›Ist der Tod von Kallmann tatsächlich auf einen Unfall zurückzuführen? Hast du definitive Beweise, dass die Arbeit nicht von Bornhold alleine geschrieben wurde? Erleidet jemand Schaden, wenn du die Arbeit so durchgehen lässt?‹ Alle Antworten schienen zu seiner Zufriedenheit auszufallen, denn seine Miene hellte sich merklich auf.
›Korrigiere die Arbeit zu Ende und gib ihm ein Befriedigend‹, war seine Lösung. Als ich von wissenschaftlichem Ehrenkodex, geistigem Eigentum und Klüngelwirtschaft sprach, verschwand plötzlich alles Väterliche, Familiäre aus seiner Stimme. Ich wurde daran erinnert, wie er sein Unternehmen geführt hatte.
›Nun hör mal gut zu, mein Sohn. Vor einigen Jahren hat derselbe, der mich heute um einen kleinen, unbedeutenden Gefallen bittet, dafür gesorgt, dass ein Ruf aus Heidelberg an deine Ohren gedrungen ist. Er hat ferner den Erfolg deines damaligen Vorsingens gesichert. Erzähle du nichts über Klüngelwirtschaft! Soll ich jetzt meinem Bekannten berichten, du seiest plötzlich so lauter geworden, dass derartige kleine Gefälligkeiten dein mittlerweile sensibel gewordenes akademisches Ehrgefühl beeinträchtigen? Du bist deswegen in meiner Schuld, aber vor allem in der Schuld meines Bekannten. Ich verlange nur, einen nicht bewiesenen Verdacht beiseite zu legen.‹
Er hatte gewonnen, und er wusste es auch. Wir aßen still zu Ende. Beim Verabschieden bemerkte er leichthin: ›Überlege es, aber bitte enttäusche mich nicht.‹
Von da an war alles nur noch ein einziges Rückzugsgefecht. Ich besprach mich mit Klara. Für sie war die ganze Sache nicht so dramatisch, da nichts bewiesen sei und alles auch nur auf einem Hirngespinst von mir beruhen könne. Sie machte die Sache leicht, erteilte mir die Absolution und ich gab nach. Kurze Zeit später bekam Bornhold sein Befriedigend. Das ist die ganze Geschichte.«
Ein paar Minuten nippten wir stumm an unserem Weißburgunder. Der alte Herr konnte einem Leid tun. Er war ein hervorragender,

von uns Praktikern geschätzter Jurist. Er hätte auch ohne die Protektion seines Schwiegervaters Karriere gemacht. In seinen Augen hatte sein Lebensweg jedoch einen Makel. Deshalb die Scham in seinen Augen, die ich nicht gleich zu deuten wusste. Obwohl ich nicht weiter in der Wunde stochern wollte, mussten noch ein paar Fragen gestellt werden.

»Haben Sie außer Ihrer Ehefrau und Ihrem Schwiegervater jemals einer Menschenseele davon erzählt?«

»Niemand, und ich bin absolut sicher, beide haben hierüber kein Wort, nicht einmal zueinander, verloren.«

»Wie steht es mit dem Zweitkorrektor? Hat der denn nichts bemerkt?«

Der alte Professor lächelte belustigt. »Kennen Sie noch Prof. Henner-Dennig? Seine Vorliebe ist Segeln. Ich glaube, er hat sich unbesehen meinem Urteil angeschlossen. Er hat lediglich einige unbedeutende Randbemerkungen angefügt. Verdacht hat er nicht geschöpft, und wenn doch, hat er keinen geäußert. Derartiges könnte Komplikationen nach sich ziehen und vom Segeln abhalten.«

»Hat es sich zweifelsfrei um die Arbeit von Martin Kallmann gehandelt?«

»Eindeutig. Zum einen war sein Stil einzigartig. Witzig und mit klarer Sprache, Sie haben es ja selbst bemerkt. Ich vermute, Bornhold hat den ersten Teil vorsichtig verändert und seiner trockenen juristischen Diktion angenähert. Trotzdem ist der Stil von Kallmann noch deutlich spürbar. Im Übrigen habe auch ich damals ein bisschen recherchiert. Kallmann hatte seine gesamte Arbeit in ein knallrotes, dickes Ringbuch handschriftlich eingetragen. Daneben hatte er ein weiteres, wenn ich mich richtig erinnere, grünes Ringbuch. Darin hat er die Fundstellen, zu überprüfende Thesen und Gedanken festgehalten. Beide Ordner sind nie mehr aufgetaucht. Ich habe bei seiner Mutter, einen Vater gab es schon damals nicht mehr, nachgefragt. Auch bei seiner Freundin, gleichfalls einer Juristin. Sein gesamter spärlicher Nachlass war vorhanden, aber keine Ringbücher. Auch nicht in der Uni, im Zimmer der Assistenten. Kallmann hatte dort ein abschließbares Fach in einem alten Roll-

schrank. Außer den nur teilweise korrigierten Klausuren der letzten Zwischenprüfung und einigen persönlichen Kleinigkeiten war es leer gewesen. Bornhold hatte alle Möglichkeiten, an die Arbeit ranzukommen. Er wohnte mit Kallmann zusammen und sie teilten sich das Zimmer im Institut. Da Kallmann die Arbeit bis zu diesem Zeitpunkt nur handschriftlich aufgezeichnet hatte, konnte Bornhold ziemlich sicher sein.
Und noch etwas Bemerkenswertes. Als Kallmann mit seinem Drachen abstürzte, war Bornhold dabei. Er hat Kallmann mit dem Auto zum Weißen Stein gebracht. Selbst ist er nie geflogen und angeblich hat er beim Aufbau des Drachens nicht mitgeholfen.«
Erstaunt fragte ich dazwischen: »Soll das bedeuten, Bornhold könnte etwas mit dem Absturz zu tun haben?«
Mein Gegenüber zog indigniert die Augenbrauen hoch. »Ich will nichts andeuten. Ich habe die bekannten Fakten von damals dargelegt und meine Auffassung über den wahren Urheber der Dissertation. Welche Folgerungen Sie daraus ziehen, überlasse ich Ihnen. Aber seien Sie vorsichtig. Bornhold hatte schon damals gute Beziehungen, die sicher nicht schlechter geworden sind.«
Bartel trank sein Glas leer. Er zögerte einen Moment zu lange mit seiner Frage, ob er mir noch etwas nachschenken dürfe. Ich verstand. Ich war entlassen.

3

Das Telefon klingelte. Der Anrufer sagte nur: »Scheiße.« Ich erkannte Harald sofort.

»Was heißt hier ›Scheiße‹?«, fragte ich.

»Du wirst erstaunt sein über des Lebens bunte Vielfalt. Der Umschlag, den du mir zur Analyse mitgegeben hast, wurde mit Vogelscheiße zugeklebt. Ich glaube, da will dich einer verarschen. Wenn du Zeit hast, treffen wir uns gleich beim Italiener am Bismarckplatz. Einverstanden?«

Als ich in der Kneipe eintraf, saß Harald schon an seinem Stammplatz.

»Ich bin ziemlich neugierig. Erzähl!«, begann ich ohne weitere Begrüßung.

»Pass auf! Die Jungs vom Bundeskriminalamt haben sich mächtig ins Zeug gelegt. Aber der Reihe nach. Der Umschlag, auch der Zettel sind handelsübliche Ware, in jedem Kaufhaus erhältlich. Keine Wasserzeichen, geringe Qualität, Massenware, vermutlich in Fernost hergestellt. Nichts, was weiterhelfen könnte. Genaueres brächte nur eine aufwändige weitere Analyse an den Tag. Aber jetzt kommt es: Die Adresse und die Schrift auf dem Zettel wurden zwar mit der Hand gefertigt, aber«, Harald legte eine Kunstpause ein, »mittels einer Schreibschablone. Du kennst die Dinger vermutlich noch aus deiner Schulzeit. Früher befanden sie sich in den Linealen. Wie bei Schreibmaschinen oder Druckern, die allesamt zumindest winzige individuelle Unregelmäßigkeiten aufweisen, anhand derer sie sich identifizieren lassen, ist dies auch bei Schreibschablonen möglich. Wenn man aber die Schablone vernichtet, sind keine Rückschlüsse auf den Schreiberling möglich. So eine Schablone lässt sich leichter entsorgen als eine komplette Schreibmaschine. Schlau, nicht? Mit vergleichenden Schriftgutachten kommt man also nicht weiter. Aber es wird noch interessanter. Als Schreibgerät wurde ein vor dem Zweiten Weltkrieg in England oder Amerika hergestellter Bleistift benutzt. Davon gehen die Sachverständigen definitiv aus.«

»Wieso ist sich das BKA dessen so sicher?«, warf ich ein.

»Die verfügen, neben dem FBI, über die weltweit größte Sammlung an Bleistiften, Kugelschreibern, Minen und Tintensorten. Das BKA ist in der Lage, sämtliche nach 1970 in Europa verkauften Kugelschreiber zeitlich einzuordnen. Hinsichtlich der vor 1970 produzierten Schreibgeräte sind die Kenntnisse zwar lückenhafter, aber immer noch beachtlich. So schwierig ist dies nicht, denn es gibt weltweit nur wenige Minenhersteller. Selbst die Amis greifen manchmal auf dieses Archiv des Bundeskriminalamtes zurück«, erklärte Harald stolz.

Ich war beeindruckt, schwieg aber, da ich Haralds Gesichtsausdruck entnehmen konnte, er war bei weitem noch nicht am Ende.

»Jetzt kommt der Clou. Vogelscheiße. Ich habe es am Telefon schon erwähnt und es war kein Witz. Der Sachverständige hat die Klebestellen des Umschlags untersucht, um etwaige Speichelreste ausfindig zu machen. War aber nichts zu finden. Dein Schreiberling ist nicht blöde, zudem ausgesprochen vorsichtig. Aber nachdem sie irgendwelche kleinsten organischen Spuren gefunden haben, ich verstehe davon ja nix, wurde ihr Ehrgeiz angestachelt. Durch genauere Untersuchungen mit neuesten Methoden fanden sich Spuren von Guano, gemeiner Vogelscheiße aus Südamerika. Handelsübliche Zugabe für hochwertigen Dünger. Das gleiche Bild ergab sich auch an der Briefmarke. Jetzt frage ich dich, wie kommt Schei-

ße ins Trompetenrohr, genauer, Guano an deinen Briefumschlag?«
Ich blieb Harald die Antwort schuldig. Alles sehr rätselhaft. Das einzige, was mir dazu einfiel, war ein alter Spottvers auf den Philosophen Hegel:

»Gott segne euch, ihr trefflichen Vögel,
An der fernen Guanoküst'-
Trotz meinem Landsmann, dem Hegel,
Schafft ihr den gediegensten Mist!«

Von wem der Vers stammte, wollte mir einfach nicht mehr in den Sinn kommen. Auch ansonsten brachte mich meine akademische Halbbildung nicht weiter. Ich hatte nicht annähernd eine Erklärung parat. Ein Bleistift, hergestellt vor dem Zweiten Weltkrieg, eventuell sogar zu Lebzeiten von Siefert, Guano an den Klebestellen des Umschlages und der Briefmarke. Allein die Schablone und das Allerweltspapier ergaben einen Sinn, sollten sie doch irgendwelche Hinweise auf den Schreiber unmöglich machen. Ich bedankte mich bei Harald für seine Mühe, schnappte den Umschlag mit den Analysen des BKA und fuhr nach Hause. Im Hausflur traf ich Renate und Katerina, die gerade auf dem Weg zu ihrer wöchentlichen Gymnastik – Bauch, Beine, Po – waren. Zwischen Tür und Angel informierte ich sie über die Analyse der Klebestellen. Ich erntete nur ungläubiges Staunen. Mitten im Gespräch hörte ich in meiner Wohnung das Telefon läuten.
»Ich muss los. Ich rufe dich später an«, verabschiedete ich mich und sprintete die Stufen zu meiner Wohnung hoch. Der Anrufer hatte schon aufgelegt, nur der Anrufbeantworter blinkte vorwurfsvoll. Sieben Nachrichten waren gespeichert, bis auf die erste nichts Wichtiges. Diese aber elektrisierte mich.
»Tag, wir haben den Ossi und den Film«, vernahm ich die Stimme des Kollegen Grenz.
Obwohl es schon spät war und ich eigentlich wenig Hoffnung hatte, den Kollegen im Büro zu erreichen, versuchte ich es. Grenz hatte zwei niedliche Kinder, eine Frau, die ihn ziemlich unter der Fuchtel hielt und ihn auch mehr, als ihm lieb war, bei der häuslichen Arbeit

einspannte. Wie bei der Staatsanwaltschaft allseits bekannt war, schob Grenz deswegen manchmal Arbeit vor, um in Ruhe im Büro ein Buch zu lesen. Tatsächlich nahm er nach dem ersten Läuten ab.
»Hallo, Herr Grenz, gibt das Video was her?«, fragte ich ohne Umschweife.
»Kann schon sein. Sie sollten es auf jeden Fall anschauen«, antwortete er ausweichend.
»Okay, ich komme sofort. Ich hoffe, es ist recht.« Sein Gebrummel nahm ich als Zustimmung und legte auf. Zehn Minuten später saß ich in seinem Büro.
»Wenn wir schon so spät arbeiten, soll es uns dabei wenigstens gut gehen«, empfing er mich, auf zwei volle Gläser deutend. »Dann wollen wir mal. Ich habe den bisher ungeschnittenen Film schon durchgesehen. Fast vier Stunden. Der Bursche hat den ganzen Ausflug gefilmt. Jedenfalls technisch eine saubere Hobbyarbeit. Alles scharf, nichts verwackelt, genügend lange Einstellungen und keine wilde Zoomerei, die doch nur ganz verrückt macht. Außerdem ist der Film bisher noch nicht bearbeitet worden. Hat der Filmer jedenfalls versichert. Für uns ist nur die Sequenz in Heidelberg interessant. Ich habe den Film schon entsprechend vorgespult.« Grenz schaute fragend.
»Einverstanden. Aber zuerst eine Frage: Wie habt ihr den Kerl so schnell ausfindig gemacht?«
»Kein Problem. Zunächst eine telefonische Nachfrage beim Wirt. Fehlanzeige. Niemand konnte sich erinnern. Dann wurden zwei Referendare losgeschickt, die Kripo ist ja ständig unterbesetzt und konnte niemand abstellen. Die haben sämtliche Belege vom Wochenende durchforstet. Muss eine Heidenarbeit gewesen sein, denn die Kerle haben fast den ganzen Tag dazu gebraucht. Zwei oder drei der Sachsen haben mit Kreditkarten bezahlt. Somit hatten wir die Adressen. Schon der Erste konnte uns die Personalien des Filmers mitteilen. Wie vermutet, war es der Chef der Firma. Ist übrigens kein Sachse, sondern ein Wessi, der nach der Wende eine Baufirma in Dresden übernommen hat. Die Mitarbeiter sind überwiegend Sachsen. Der Kerl ist ausgesprochen hilfsbereit, wir hat-

ten den Film über UPS schon nach wenigen Stunden. Aber jetzt sollten Sie sich den Film ansehen.« Grenz schaltete den DVD-Spieler ein. Nach kurzem Flimmern sah man gut gelaunte, in die Kamera winkende Menschen aus einem Bus aussteigen, offensichtlich schon leicht angeschickert. Einige mehr oder weniger witzige Kommentare waren hörbar. Zwischendurch aus dem Off auch die Stimme des Filmers, der seine Komparsen anfeuerte. Als letzte entstieg dem Bus, einen Wimpernschlag in der Tür verharrend und mit einer lasziven Bewegung die enge Caprihose glatt streichend, eine rothaarige Schönheit. Die Kamera betrachtete starr den Vorgang des Aussteigens – eine gekonnte Inszenierung. Man musste kein Hellseher sein, um sofort zu erkennen, auf wen der Chef ein Auge geworfen hatte. Die junge Frau schaffte trotz der knallengen Hosen die zwei Stufen des Busses mit lässiger Eleganz. Geschmeidig schritt sie auf die Gartenwirtschaft zu. Die Kamera verfolgte sie still und – wenn eine Kamera diese aufbringen kann – mit Bewunderung. Plötzlich kamen neben dem Eingang stehende Fahrräder ins Bild. Grenz stoppte den Film. Linker Hand, unmittelbar beim Gartentürchen, waren deutlich die beiden Mountainbikes von Katerina und mir zu erkennen. Die Räder waren in Fahrtrichtung rechts an den Jägerzaun gelehnt. Die Lenkstange meines Rades war leicht vom Zaun weg nach links gerichtet und stand rechtwinklig zur Kamera. Ich ging näher an den Bildschirm heran. Es bestand kein Zweifel, der Schnellverschluss am Vorderrad war vollständig eingeklappt. Ich drehte mich zu Grenz.
»Ich habe es Ihnen gesagt. Der Schnellverschluss war zu.«
Grenz nickte. »Stimmt. Um sicherzugehen, habe ich eine Farbvergrößerung anfertigen lassen. Es gibt keinen Zweifel. Das Vorderrad wurde ordnungsgemäß arretiert. Der Sachverständige, dem haben wir die Bilder auch gezeigt, hat dies bestätigt. Aber aufgepasst, es geht noch weiter.«
Grenz ließ den Film weiterlaufen. Mehrere Minuten lang sah man Weizenbier trinkende Männer, deftige Kommentare in die Kamera werfend, und Frauen jeglichen Alters, die Kaffee tranken und Kuchen in sich stopften. Grenz stoppte den Film nochmals. Die rot-

haarige Schönheit prostete zwinkernd in die Kamera, sich an dem nur mit Männern besetzten Tisch offenkundig wohlfühlend.
»Fällt Ihnen etwas auf?«, fragte Grenz. Ich betrachtete das Standbild genau, konnte aber nichts erkennen.
»Der Tisch, an dem die Rote sitzt, ist direkt neben dem Gartenzaun. Dahinter standen Ihre Räder«, versuchte Grenz nachzuhelfen.
»Stimmt, aber ich sehe trotzdem nichts. Die Räder sind vom Zaun und dem niedrigen Gebüsch verdeckt.« Ich hatte nicht die leiseste Ahnung, worauf Grenz hinauswollte.
»Sie haben Recht. Aber Ihr Rad ist nur verdeckt, weil der Lenker beim Abstellen nach links gedreht wurde. Auf dem ersten Bild«, Grenz deutete auf den Abzug des ersten Standphotos, »sieht man dies ganz deutlich. Sie haben das Rad ziemlich schlampig abgestellt. Nur das Hinterrad ist an den Zaun gelehnt. Der vordere Teil ist stark vom Zaun weg nach links ausgerichtet. Ihr Rad wäre, trotz des Fahrradständers, ohne das dagegen gelehnte Rad Ihrer Freundin vermutlich umgefallen. Das Rad Ihrer Freundin ist in dieser Einstellung nicht zu sehen, weil in diesem Bereich die Büsche ein wenig höher über den Zaun hinausragen.«
Grenz hatte sichtliches Vergnügen daran, mich vorzuführen. Vielleicht sollte ich ihn bei Gelegenheit daran erinnern, wer denn auf die Idee mit dem Film gekommen war. Allerdings war jetzt nicht der richtige Zeitpunkt dafür, da ich immer noch nicht wusste, wohin die Reise gehen sollte. Ich schaute nur fragend. Grenz spulte den Film nach vorne und stoppte nach kurzem Vorlauf. Wieder der Tisch mit der Rothaarigen. Plötzlich sah ich es auch. Der Lenker meines Rades ragte jetzt knapp über den Zaun. Im Gegensatz zur ersten Einstellung sah man deutlich den rechten Griff und mindestens die Hälfte des Tachometers. Grenz schaltete den Videospieler aus. »Der Rest ist uninteressant. Ich habe eine Kopie gezogen. Die sollten Sie unbedingt in aller Ruhe nochmals mit Ihrer Freundin anschauen. Vielleicht fällt Ihnen noch etwas auf. Haben Sie eigentlich eine Ahnung, wer hinter Ihnen her ist? Ganz offensichtlich hat jemand das Vorderrad manipuliert und dabei den Lenker verdreht. Damit das Rad nicht umfällt, hat er es an den Zaun gelehnt.

Erst dadurch wurde der Lenker in der letzten Einstellung sichtbar.«

Grenz hatte Recht, aber ich hatte nicht den leisesten Schimmer, wem ich ein Dorn im Auge war. Vor allem wusste ich nicht, warum. Trotzdem erzählte ich die Geschichte des Überfalles im Hausflur. Ich war schon fast aus dem Zimmer, als Grenz mich nochmals zurückhielt.

»Ihr Fahrrad brauchen wir möglicherweise noch. Die Untersuchungen sind zwar abgeschlossen. Fingerabdrücke wurden keine gefunden, jedenfalls nicht am Vorderrad. Der Schnellverschluss war sorgfältig abgewischt. Die vorhandenen Fasern lassen auf ein Brillentuch schließen. Kein einziger verwertbarer Abdruck war zu finden. Die Abdrücke am Rahmen stammen alle von einer Person, vermutlich von Ihnen. Zum Vergleich müssen Sie sich allerdings Abdrücke bei der Kripo nehmen lassen. Das Verfahren gegen Sie wird selbstverständlich eingestellt. Jetzt ermitteln wir gegen unbekannt weiter. Und ...«

»Ja, ja, ich verspreche, morgen sofort bei der Kripo meine Finger zu zeigen, den Film anzuschauen und von nun an alle Informationen sofort weiterzugeben«, unterbrach ich Grenz und winkte beim Hinausgehen.

Am nächsten Tag gab ich brav meine Fingerabdrücke bei der Polizei ab. Mit Katerina schaute ich mehrfach den Videofilm an, ohne dass Ergiebiges zu Tage kam. Katerina studierte die Analyse des Bundeskriminalamtes über den Guano und konnte sich wegen der von Bornhold geklauten Doktorarbeit nicht beruhigen. Mich plagten andere Fragen. Was war mit dem Zeugen, der die beiden älteren Herren in Eberbach bemerkt hatte? Welche Rolle spielte in diesem Zusammenhang der Ortsgruppenleiter Rösch des Landarbeiterverbandes? Auch die im »Mannheimer Generalanzeiger« vom 27. Juli 1921 benannte Zeugin M. tauchte im Prozess bisher nicht auf. Ich durchsuchte die Zeugenliste der Staatsanwaltschaft und die vorhandenen Gerichtsakten. Nichts war zu finden, auch nicht in den Polizeiberichten und den Zeitungsausschnitten. Kurz entschlossen fuhr ich erneut ins Landesarchiv nach Karlsruhe. Katerina setzte ich zuvor im Juristischen Seminar ab.

Die Akten hatte ich nicht zurückgegeben, sondern zur weiteren Bearbeitung in ein Besucherfach zurücklegen lassen. Seite für Seite ackerte ich alles durch. Ein kleiner handschriftlicher Vermerk in den Akten des Ermittlungsrichters erregte meine Aufmerksamkeit:

> Mitteilungen aus den Kreisen von Hellsehern, Spiritisten und Wahrsagern u.s.w. mit den sich darin einfließenden Erfahrungen sind im Sonderband/Beilagenheft I., Az: 1 D 242.22 abgeheftet.

Mehr aus Neugierde denn in der Hoffnung, die Antworten auf meine Fragen zu finden, bestellte ich bei der Bibliothekarin die Akte, die aus einem Konvolut von handschriftlichen Schriftstücken bestand. Die meisten der Schreiben begannen sinngemäß mit: »Habe das zweite Gesicht, sehr viele Wahrträume und Visionen, die sich bis jetzt stets erfüllt haben.« Oder: » In unserem Zirkel wurde uns über ein Medium aus der Anderswelt mitgeteilt, dass ...« Im Weiteren erklärten die Schreiber regelmäßig, Siefert sei nicht der wahre Mörder, die Leichen seien da oder dort versteckt oder ähnlichen Unfug. Der Fall Siefert schien sämtliche Spiritisten in Deutschland herausgefordert zu haben. All diesen Wahrsagungen war der Ermittlungsrichter nachgegangen, obwohl er ihnen offensichtlich wenig Glauben schenkte. Trotzdem wies er die Polizei zu entsprechenden Nachforschungen an, die regelmäßig ins Leere gingen. Die Schreiben waren interessant, durch die alten Handschriften aber schwer zu lesen. Beinahe hätte ich das entscheidende Schreiben überschlagen. Eine Frau Meeß teilte unter dem 1.8.1921 der Staatsanwaltschaft mit, in ihrem Zirkel sei ihr bekannt geworden, dass Siefert nicht der Mörder sei. Die wahren Mörder, zwei Brüder, Kellner von Beruf, mit Namen Ziegler, logierten im »Zähringer Hof«, entweder in Baden-Baden oder in Karlsruhe. Die beiden Mörder hätten sich bei Siefert nur gesäubert und ihm die Beute zur Aufbewahrung gegeben. Siefert habe erst nachträglich von den Morden erfahren. Auch hier wurden vom Untersuchungsrichter sofort vertrauliche Ermittlungen durch die Polizei veranlasst. Auch dieser Hinweis bewahrheitete sich, wie zu erwarten war, nicht. In Karlsruhe gab es schon kein Hotel »Zähringer Hof« und in Baden- Baden logierten im »Zähringer Hof« weder Gäste mit dem Namen Ziegler noch zwei Brüder oder gar Kellner. Zweifellos handelte es sich bei der wahrsagenden Schreiberin um die Informantin des »Mannheimer Generalanzeigers«, denn die Initialen stimmten mit den im Generalanzeiger genannten überein. Auch die weiteren Informationen waren gleich. Wie zur Bestätigung tauchte auf den nächsten Seiten der komplette Artikel des »Generalanzeigers« auf. Mit der akkuraten Handschrift des Ermittlungsrichters war am Rande vermerkt:

> Beim Schreiben vom 1.08.21 handelte es sich um die gleiche Informantin wie im Artikel des Generalanzeigers. Wurde durch Generalanzeiger und Zeugin bestätigt.

Die Zeitungen waren in den damaligen Zeiten entweder nicht frei von spiritistischen Anwandlungen oder sie hatten nicht sonderlich genau recherchiert. Ich wandte mich dem verbleibenden Rest zu, um nach dem ominösen Schreiben des Deutschen Landarbeiterverbandes an die Staatsanwaltschaft Heidelberg zu forschen. Ein dezentes Räuspern des Bibliothekars und ein Blick auf die Uhr zeigten, dass die Öffnungszeit zu Ende war.

4

Zurück in Heidelberg, fand ich an meiner Wohnungstür einen Zettel. »Bin bei Renate, Katerina.«

Sie saßen im Wohnzimmer, und Katerina war außer sich. So hatte ich sie noch nie gesehen. »Hör gut zu! Ich kann es immer noch nicht fassen. Aber ich weiß, wer die Schläger beauftragt hat. Heute Morgen komme ich ins Seminar. Die Sekretärin bittet mich zu Bornhold wegen der Korrekturarbeiten des 4. Semesters. Er ist gerade dabei, seine Mickerpflanzen zu gießen, während wir uns unterhalten. Bevor er die kleine kupferne Gießkanne mit der langen Tülle an ihren Platz zurückstellt, tritt er an den Schreibtisch und gießt – so nebenbei, wie schon häufiger zuvor – ein paar Tropfen Blumenwasser in seinen alten Büroschwamm. Dieser Mistkerl hat die Schläger angeheuert.«

Ich verstand nichts, was man mir auch ansah.

»Herrgottnochmal, kapiert ihr denn nicht?«, fauchte Katerina. »An den Klebestellen der Briefmarke und am Umschlag, in dem der Auftrag für die Schläger verschickt wurde, war doch Guano festgestellt worden. Bornhold bewässert seinen Büroschwamm zum Befeuchten von Briefmarken mit Wasser aus der Gießkanne, anscheinend, weil er zu faul ist, ihn mit auf die Toilette zu nehmen. Gelegentlich werden die Blumen gedüngt, obwohl man es ihnen nun wirklich nicht ansieht. Und zwar mit Blumendünger, der Guano enthält. Ich habe den Dünger kontrolliert, hier ist die Flasche.« Katerina wies triumphierend auf eine auf dem Tisch stehende Plastikflasche. Laut Produktbeschreibung handelte es sich tatsächlich um mit Guano angereicherten Blumendünger vom DM-Markt.

»Du hast die Flasche dem Prof doch nicht etwa geklaut? Oder hast du ihn schon darauf angesprochen?«, fragte ich.

»Um Himmels willen, ich bin doch nicht doof. Ich habe sofort beim Drogeriemarkt die gleiche Flasche beschafft. Hol mal schnell die Analyse des Briefumschlages, damit wir die Inhaltsstoffe vergleichen können.«

»Gleich, zuerst möchte ich noch wissen, wozu der Kerl einen Schwamm benötigt. Seine Post wird doch sicherlich von einer Sekretärin erledigt. Herr Prof. Dr. Bornhold klebt wohl kaum eigenhändig Briefmarken. Jedenfalls nicht in größerem Umfang.«

»Hast du völlig Recht. Der benutzt den Schwamm zu anderen Zwecken. Er ist ziemlich penibel und etepetete, wie ich vielleicht schon erzählt habe. Soweit er es vermeiden kann, gibt er niemandem die Hand. Die Toilettentür im Seminar macht er mit dem Ellenbogen auf.«

»Dazu braucht er den Schwamm ja wohl nicht. Also komm doch endlich auf den Punkt«, versuchte Renate die Geschichte voranzutreiben.

»Langsam, langsam. Ansonsten kommst du doch wieder nicht mit«, kam es spitz und ziemlich stutenbissig zurück. »Wie ihr sicher wisst, korrigiert so ein Professor auch Klausuren. Und meiner nimmt dies ganz genau. Bei einem großen Schein im Strafrecht kommen da leicht 80 bis 100 Klausuren zusammen. Nehmt im Schnitt 8 Seiten pro Klausur, dann macht das summa summarum 800 Seiten. Die blättern sich nicht von alleine um. Bornhold nimmt dazu, wie jeder andere, den Zeigefinger. Da er pingelig ist, befeuchtet er seinen Finger nicht mit Spucke, sondern tippt, wann immer nötig, mit dem Finger in sein angefeuchtetes Schwämmchen. Sieht zwar bescheuert aus, aber er vermeidet damit irgendwelche Übertragungen vom Papier auf seine Lippen. Auch wenn er normalerweise seine Post nicht selbst frankiert, hat er dies bei der Post an die Schläger sicher getan. Da im Blumenwasser noch Rückstände vom Dünger sind, wurden diese auf die Klebestreifen des Umschlages und die Gummierung der Briefmarke übertragen. So, und jetzt hol bitte die Analyse des BKA.«

Der Vergleich fiel eindeutig aus. Sämtliche an der Briefmarke und am Kleberand des Umschlages gefundenen Spurenelemente waren im Dünger zu finden. Nicht nur die im Guano enthaltenen Stoffe, sondern auch die weiteren mineralischen Anreicherungen wie Nitratstickstoff, Ammoniumstickstoff, Phosphate, Kaliumoxid und Bor waren identisch. Die Sache schien ziemlich eindeutig. Nur warum? Was hatte Bornhold, wenn er es denn war, dazu bewogen, die Schläger auf mich zu hetzen? Ich war ihm – bis vor ein paar Wochen – nie zuvor begegnet. Die einzige Verbindung zwischen uns war die Juristerei und Katerina.

»Für mich ist die Angelegenheit klar«, fasste Katerina zusammen. »Bornhold hat ein Motiv. Ich weiß zwar nicht aus dem Stand, welchen strafrechtlichen Tatbestand er erfüllt hat. Vielleicht unberechtigtes Führen eines Titels? Immerhin hat er eine Doktorarbeit geklaut. Ich weiß auch nicht, ob ein derartiges Delikt nicht schon verjährt wäre. Aber eines weiß ich ganz genau: Sollte dies bekannt werden, wäre er als Professor erledigt, wenigstens gesellschaftlich ruiniert. Also hat er ein sehr überzeugendes Motiv, dass du die Finger von seiner Doktorarbeit und damit vom Thema Siefert lässt. Nicht umsonst hat er sie nur widerwillig herausgerückt. Der Guano auf der Briefmarke weist eindeutig auf ihn als Anstifter. Vielleicht findet sich bei ihm ja auch die Schablone, mit deren Hilfe der Brief geschrieben wurde.«

»Glaube ich kaum. Es wäre nur konsequent, wenn er sie, vermutlich sogar noch bevor er den Brief abgeschickt hatte, vernichtet hätte«, gab ich zu bedenken.

»Habt ihr eine Erklärung dafür, wie er an die Adressen der drei Schläger herangekommen sein soll? Zumindest der eine wohnt doch in Mannheim«, warf Renate ein. »Also ich kann mir einfach nicht vorstellen, dass er etwas mit der Sache zu tun hat. Irgendwie gibt dies alles keinen Sinn. Der hat doch überhaupt keinen triftigen

Grund. Wieso sollte er nur auf die vage Möglichkeit hin, dass du die Schummelei bei seiner Diss bemerkst, ein derartiges Risiko eingehen?«

Renate hatte nicht Unrecht. Aber es war schon eine seltsame Übereinstimmung. Dünger an einer Briefmarke kam sicherlich nicht häufig vor.

»Nur mal als Arbeitshypothese. Wenn wir von ihm als Auftrageber ausgehen, muss es doch irgendeine Verbindung zu den Schlägern geben. Außerdem liegt es dann nahe, dass er mein Rad entweder selbst manipuliert hat oder auch dies in Auftrag gegeben hat. Nur so als Hypothese«, wiederholte ich.

»Es ist kaum vorstellbar, dass er zu diesen Kleinganoven gesellschaftlichen Kontakt pflegt. Aber wenn deine Hypothese stimmt, muss es eine Verbindung geben. Frag doch zuerst bei den Schlägern nach«, schlug Katerina vor.

»Eine glänzende Idee. Der wurde von seinen Kumpels kräftig zur Brust genommen und ist sicher ganz begierig darauf, uns zu helfen. Außerdem weiß der nicht mehr«, antwortete ich spöttisch.

»Dummkopf. Nicht bei dem Pfälzer Kraftzwerg. Bei den beiden anderen. Du hast doch die Namen?«

»Nur die Vornamen, aber den Rest kann ich tatsächlich leicht erfahren. Die wurden von Tenkhor verarztet. Staatsanwalt war Dr. May. Mit dem kann ich gut.«

»Sollten wir nicht lieber zur Polizei gehen? Die haben doch mehr Möglichkeiten. Oder berichte doch alles dem Staatsanwalt, der die Ermittlungen in der Fahrradgeschichte leitet.« Renates Glauben an die Justiz war unbeschädigt. Katerina schnaubte nur verächtlich. Auch ich hatte meine Zweifel, da ich den Laden kannte. Nicht grundsätzlicher Art. Aber ohne hinreichenden Verdacht gegen einen angesehenen Professor der Jurisprudenz zu ermitteln lässt einen Staatsanwalt nicht gerade jubilieren.

»Morgen bringe ich bei Dr. May die Namen der beiden anderen in Erfahrung. Dann knöpfe ich mir die Kameraden vor. Wo ist eigentlich Michael, den habe ich schon lange nicht mehr gesehen?«, fügte ich unvermittelt hinzu.

»Wieso?«, fragten die Mädels gleichzeitig.
»Wenn ich die Jungs befrage, hätte ich gerne etwas Begleitschutz. Ich habe keine Lust, schon wieder Prügel zu beziehen.« Hierfür hatten beide Verständnis.

Am nächsten Tag versuchte ich erst gar nicht, mich bei May telefonisch anzumelden. Wenn ich Glück hatte, traf ich ihn in seinem Zimmer oder in einer Verhandlungspause vor einem der Gerichtssäle. Ich hatte Glück. Er stand vor dem großen Saal, wie immer rauchend, mit einem Becher schwarzen Kaffee in der Hand, vertieft in ein Gespräch mit zwei Anwälten, die ich flüchtig kannte. Es schien um Wichtiges zu gehen, denn die Anstrengungen, mich bemerkbar zu machen, schlugen zunächst fehl. Nach geraumer Zeit erkannte er mich, grüßte freundlich, um sich sogleich wieder seinen Gesprächspartnern zuzuwenden. Endlich verabschiedete man sich und May strebte schnell zum Fahrstuhl. Ich schaffte es gerade noch, mich nach ihm in den Aufzug zu drängen.
»Haben Sie einen Moment Zeit?«
»Genau zwanzig Minuten, wenn ich dabei ein Brötchen essen darf. Solange ist die Sitzung unterbrochen. Diese Anwälte haben wieder einen blödsinnigen Beweisantrag gestellt, nur um die Verhandlung zu verzögern und mich zu einem Deal zu bewegen. Ich habe aber klar gemacht, ohne umfassendes Geständnis läuft hier gar nichts. Leider will der Vorsitzende auch dealen. Das Weichei fürchtet um seinen Urlaub.« May war noch sichtlich empört. Unter Kollegen galt er als harter Hund, aber alle waren sich einig, dass man gut mit ihm auskommen konnte, wenn man sich an die Regeln hielt. Wehe, wenn nicht. Ich hatte eine Sitzung miterlebt, in der er die Anklage gegen einen stadtbekannten Zuhälter, der seine Pferdchen übel misshandelt hatte, vertreten hatte. Der Frankfurter Verteidiger zog alle Register, der Angeklagte hatte Kreide gefressen und die Zeugen, allesamt Damen vom Strich, waren nachhaltig eingeschüchtert. Sie verharmlosten ihre früheren Angaben oder waren bar jeglicher Erinnerungen. Da auch der Vorsitzende seinen milden Tag hatte, drohte die Verhandlung zu kippen. Ein Freispruch oder zu-

mindest eine Bewährungsstrafe zogen langsam, aber deutlich am juristischen Himmel auf. Unvermittelt stand Dr. May auf, wedelte mit seiner Rechten in Richtung der unter der Anklagebank hervorschauenden Schuhe des nachlässig im Stuhl sitzenden Angeklagten und fragte harmlos: »Herr Angeklagter, Ihre spitzen weißen Schuhe, sind das die gleichen, mit denen Sie den Opfern immer ins Gesicht getreten haben? Haben denn die Blutflecken auf dem Weiß nicht gestört?«
Einen Moment lang herrschte im Gerichtssaal Totenstille ob dieser gezielten Provokation außerhalb der Verfahrensordnung. Noch bevor der Verteidiger Einwände erheben konnte, war der Angeklagte mit hassverzerrtem Gesicht vom Stuhl geschnellt und hatte gebrüllt: »Du Drecksau, dich bringe ich um. Ich bring dich um.«
Der Angeklagte war kaum zu beruhigen und musste von den herbeigeeilten Wachtmeistern mühsam hinter der Anklagebank festgehalten werden. Dr. May hatte die Drohungen gelassen hingenommen, ohne dem Blick des Angeklagten auszuweichen, und erwiderte emotionslos: »Vielleicht. Aber vier bis sechs Jahre müssen Sie damit mindestens noch warten.«
Am Ende wurde der Angeklagte verurteilt, zu vier Jahren und sechs Monaten.

Im Moment allerdings krümelte Dr. May ein Schinkenbrötchen auf seine ehemals weiße Sitzungskrawatte und sah gar nicht nach hartem Hund aus. »Was liegt an?«, kam es undeutlich zwischen Brötchen und Schinken hervor.
»Nur eine Kleinigkeit. Erinnern Sie sich noch an eine Verhandlung mit drei Kleinganoven vor ein paar Wochen? Es ging um einen Raubüberfall in Mannheim auf dem Paradeplatz. Sehr zum Verdruss der Angeklagten war alles auf Video aufgezeichnet. Sie haben die Anklage vertreten, Tenkhor war Vorsitzender.«
»Klar erinnere ich mich, bei der Beweislage. So was hat man selten, denn wer lässt sich schon bei einem Raub heute noch unvermummt filmen? Aber was interessiert Sie daran, ich dachte, Sie pausieren gerade?«

Ich ignorierte die Frage. »Ich will nur wissen, warum die Verhandlung in Heidelberg und nicht in Mannheim stattgefunden hat. Außerdem hätte ich gerne die Nachnamen der Mittäter Denis und Roger gewusst.«
May musste nur kurz überlegen. »Denis Odenwald und Roger Krasser. Zwei alte Bekannte. Kenne ich von Kindesbeinen an. Die habe ich seit ihrem ersten Bruch in einen Kiosk auf ihrer kriminellen Laufbahn begleitet. Verhandelt haben wir die Chose hier, weil damals alle in Heidelberg wohnten. Die beiden anderen hatten am gleichen Tag auf ihrem Nachhauseweg einen weiteren Überfall verübt. Diesmal schon auf Heidelberger Gemarkung. Die Jungs hatten natürlich auf verminderte Schuldfähigkeit wegen Trunkenheit gemacht. War leicht zu widerlegen. Der Sachverständige Dr. Acker sprach von klassischem Nachtrunk. Die hatten sich als Belohnung für die beiden Überfälle hinterher ordentlich die Kanne gegeben. Acker hat sich bei seinen Ausführungen fürchterlich gespreizt, da hübsche Studentinnen im Saale waren. Seine Ausführungen waren deshalb ziemlich lang, dafür aber eindeutig.«
»Wieso waren denn so viele Studentinnen da?«, fragte ich erstaunt.
»Ein Professor mit seinen Eleven, Studentenpraktikum oder Ähnliches. Jedenfalls haben sich alle Prozessbeteiligten wegen der Studentinnen oder des Prof oder wegen beidem ziemlich aufgeblasen.«
»Wer war der Professor?«
»Weiß ich nicht mehr. Irgendeiner dieser Theoretiker vom hiesigen Lehrstuhl.« In diesem Moment klingelte das Telefon. Ich hatte genug erfahren, und bevor nun May seinerseits Fragen stellen konnte, war ich mit ein paar geflüsterten Dankesworten wieder draußen. Noch aus dem Gericht rief ich bei Katerina im Seminar an. Sie war sofort am Telefon.

»Kannst du ungestört reden?«, fragte ich.
»Sekunde, ich mache schnell die Türe zu. Okay, jetzt kannst du loslegen.«
»Also, ich habe gerade mit May gesprochen. Bei der Verhandlung

von meinen drei Schlägern war ein Juraprof mit Studenten im Saal. Irgendein Praktikum. Näheres wusste May allerdings nicht. Es würde mich allerdings nicht wundern, wenn dies Bornhold gewesen wäre. Und dann hätten wir zumindest die Verbindung zu den Auftragsschlägern.«

»Mein Gott, bin ich doof«, kam es vom anderen Ende der Leitung. »Daran hätte ich früher denken können. Klar war er es. Der geht pro Semester einmal mit seinen Studenten zu einer Strafverhandlung. Zur Sicherheit kontrolliere ich es noch mal. Nicht, dass ausgerechnet einer der anderen Assistenten eingesprungen ist. Du bekommst heute Abend Bescheid. Ich muss leider Schluss machen, habe ein dringende Besprechung. Ciao.«

Ich brauchte keine Bestätigung. Dr. May konnte einen ausgewachsenen Professor von einem knapp dreißigjährigen Assistenten unterscheiden. Ich wusste jetzt, wie Bornhold an die Schläger herangekommen war. Er musste nur bei den Feststellungen der Personalien in der Verhandlung mitschreiben und schon hatte er alles, was er brauchte, ohne von den dreien erkannt zu werden. Trotzdem war ich froh, als Katerina am Abend meine Vermutung bestätigte. Sie saß im Wohnzimmer auf dem Boden und wir schauten das Video des Betriebsausfluges an.

»Ich frage mich immer noch, ob dein Prof das Rad manipuliert haben könnte. Ich schaue jetzt schon zum x-ten Mal das verdammte Video an. Außer der Tatsache, dass jemand den Schnellverschluss geöffnet hat, ist nichts zu erkennen. Ich lege morgen Staatsanwalt Grenz das gesamte Beweismaterial vor. Der kann den Absturz beim Drachenfliegen überprüfen. Es ist doch seltsam, dass Bornhold dabei war. Vielleicht ergibt sich ein Anhaltspunkt?«

Katerina zog erstaunt die Augenbrauen hoch. »Du glaubst doch nicht im Ernst, dass er damals den Drachen manipuliert hat?«

»Nein, nicht wirklich, aber seltsam ist es schon. Man sollte deshalb mal bei Kallmanns Mutter und seiner damaligen Freundin nachfragen. Möglicherweise bekommen wir über diese Schiene etwas heraus.«

Am nächsten Tag legte ich dem Staatsanwalt meine privaten Ermittlungen vor. Ich gab ihm eine Abschrift der Dissertation mit meiner laienhaften Textanalyse, eine Aussage von Katerina und ein Gedächtnisprotokoll meines Gespräches mit Prof. Bartel sowie die gesamten Recherchen über den Briefumschlag. Schließlich stellte ich ihm noch das von Katerina gekaufte Düngemittel auf den Schreibtisch. Er war nicht allzu beeindruckt, hörte aber trotzdem aufmerksam zu.

»Ich nehme nicht an, dass damit ganz offiziell Prof. Bornhold bezichtigt werden soll?«, fragte er süffisant.

»Nein, sicher nicht. Jedenfalls noch nicht. Ich übergebe lediglich Material, welches meiner Auffassung nach zweifelsfrei in eine Richtung weist. Bei der Sachlage könnte man sich vorstellen, dass die Staatsanwaltschaft auch in diese Richtung ermittelt. Mehr als ein Anfangsverdacht scheint dies allemal zu sein.« Dabei deutete ich auf die mitgebrachten Beweisstücke.

»Ich schaue alles in Ruhe an, dann werden wir sehen«, verabschiedete er mich.

5

In der folgenden Woche trieb ich meine juristische Arbeit voran. Nebenbei hatte ich die Mutter von Martin Kallmann in einem noblen Seniorenstift in Heidelberg ausgemacht. Die alte Dame war reichlich verwirrt und der Besuch brachte nur den Namen eines entfernten Verwandten zu Tage. Obwohl er über den Absturz nichts berichten konnte, war ihm wenigstens die Adresse der damaligen Freundin von Kallmann bekannt. Sie hieß Lena Rosselt und wohnte immer noch in Heidelberg. Allerdings war sie seines Wissens nach keine Juristin, sondern Volksschullehrerin. Ich machte mich auf den Weg in die Kirchheimer Reihenhaussiedlung. Die angegebene Adresse erwies sich als schmuckes Häuschen mit kleinem, gepflegtem Vorgarten. Auf mein Klingeln wurde die Tür von einer attraktiven Dame geöffnet.

»Herr Flaig?« Sie hatte mich bereits erwartet, da ich mich zuvor telefonisch angemeldet hatte. »Ich will gerne versuchen zu helfen. Allerdings kannte ich Martin Kallmann noch nicht lange und war zum Zeitpunkt des Unfalls auch nicht in Dossenheim.«

»Vielleicht können Sie doch helfen«, unterbrach ich sie. »Wie lange waren Sie vor dem Unfall schon mit Martin liiert?«

Sie überlegte einen Augenblick. »Der Unfall geschah im Frühjahr. Wir hatten uns bei der Skigymnastik an der Uni kennen gelernt. Die begann damals immer im Oktober. Also kannten wir uns etwa sechs Monate. Nach Weihnachten haben wir uns regelmäßig getroffen und ich habe häufig bei ihm übernachtet.«

»Waren Sie über das Thema seiner Doktorarbeit im Bild?«

»Klar. Zu dieser Zeit studierte ich selbst noch Jura. Es war irgendeine vergleichende strafrechtliche Problematik. Er hatte damals noch kein endgültiges Thema, mehr so einen Arbeitstitel. Wenn ich mich recht erinnere, handelte es sich hauptsächlich um verfahrensrechtliche Fragen. Genaueres ist mir allerdings nicht mehr in Erinnerung.«

»Wie weit war die Arbeit zum Zeitpunkt des Unfalls gediehen?«

Frau Rosselt überlegte kurz. »Mit Sicherheit war die Arbeit ziemlich fortgeschritten, was mich damals erstaunt hatte. Meiner Erinnerung nach hat nicht mehr als das letzte Drittel gefehlt. Aber zwischendurch habe ich jetzt eine Frage. Warum interessiert Sie dies alles?«

Ich klärte sie nicht allzu genau über meine Arbeit und den Verdacht auf, dass jemand die Arbeit von Martin geklaut hatte. Sie schaute erstaunt, gab sich damit aber zufrieden.

»Haben Sie eine Ahnung, wo seine Arbeit geblieben ist? Hatte er Teile davon schon maschinenschriftlich fertiggestellt?«, setzte ich die Fragerei fort.

»Er hat alles noch ziemlich altmodisch mit der Hand geschrieben. Es sollte später von einer professionellen Schreibkraft in Reinschrift übertragen werden. Soweit ich mich erinnere, war alles immer in Leitzordnern oder Ähnlichem abgeheftet. Dabei hatte er ein ausgefeiltes System. In einem roten Ordner wurden die fertiggestellten Kapitel abgeheftet. In zwei, drei anderen waren seine kopierten Literaturstellen und seine noch nicht ausgereiften Gedanken, Anmerkungen und Notizen festgehalten. Die gesamten Literaturstellen hatte er in einem dicken Schulheft alphabetisch geordnet.«

Sie verstummte, um sogleich fortzufahren. »Martin war ziemlich genial. Ihm flog alles nur so zu. Ich glaube, er hat nie mehr als 4-5 Stunden am Tag und auch nur unter der Woche im Seminar gearbeitet. Die restliche Zeit des Tages verbrachte er mit Fitnesstraining, Tennis und Drachenfliegen. Im Winter fuhr er auch fast jedes Wochenende mit dem Skiclub in die Alpen. Ich habe ihn immer sehr bewundert ...«

Der Glanz in ihren Augen und der verträumte Gesichtsausdruck sprachen Bände. Bevor sie weitere Lobeshymnen auf ihren Verflossenen anstimmen konnte, unterbrach ich sie. »Tauchte denn der Ordner nach seinem Tod nochmals auf?«

Sie antwortete, ohne zu zögern. »Nein. Ein paar Tage nach der Beerdigung habe ich zusammen mit seiner Mutter die Wohnung, genauer gesagt, sein Zimmer – er wohnte damals mit Bornhold zusammen in einer WG – ausgeräumt. Ich hatte noch ein paar Kleidungsstücke bei Martin. Außerdem schenkte mir seine Mutter zur Erinnerung einige persönliche Dinge von ihm. Bilder eines gemeinsamen Kurzurlaubs und was sich so angesammelt hatte. Es war schrecklich. Ich erinnere mich, wie wir zusammen hemmungslos heulten. Wir konnten beide das Unglück nicht fassen.«

»Die Ordner? Haben Sie beim Ausräumen die Ordner gefunden?«

Sie überlegte angestrengt. »Die standen normalerweise immer entweder auf seinem kleinen Schreibtisch oder in einem schlichten Regal über dem Schreibtisch. Ich bin ziemlich sicher, dass er sie nur ganz selten in seinem Zimmer im Seminar gelassen hatte. Er hat die Ordner gehütet wie seinen Augapfel. Ich glaube, sie waren nicht in seiner Wohnung. Seine Mutter hat mir außerdem alle juristischen Bücher geschenkt. Nur seine persönlichen Unterlagen hat sie an sich genommen. Einiges haben wir weggeschmissen. Aber sicher nicht seine Arbeitsunterlagen. Da ich die Ordner kannte, hätte ich dies verhindert. Danach bin ich nie mehr in die Wohnung gegangen. Die Mutter übrigens auch nicht. Ich habe sie nach dem Unfall noch öfter besucht. Sie hat alles an den neuen Mieter der Wohngemeinschaft verschenkt. Sie hat es nicht übers Herz gebracht, nochmals in die Wohnung von Martin zu gehen.«

»Sind Sie sicher, dass die Mutter die Ordner mit den persönlichen Unterlagen nicht mitgenommen hatte?«

»Absolut sicher. Die gesamten Unterlagen passten in einen normalen Jutebeutel, den wir beim Aufräumen gefunden hatten.

Das meiste waren Briefe, ein Stapel Fotos, lose in Fototaschen, seine Ausweise und Urkunden. Die Leitzordner hätten nicht mehr reingepasst. Außerdem würde ich mich daran erinnern. Ganz bestimmt.« Frau Rosselt schien ziemlich sicher und es gab keinerlei Grund, an ihren Angaben zu zweifeln.

»Eine letzte Frage noch. Der Verwandte von Martins Mutter erzählte, Sie seien Lehrerin. Sie hatten aber doch Jura studiert?«

»Beides stimmt. Aber nach Martins überraschendem Tod hatte ich das Interesse an Jura verloren. Vor allem erinnerte mich alles an ihn. Ich konnte es nicht ertragen. Zudem fiel mir das Studium nicht gerade leicht. Deswegen bin ich auf Lehramt umgestiegen.«

»Noch eine allerletzte Frage. Was hielten Sie damals eigentlich von Bornhold?«

Sie überlegte erneut einen Augenblick. »Ich fand ihn nicht sympathisch. Obwohl er sich immer korrekt verhalten hat. Irgendwie hatte ich den Eindruck, er neide Martin seine Leichtigkeit und seinen Charme. Aber dies war nur ein unbestimmtes Gefühl, an irgendetwas festmachen konnte ich es damals und auch heute nicht.«

Ich hatte genug erfahren. Die gesamte Arbeit von Martin Kallmann war seit seinem Tod nicht mehr aufgetaucht.

Es war noch früh am Nachmittag, die Landstraße nach Karlsruhe frei vom üblichen Feierabendverkehr. Hinter Graben-Neudorf, einem der hässlichsten Straßendörfer in Baden, aber mit gutem Boden für herrlichen Spargel gesegnet, stand dicht am Straßenrand einsam ein Reiher. Stoisch ertrug er den wenige Meter an ihm vorbeiziehenden rauschenden Verkehr. Weit und breit war zwar kein Wasser zu sehen, aber die überfahrenen Mäuse und kleine Insekten boten wohl genügend Nahrung, erreichbar ohne Anstrengung.

Im Landesarchiv wurde ich wie ein alter Bekannter begrüßt. Ohne Aufforderung legte man die Akte Siefert vor. Ziemlich unkonzentriert blätterte ich die vergilbten Seiten um, manche schon eingerissen und stellenweise nur schwer lesbar. Ein Hinweis auf das Schreiben des Kreisleiters Ernst König vom Deutschen Landarbeiterverband war nicht zu finden. Trotzdem wollte ich nicht glauben,

dass dieses Schreiben – obschon erst nach dem Urteil, aber immerhin vor der Vollstreckung verschickt - keinen Widerhall in den Akten gefunden hatte. Denn sollte die Aussage des unbekannten Zeugen zutreffend sein, wäre ein wesentlicher Teil der Einlassungen Sieferts bestätigt: das Zusammentreffen mit den beiden unauffindbaren, zudem blutbefleckten Herren. Der Bibliothekar, der über meine Recherchen im Bilde war, bemerkte mein ungeduldiges und auch hilfloses Blättern in den Akten. »Kann ich helfen, suchen Sie etwas Bestimmtes?«, fragte er freundlich.
Ich zeigte ihm das Schreiben vom 16.2.1922 an die badische Staatsanwaltschaft Heidelberg. »Ich habe im Fall Siefert eine wichtige Zeugenaussage eines Herrn Rösch aus Olfen. Sollte die Aussage zutreffen, bestünden Zweifel an der Täterschaft, zumindest an der Alleintäterschaft von Siefert. Bisher konnte ich dieses Schreiben bei den Akten nicht finden, was ungewöhnlich ist. Noch erstaunlicher ist, dass der Verteidiger es in seiner Revision mit keinem Wort erwähnt. Zwar handelt es sich um eine unbewiesene Tatsachenbehauptung, aber zur Stimmungsmache wäre es allemal gut gewesen.«
Der Bibliothekar überflog den Brief mit geübtem Blick. Sogleich hielt er einen Vortrag über Art und Systematik des Archivierens und der hierdurch bedingten richtigen Recherche. Er wusste meinen Blick zu deuten: Ich verstand nur die Hälfte. »Okay, okay. Ich helfe Ihnen. Grundsätzlich können Nebenakten auch unter einem weiteren Stichwort abgelegt sein. Nachdem Sie im Hauptband nichts gefunden haben, nehmen wir uns alle aus dem Jahr 1922 vorhandenen Dokumente mit prozessrechtlichen Hintergründen aus der Region Heidelberg oder Olfen vor. Kommen Sie einfach mit zu den Karteikästen.«
Mühsam arbeitete ich mich durch die vergilbten Karteikärtchen, ohne etwas zu finden. Währenddessen hatte sich mein Helfer auch schon aus dem Staub gemacht. Plötzlich ging die Tür heftig auf und ein stolz grinsender Bibliothekar knallte eine dünne Akte auf den Tisch. Ob seiner eigenen Ungehörigkeit, die Stille des ehrwürdigen Archivs durch derart profane Handlungen zu durchbrechen, er-

schrocken, schaute er sich schuldbewusst um. Obwohl außer uns niemand anwesend war, sprach er fast im Flüsterton.
»Hier, vielleicht lässt sich damit was anfangen. Ein Ermittlungsverfahren gegen Philipp Rösch aus Olfen wegen Begünstigung.«
Neugierig zog ich mich mit der Akte in den Lesesaal zurück. Die dünne Akte brachte Erstaunliches zu Tage. Die Staatsanwaltschaft hatte das Schreiben tatsächlich erhalten und war den darin aufgestellten Behauptungen auch nachgegangen. Nach den Ermittlungen stammte das Schreiben jedoch nicht aus der Feder des Philipp Rösch, sondern von Sieferts Bruder. Die ganze Geschichte mit dem Zeugen, der angeblich die beiden blutbefleckten Herren auf dem Bahnhof gesehen hat, war erfunden. Sieferts Bruder hatte, vermutlich um die Vollstreckung des Urteils zu verhindern oder wenigsten zu verzögern, den Brief gefertigt. Das zunächst eingeleitete Verfahren gegen Philipp Rösch wurde nicht weiter betrieben, sondern eingestellt. Letzte Zweifel an Sieferts Täterschaft waren nunmehr beseitigt.
Auf dem Rückweg fuhr ich beim Bruchsaler Gefängnis vorbei. Schon von weitem sah man den mächtigen Bau, der vom badischen Baudirektor Heinrich Hübsch 1848 nach dem Vorbild von Pentonville und dem Western Penitentiary Pittsburg errichtet worden war. Obwohl das Bruchsaler Gefängnis wie eine Festung wirkte, täuschte dies. Schon kurz nach seiner Errichtung wurde es im Mai 1849 durch badische Revolutionäre im Sturm erobert und die politischen Gefangenen, allen voran Gustav Struve, wurden befreit.
Ich wurde wegen meiner telefonischen Voranmeldung erwartet und sogleich in den Verwaltungskomplex zum Büro des Anstaltsleiters geführt. Im Flur musste ich einige Zeit warten und hatte Gelegenheit, die an den Wänden hängenden alten Pläne, Stiche und Lichtbilder, welche die Geschichte des Zuchthauses aufzeigten, zu betrachten. Gerade mal siebzig Jahre vor Sieferts Inhaftierung herrschte in diesem Zuchthaus noch ein strenges Schweigesystem. Wie ein Stich aus dem Jahre 1850 zeigte, mussten die Gefangenen eine Gesichtsmaske tragen, die ihre Individualität vollständig auslöschte und auch eine nonverbale Kommunikation mit den Mitge-

fangenen oder Schließern unmöglich machte.
Nach einiger Zeit kam ein abgehetzter Anstaltsleiter über den Flur gehastet. »Ich habe alles, was hier über den Fall Siefert zu finden war, für Sie kopieren lassen. Ganz aufschlussreich, besonders die Beschreibung der Hinrichtung. Ich vermute, sie wurde vom damaligen Stellvertreter des Anstaltsleiters verfasst. Sicher bin ich allerdings nicht. Bei den alten Akten habe ich noch einen Auszug aus dem Tagebuch des katholischen Anstaltspfarrers gefunden. Vielleicht interessiert es Sie auch, dass Siefert zunächst nicht in Bruchsal geköpft werden sollte. Am 19. April 1922 fand jedoch eine Urabstimmung der Metallarbeiter in Mannheim statt. Man befürchtete in Justizkreisen einen Putsch und im Gefolge damit einen Versuch der Kommunisten, Siefert zu befreien. Siefert wurde deshalb in einer Nacht-und-Nebel-Aktion per Auto nach Bruchsal verschubt. Der Bürgermeister von Bruchsal hat sich deswegen noch nachträglich beim Innenministerium beschwert. Nach den vorausgegangenen Hinrichtungen befürchtete er, den Nimbus einer Henkerstadt zu erhalten. Ich hoffe, Sie können mit all dem etwas anfangen.« Er drückte mir ein paar lose Blätter in die Hand und verabschiedete sich mit einer kurzen Entschuldigung. Er hatte recht, die Dokumente waren mehr als interessant und schlossen die Akte Siefert endgültig.

Freitag, 28. Juli 1922, Männerzuchtanstalt Bruchsal

Die Vorbereitung der Hinrichtung des Leonhard Siefert

Der Henker war wie immer ganz in Schwarz. Am 28. Juli 1922, nachmittags um 14 Uhr, stand er mit seinem Gehilfen vor der Männerzuchtanstalt im badischen Bruchsal. Die Vollzugsbeamten begleiteten ihn und den Gehilfen in den Gefängnishof. Der Direktor und das Fallbeil, welches notdürftig durch einen Paravent vor den neugierigen Blicken der Gefängnisinsassen geschützt war, warteten in der Mittagssonne. Die Männer unterhielten sich kurz über die überraschende Verlegung des Hinrichtungsortes in den Hof des Zuchthauses, deren Gründe keiner kannte. Der Direktor wandte sich brüsk ab. Zurück blieben der Henker, sein Gehilfe und das in der Sonne matt schimmernde Fallbeil.

Der Henker umrundete das Fallbeil, betrachtete es aufmerksam von allen Seiten und stellte schließlich seine mitgebrachte Ledertasche auf den Boden. Das Fallbeil war in gespanntem, funktionsbereitem Zustand. Mit der linken Hand entriegelte er den Sicherheitsstift. Mit der rechten Hand zog er den Hebel der Aufzugsvorrichtung aus seiner Führung. Vom Haken befreit, fiel das Messer mit schrillem Quietschen nach unten. Der mit dem Fallbeil verschraubte Rahmen schlug deutlich hörbar auf. Der Vorgang entlockte dem Henker eine verdrießliche Grimasse.
Vielleicht erinnerte er sich an die Scharfrichterdienstordnung, die ausdrücklich gebot, das Fallbeil vor der Hinrichtung nicht öfter als nötig herabzulassen. Vielleicht ärgerte er sich über den Zustand des Fallbeiles, für den er nicht verantwortlich war. Ohne zu überlegen, griff er in seine Tasche, holte Schmirgelpapier hervor und reinigte systematisch das Metall des Beiles von Rost. Dabei arbeitete er sorgsam, ohne Hast, mit behutsamen Bewegungen. Seine groben Hände glitten leicht über das Metall. Nach einiger Zeit glänzte das Beil im Sonnenlicht. Vorsichtig leierte er das Fallbeil über den Zugmechanismus nach oben, bis er den unteren Teil bearbeiten konnte. Zur Sicherung verkeilte er an den Innenseiten Holzstücke in unterschiedlicher Länge zwischen Messer und Halskrause. Mit einem abgenutzten Wetzstein schärfte er rhythmisch die schräge Klinge. In Abständen strich er mit dem Daumen der linken Hand prüfend über den Stahl. Zufrieden mit seinem Ergebnis begann er, die Holzteile mit Bienenwachs einzufetten. Besondere Aufmerksamkeit zollte er dem runden Ausschnitt, in welchen der Delinquent seinen Hals zu stecken hatte. Zunächst glättete er mit einem über einen Kieselstein gestülpten Ledertuch jede Unebenheit. Kein noch so kleiner Splitter entging seinen geschickten Händen. Aus einem kleinen Kännchen beträufelte er den Zugmechanismus sorgfältig mit Öl. Mit einem alten Lappen verteilte er den über-

schüssigen Schmierstoff. Den hinter dem Fallbeil angebrachten Auffangkorb entnahm er seiner Aufhängung, drückte mit dem Handballen zwei Einbuchtungen nach außen und säuberte ihn, bevor er ihn wieder an seinen angestammten Platz hängte. Mit äußerster Sorgfalt rieb er den vor dem Fallbeil angebrachten, zur Auflage des Kopfes dienenden Lederriemen mit Melkfett ein, bis er sich leichtgängig verstellen ließ.

Vorsichtig kurbelte er das Fallbeil nach oben. Er entnahm die beiden Holzkeile und bewegte das Fallbeil mit der Handkurbel mehrfach auf und ab. Aus dem Quietschen war ein feines, geschmeidiges Surren geworden. Er trat einen Schritt zurück, betrachtete aufmerksam seine Arbeit und blickte kurz zu seinem Gehilfen. Beide schienen zufrieden.

Der Gehilfe entnahm der Tasche des Henkers eine auf einen kurzen Stock aufgezogene kopfgroße Steckrübe. Er legte die Steckrübe unter das Fallbeil in die dafür vorgesehene Öffnung. Der Henker löste den Haltemechanismus, der das Fallbeil freigab. Mit einem trockenen Geräusch wurden Steckrübe und Stock gespalten. Der Henker entnahm die Rübe dem Auffangkorb und betrachtete sie genau. Die Schnittlinie war sauber, auch das innere, besenstieldicke Holzstück war glatt durchtrennt. Zufrieden lächelnd reichte er beide Teile seinem Gehilfen, der sie nach einem kurzen, anerkennenden Blick achtlos auf den Boden warf. Der Gehilfe säuberte das Fallbeil und den Korb, während der Henker die noch auf dem Boden verteilten Gerätschaften in seiner riesigen Ledertasche verstaute. Nach einem kurzen Blickwechsel wandten sich beide von der Maschine ab, um den Hof in Richtung Verwaltungsgebäude zu verlassen.

Der Henker meldete dem Gefängnisdirektor den ordnungsgemäßen Zustand des Fallbeiles, regte aber an, bei Gelegenheit zwei modrige Hauptwiderlager zu erneuern. Der Direktor schien ihm nicht zuzuhören; zusammenhanglos antwortete er:

»Müller II kommt morgen nicht. Er traut sich nicht mehr, seine Arbeit zu verrichten. Seine Kollegen haben ihm Schläge angedroht, wenn er weiter als Scharfrichter tätig bleibt. Sie bedrohen seine Fa-

milie und die Kinder werden in der Schule gehänselt.«
»Das begreife ich nicht. Der macht seine Arbeit doch schon seit ewigen Zeiten. Außerdem kommt er aus einer Familie, die schon immer nebenbei Henkerstätigkeit betrieben hat«, antwortete der Scharfrichter verständnislos.
»Sie kommen jedenfalls morgen pünktlich um 3 Uhr mit Ihrem Gehilfen«, beendete der Direktor das Gespräch und wandte sich demonstrativ seinen Akten zu. Fast schien es, als wolle er jeden überflüssigen Kontakt mit dem Henker vermeiden.

Zur gleichen Zeit – wenige Meter vom Verwaltungsgebäude entfernt – betrat Staatsanwalt Dr. Mickel den Vorraum des Gefängnistraktes. Der evangelische Anstaltsgeistliche erwartete ihn schon, begleitet von zwei stämmigen Schließern. Stockwerk um Stockwerk, Gang um Gang, Tür um Tür, Schloss um Schloss näherten sie sich der Zelle Sieferts, die aus Sicherheitsgründen tief im Zuchthaus, abgesondert von anderen Verliesen, gelegen war. Auf, zu, auf, zu, immer wieder mussten Türen geöffnet und geschlossen werden, bis man endlich Sieferts Zelle erreicht hatte. Kein Wort wurde gewechselt. Nur das Drehen des Schlüsselbartes im Schloss, das Zurück- und Vorgleiten der Zunge, das Schnappen der Falle waren zu hören. Der Anstaltspfarrer nahm alles mit Gleichmut hin. Staatsanwalt Mickel hingegen, obwohl nicht das erste Mal im Zuchthaus, wurde von einer inneren Starrheit befallen, die ihn immun machte gegen alle auf ihn einstürzenden Geräusche und Gerüche. Ohne zu zögern, betrat er die Zelle, ihm auf dem Fuße folgend der Anstaltspfarrer. Die beiden Schließer verharrten regungslos mit vor der Brust gekreuzten Armen neben der offenen Tür. Der Staatsanwalt zog ein Schreiben aus seiner Rocktasche, entfaltete es und reichte es Siefert.
»Ich bringe Ihnen hier die Anweisung des badischen Staatsministeriums. Das Staatsministerium lehnt ab, von seinem Begnadigungsrecht Gebrauch zu machen. Die Vollstreckung des Urteils soll morgen erfolgen.«
»Gut! Ich bin unschuldig; ich nehme die Entschließung an, ich ver-

stehe zu sterben, wie ein anderer unschuldig gestorben ist. Ich bin nicht der Täter«, antwortete Siefert ruhig, ohne auch nur einen Blick auf das Schreiben zu werfen.
Eine beklemmende Stille erfüllte die kleine Zelle. Schließlich drückte der Anstaltspfarrer dem Verurteilten ein Kruzifix in die Hand. Siefert verharrte einen Augenblick, deutete mit der Rechten auf das Kruzifix in seiner linken Hand und begann mit belegter Stimme zu sprechen.
»Wie dieser unschuldig gestorben ist, so sterbe ich. Es stehen Leute da, die Schweres begangen haben. Ich will es bei mir behalten. Sie denken vielleicht noch später an mich, die mich jetzt hinrichten. Ich sage nichts mehr.«
»Ich werde Sie morgen noch einmal besuchen«, entgegnete der Staatsanwalt im Hinausgehen.
»Ich verzichte auf Ihren Besuch, möchte nur noch meinen Bruder und meinen Anwalt sehen«, erwiderte Siefert scharf.
»Es ist aber meine Pflicht.«
»Gut, dann können Sie kommen«, antwortete Siefert förmlich.

Samstag, 29. Juli 1922, Männerzuchtanstalt Bruchsal

Die Hinrichtung des Leonhard Siefert

Am Samstag, den 29. Juli 1922, auf den Tag genau ein Jahr und ein Monat nach den Morden, früh um 4 Uhr versammelten sich im Hof des Bruchsaler Zuchthauses der Staatsanwalt als Leiter der Urteilsvollstreckung, zwei richterliche Mitglieder des Landgerichts Heidelberg, ein Gerichtsschreiber, der katholische Anstaltspfarrer, der Direktor des Zuchthauses und sein Stellvertreter, der Anstaltsarzt und zwölf vom Oberbürgermeister der Stadt Bruchsal bestimmte Urkundspersonen. Alle waren, wie vorgeschrieben, in schwarze Kleidung gewandet und unterhielten sich nur flüsternd. Der Henker, sein Gehilfe und der zweite Scharfrichter, der vom Ministerium in letzter Minute bestellt worden war, standen etwas abseits hinter dem Fallbeil.

Der Tag war noch nicht angebrochen. Die ganze Gesellschaft wartete auf den Sonnenaufgang, der den Beginn der Hinrichtung anzeigen sollte. Als die ersten zaghaften Strahlen die obersten Ziegel des Hauptgebäudes trafen, wurde Siefert in Ketten von zwei Wachleuten in den Hof gebracht. Er trug den vorgeschriebenen Richtmantel mit weitem Halsausschnitt, an den Füßen schlichte schwarze Schuhe. Er war noch ohne Augenbinde. In den gefesselten Händen hielt er das Kruzifix.
Eine plötzliche Ruhe war eingetreten, keiner der Anwesenden wagte sich zu bewegen. Kein Husten, kein Räuspern, kein Rascheln von Stoff war zu hören. In die immer unerträglicher werdende grausame Lautlosigkeit hinein brach eine Bewegung, die, obwohl nicht hörbar, die Stille durchschnitt. Der neben dem Staatsanwalt stehende Gerichtsschreiber hatte diesem einen dünnen, schwarzen, in der Mitte eingekerbten Stab in die Hand gedrückt. Der Staatsanwalt trat einen Schritt auf den Verurteilten zu, verlas das Urteil des Landgerichts, das die Revision verwerfende Urteil des Reichsgerichts und die Entschließung des Staatsministeriums. Nach einem kurzen Räuspern zerbrach er den schwarzen Stab über seinem rechten Knie und warf ihn Siefert vor die Füße.
»Euer Leben ist verwirkt, Gott sei Eurer Seele gnädig.«

Siefert, der dies alles aufrecht stehend, zunächst ohne Regung über sich ergehen ließ, wurde kurz von einem Schluchzen geschüttelt, stammelte Unverständliches, fasste sich sogleich und rief mit mühsam beherrschter Stimme:
»Ich war's nicht. Ich bin kein Mörder, ich bin unschuldig. Auch wenn ihr es mir nicht glaubt, ich sterbe nicht als Mörder, sondern als Mensch, denn ich bin so unschuldig wie der am Kreuze. Ich habe die Hoffnung gehabt, die Freiheit wiederzusehen. Ich bin noch jung, ich habe die Hoffnung gehabt, wieder über Wiesen zu laufen, zu arbeiten und zu beweisen, dass ich nicht schlecht bin. Wenn es denn nicht so sein soll, so sterbe ich nicht mit Hass im Herzen, sondern mit der Überzeugung: Ich bin nicht der Mörder! Ich sterbe so unschuldig wie der am Kreuze.«

Als sei dies ein mit Siefert abgesprochenes Zeichen, trat der Anstaltspfarrer nach vorne, wandte sich leicht zu ihm und begann mit tragender Stimme zu sprechen: »Diejenigen, die sich sowohl im Unglücke als auch im Glücke in den Willen Gottes ergeben und nichts anderes wollen, als was Gott will, so dass sie gleichsam nur ein Herz, nur einen Willen mit Gott haben, und deswegen alles, was Gott ihnen zuschickt oder über sie verhängt, geduldig annehmen, ja, gutheißen und ihre Freude daran haben, haben den Himmel schon auf Erden. Solche Leute können durch kein Leid betrübt werden. Denn ihnen ist alles recht, was Gott ihnen schickt, sei es angenehm oder unangenehm, Ehre oder Schmach, Reichtum oder Armut, Leben oder Tod. Wer sollte nicht ein Verlangen nach einem so glückseligen Zustand haben? Es ist aber leicht, dahin zu gelangen, wenn man nur fest glaubt, dass alles, was uns begegnet, von Gott kommt. Denn es ist kein Übel in der Stadt, in der ganzen Welt, welches der Herr nicht gemacht hat. Wenn, wie Christus sagt, alle Haare unseres Hauptes gezählt sind, so dass keines ohne Wissen und Willen zu Grunde gehen kann; wenn Gott sogar der Sperlinge so fleißig gedenkt und keiner von ihnen ohne seinen Willen vom Dache fällt, was sollen dann wir, die wir Gott weit angenehmer und kostbarer sind, unter seiner Fürsorge zu befürchten haben? Der Herr regiert mich – sagte David – es kann mir an nichts fehlen. Denn alles, was der Herr tut, ist wohlgetan. Wer sich unter allen Umständen an diese Wahrheiten erinnert, der wird mit dem Willen Gottes allzeit zufrieden und getröstet sein. Er wird eine ungestörte Ruhe, Fröhlichkeit des Gemüts und einen Vorgeschmack von der Glückseligkeit haben, welche die Heiligen im Himmel wegen der Vereinigung ihres Willens mit dem Göttlichen genießen. Herr! Wenn du willst.«
Ganz im Hintergrund, nur für die unmittelbar Umstehenden zu hören, war der geflüsterte Kommentar einer der bürgerlichen Urkundspersonen zu vernehmen. »Mit fremdem Arsch ist gut durchs Feuer reiten.« Es schien, als nickten die Umstehenden zustimmend.

In die erneute Stille hinein vernahmen die Anwesenden die Stimme des Staatsanwaltes:
»Legen Sie dem Delinquenten die Augenbinde an und vollziehen Sie die Strafe.«
Der Gehilfe legte dem Verurteilten die Augenbinde um und führte ihn zum Schafott. Siefert stolperte leicht, als er zum Anschlagbrett hinaufgeführt wurde. Beide Scharfrichter griffen kräftig zu und schleiften den Verurteilten auf das Schafott. Mit geübten Griffen schnallten sie ihn an Händen und Beinen am Anschlagbrett fest, klappten es um und schoben es so weit vor, bis Sieferts Schultern am unteren Halsbrett anstießen und sein Hals in der Rundung des Halsbrettes zu liegen kam. Sofort ließ der Gehilfe das obere Halsbrett herunter und sicherte es mit einem Stift. Siefert war jetzt nicht mehr in der Lage, seinen Kopf zu bewegen. Sein Kinn ruhte auf dem sorgfältig gereinigten Lederriemen, der vor dem Halsbrett befestigt war.
Der Scharfrichter legte eine einfache schwarze Decke über den Körper des Verurteilten. Er trat an das Kopfende des Fallbeils, löste mit der linken Hand den Sicherheitsstift und zog mit der rechten den Hebel heraus. Das Fallbeil trennte mit einem deutlich hörbaren Laut den Kopf vom Rumpf des Verurteilten. Mit einem dumpfen Geräusch fiel der Kopf in den Auffangbehälter, der lautlos ins Pendeln geriet. Aus dem durchtrennten Hals schoss tiefrotes Blut in einer Fontäne weit über den metallenen Auffangbehälter hinaus, begleitet von einem feinen, rosettenartigen hellroten Sprühring, der das Sonnenlicht auffing. Gemäß der Anleitung zur Benutzung der Fallbeilmaschine warteten die Henker, bis sich der Rumpf verblutet hatte. Wie es schien nach unendlicher Zeit griff der Gehilfe in den Auffangbehälter. Er hob den Kopf des Verurteilten an den Haaren aus dem Korb hervor, zeigte ihn kurz mit einer leicht kreisenden Bewegung, um ihn sogleich wieder mit einer routinierten Bewegung zurückzulegen, gleich einem Zauberer, der die Zuschauer davon überzeugen wollte, dass alles mit rechten Dingen zuging.
Während der nur wenige Augenblicke dauernden Hinrichtung hatte der Geistliche ununterbrochen leise, mit geschlossenen Au-

gen gebetet. Viele der Anwesenden hatten es ihm gleichgetan und von der Hinrichtung nur die begleitenden Geräusche erlebt. Nachdem der Anstaltsarzt den Tod offiziell festgestellt hatte, wurde der Leichnam in einen einfachen Sarg gebettet. Schweigend verließen die Anwesenden in kleinen Gruppen den Gefängnishof.

Die beiden Scharfrichter reinigten das Fallbeil, während der Gehilfe die blutgetränkten Sägespäne zusammenkehrte. Mit Wasser wurde notdürftig der befleckte Gefängnishof gesäubert. Der erste Scharfrichter faltete die einfache schwarze Decke, die ihm traditionsgemäß zustand, sorgfältig zusammen. Mit Bedauern erinnerte er sich an seine früheren Hinrichtungen, bei denen die Decke nicht aus einfacher Baumwolle, sondern aus reinem Kaschmir bestanden hatte. Aber die Zeiten waren heute nicht mehr so. Überall wurde gespart, selbst seine Bezüge wurden gekürzt. Dennoch zauberte der Gedanke an seine Scharfrichtervergütung in Höhe von 3.000 Mark ein feines Lächeln auf seine Lippen. In der plötzlichen Erkenntnis, wie viele Wochen vergehen würden, bis er sie erhalten würde, verschwand das Lächeln wie ausgeknipst.

Auszug aus dem Tagebuch des katholischen Anstaltspfarrers am Zuchthaus in Bruchsal für das III. Quartal 1922

10. August. *Ich habe der Hinrichtung des Leonhard Siefert beigewohnt. Dieser jugendliche Verbrecher hat seinen Grundsatz »Niemals etwas eingestehen, dann kann man nicht verurteilt werden« bis zum Ende durchgeführt. Es war die Hinrichtung ein unerbaulicher Abschluss eines Verbrecherlebens. Man fühlte das Schuldbewusstsein Sieferts förmlich heraus bei der Ansprache vor dem Fallbeil. Er machte nach unserer Ansicht kein Geständnis, weil er noch im letzten Augenblick auf Gnade hoffte. Ferner wollte er den Richtern einen Schlag versetzten und seine Verwandten nicht bloßstellen.*

Ich machte an jenem Vormittag Zellenbesuche, um den Eindruck der Hinrichtung bei den Gefangenen kennen zu lernen. Meine Erfahrungen bei diesen Zellenbesuchen gehen dahin, dass diese Hinrichtung im

Zuchthaushof, die den Gefangenen nicht verheimlicht werden konnte, einen großen Eindruck zurückgelassen hat. Ich habe Gefangene angetroffen, die ganz blass und bestürzt waren. Einer sagte mir: »Ich werde den Schlag des Fallbeils in meinem ganzen Leben nicht mehr vergessen.«

Es hat diese Hinrichtung bei vielen besser gewirkt als die Verhängung eines weiteren Jahres Strafhaft im Zuchthaus.

6

Grenz hatte mich für den nächsten Tag in sein Büro bestellt. Ich war gespannt, denn bisher hatte ich von Katerina nur wenig über den Besuch der Kripo beim ehrenwerten Herrn Professor erfahren. Alles sei ganz diskret vonstatten gegangen. Die Presse habe nichts mitbekommen, die Universitätsverwaltung wohl auch nicht. Nach dem Besuch der Kripo hätten sowohl die Gießkanne als auch das Schwämmchen und das Düngemittel im Büro von Bornhold gefehlt. Harald, der über die ganze Geschichte von mir auf dem Laufenden gehalten wurde, bestätigte die Einleitung eines Ermittlungsverfahrens. Die den Fall bearbeitenden Kollegen seien allerdings wenig auskunftsfreudig.

Grenz war schlecht gelaunt. Schlechter noch als sonst. Selbst das Bärchen auf seinem blauen Sweatshirt mit dem Aufdruck »All Star Team« schien grimmig zu schauen. Ich wurde behandelt wie Kundschaft. Nahezu ohne von seinen Akten aufzublicken, begann er unvermittelt zu sprechen.

»Wir haben gegen Professor Bornhold ein Ermittlungsverfahren eingeleitet. Eine von uns nochmals vorgenommene Analyse bestätigt eine Übereinstimmung zwischen der Flüssigkeit in seinem Büroschwämmchen und der Gummierung des Briefes. Beide Flüssigkeiten enthalten identische Anteile von Guano. Bornhold bestreitet aber, Auftraggeber gewesen zu sein. Er hat gleich darauf hingewiesen, dass in seinem Zimmer eine Vielzahl von Besuchern, Assistenten, Studenten, Kollegen und, und, und verkehrten. Wollte man ihm glauben, ginge es bei ihm zu wie am Frankfurter Hauptbahnhof. Die Analyse seiner Dissertation bestätigte teilweise Ihre Vermutungen. Allerdings bin ich sicher, dass wir im Falle einer Anklage schon nach kurzer Zeit ein Gegengutachten auf dem Tisch hätten. Vermutlich würde darin detailliert erläutert, warum Bornhold, und nur Bornhold, von A bis Z Verfasser dieser Arbeit gewesen sein könne.« Die Miene von Grenz hatte sich noch mehr verdüstert. »Für den Samstagnachmittag, an dem Sie mit dem Fahrrad gestürzt sind, hat er kein überzeugendes Alibi. Er sei zu dieser Zeit wie immer, was auch seine Frau bestätigte, walken gewesen. Aber nicht am Weißen Stein, sondern an der Himmelsleiter.«

»Immerhin, so weit ist dies vom Tatort nicht entfernt. Wenn er gut zu Fuß ist, könnte er es geschafft haben«, gab ich zu bedenken.

»Schon möglich, aber allzu fit sieht er nicht aus. Außerdem«, Grenz schaute noch grimmiger, »glaubt da jemand, auf die Staatsanwaltschaft Druck ausüben zu können. Ich war heute Morgen beim Chef. Der hatte bedenkliche Sorgenfalten und übelste Laune. Von höherer Seite habe man den Wunsch geäußert, die leidige Angelegenheit schnellstens – so oder so – zu Ende zu bringen.«

»Wollen Sie etwa den Fall schon platt machen?«, fragte ich erstaunt, ohne meinen Ärger zu verhehlen.

Grenz zog indigniert die Augenbrauen hoch. »Sie müssten mich und unseren Chef eigentlich besser kennen. Wenn der was auf den Tod nicht ausstehen kann, ist es Druck von oben. Allerdings liebt er genau so wenig Trouble in seinem Hause. Jedenfalls hat er den Druck von oben weitergegeben. Und jetzt raten Sie mal, an wen?«, fragte er süffisant und fuhr sogleich fort. »Nee, nee, platt machen will er den Fall nicht. Der will entweder ganz schnell eine saubere Anklage, die vor Gericht standhält, oder eine fundierte Einstellung. Deswegen brauche ich von Ihnen noch ein paar Auskünfte. Haben Sie sich das Video nochmals angeschaut?«

»Habe ich, vorwärts, rückwärts und in Zeitlupe und alles mehrfach. Nichts, aber auch gar nichts, was auffällig wäre. Auch meine Bekannte hat sich den Streifen mehrfach angeschaut. Nicht der geringste Hinweis auf Bornhold oder einen anderen.«

Die schlechte Laune von Grenz war jetzt nicht mehr zu steigern.

»Bei der Beweislage eröffnet kein Richter, der noch alle Sinne beisammen hat, das Verfahren. Außerdem verspüre ich keinerlei Verlangen, mit so einer unsicheren Kiste bei Gericht auf die Schnauze zu fallen und einen Freispruch erster Klasse zu kassieren.«

»Trotzdem, wir wissen und können es auch beweisen, dass die fast fertige Arbeit von Martin Kallmann nie mehr aufgetaucht ist. Zudem hat kurz nach dessen Tod unser ehrenwerter Professor eine neue Dissertation eingereicht, die pikanterweise bedenklich nahe am Thema der Arbeit von Kallmann ist. Wir haben gutachterlich belegt, dass die Arbeit von zwei unterschiedlichen Verfassern stammt. Wir besitzen den Umschlag des Briefes, mit dem der Auftrag für meine Prügel verschickt wurde. Daran haftete Guano aus dem Schwämmchen von Bornholds Schreibtisch. Und, last but not least, Bornhold kannte die Schläger aus der Gerichtsverhandlung. All dies passt wunderbar zusammen und sollte doch für eine Verurteilung reichen«, entgegnete ich heftig.

»Nie und nimmer. Sie sind doch auch Profi. Bei der Beweislage zerreißt mich ein gewiefter Verteidiger in der Luft. Wenn die Anklage dann noch zu einem unserer Weicheier und Bedenkenträger kommt, habe ich den Freispruch am ersten Tag, und zwar vor der Mittagspause. Im Übrigen sind da einige von Ihnen nicht erwähnte Unsicherheiten. Bartel hat zwar seine Einlassung im Groben aufrechterhalten, sie insgesamt aber doch erheblich abgeschwächt. Von ziemlich sicher, dass Bornhold die Arbeit nicht selbst geschrieben hatte, war keine Rede mehr. Ihm seien lediglich Ungereimtheiten aufgefallen, mehr nicht. Hierfür könne es seiner Ansicht nach durchaus auch andere Erklärungen geben. War ziemlich ungehalten, Ihr Professor. Das Ganze schien ihm auch nach all den Jahren noch peinlich.«

Peinlich war viel zu milde, es quälte ihn immer noch. Der Gesichtsausdruck während unseres Gespräches hatte Bände gesprochen.

»Wenn Sie nichts dagegen haben, versuche ich nochmals, mit ihm zu sprechen. Ich glaube, er weiß mehr, als er gesagt hat.«
»Sie könnten Recht haben. Aber seien Sie um Himmels willen diplomatisch. Und außerdem, mein Name ist Hase und ich weiß von nichts«, entgegnete Grenz, wobei er mich süffisant anlächelte.

Professor Bartel war immer noch aufgebracht, als ich ihn anrief. Ich hätte da einiges falsch verstanden oder zumindest falsch interpretiert. Er habe lediglich einen Verdacht gehabt, einen unbestätigten. Mehr nicht. Dies habe er auch dem Staatsanwalt gesagt. Dem sei nichts hinzuzufügen. Ich gab nicht auf, legte den Fall am Telefon nochmals in allen Einzelheiten dar, ohne ihn jedoch zu einem erneuten Gespräch bewegen zu können. Er legte zwar nicht auf, gab aber allenfalls einsilbige oder ausweichende Antworten. Schließlich war ich mit meinem Latein am Ende und verabschiedete mich. Zu allem Überfluss meldete sich auch noch mein Tennisarm, der auch mit Eisbeutel und Retterspitz nicht zu beruhigen war. Bei Katerina hingegen meldete sich immer nur der Anrufbeantworter, Renate hatte Dienst und Michael war vermutlich auf irgendeiner Baustelle zugange oder hinter einem neuen Rock her. Ich gab mich still leidend meiner Verzweiflung, Retterspitz und einem trockenen Grauburgunder hin, als ohne Ankündigung Katerina auftauchte.
»Deine Stimme auf dem Anrufbeantworter sprach Bände. Wo drückt der Schuh?«, fragte sie nach kurzer, flüchtiger Umarmung. Ich erzählte ihr vom Gespräch mit Grenz und dem frustrierenden Telefonat mit Bartel.
»Wie lange hast du mit ihm telefoniert? Fast eine Stunde?« Katerina war voller Erstaunen. »Das ist merkwürdig. Einerseits will er keine weitere Auskunft geben, andererseits unterhält er sich trotzdem so lange mit dir. Außerdem, wenn ich dich richtig verstanden habe, hat nicht er, sondern hast du das Gespräch beendet.
So verhält sich doch niemand, der definitiv nichts sagen will. Du musst unbedingt nochmals mit ihm reden.«
»Zwecklos, ich bin nun mal kein genialer Vernehmer. Ich finde ein-

fach keinen Zugang zu ihm. Beim ersten Gespräch hatte ich einen Moment lang den Eindruck, er erzähle die ganze Geschichte. Plötzlich aber mauerte er wieder.« Ich erinnerte mich deutlich seines Ausdruckes, den ich zunächst als Zorn, dann als Scham interpretierte. Vermutlich stimmte beides nicht.
Katerina beobachtete mich, als wolle sie meine Gedanken lesen. »Ich glaube, wir sollten es nochmals zusammen probieren. Vielleicht finde ich den richtigen Dreh, ihm die Zunge zu lösen? Aber zuerst versuchen wir alles über ihn zu erfahren, seine akademische Vita, seine Veröffentlichungen, die Familie, eben alles.«
Nach kurzer Suche stießen wir im Internet auf eine beträchtliche Ausbeute, unter anderem auf die Festschrift zu seiner Emeritierung, in der all seine persönlichen Daten festgehalten waren. Alles wenig hilfreich, Katerina hingegen war zufrieden.

»Schau dir dies an! Zwei Kinder hat er; wenn ich richtig rechne, müssten die in etwa so alt sein, wie Manfred gewesen ist. Wenn das nicht hilft, ihn zum Reden zu bringen, würde ich mich wundern. Du rufst jetzt sofort nochmals an.«
Ich hatte keine Chance. Obwohl ich mir nichts davon versprach, rief ich nochmals bei Bartel an. Er war einsilbig wie zuvor, blockte jedoch das Gespräch nicht sofort ab, womit ich eigentlich gerechnet hatte. Aber trotzdem war nichts herauszubekommen. Plötzlich übernahm Katerina den Hörer.
»Ich bin die Freundin von Herrn Flaig, Juristin und bei Professor Bornhold Assistentin. Bei dem Fahrradunfall meines Freundes ist der zukünftige Ehemann meiner Bekannten umgekommen. Sie ist schwanger, das Kind wird seinen Vater nie zu Gesicht bekommen. Das Rad wurde definitiv in der Absicht manipuliert, einen Unfall herbeizuführen. Wir wissen nicht, ob Professor Bornhold daran beteiligt ist. Aber dass er eine wichtige Rolle in dieser gesamten Geschichte spielt, ist offensichtlich. Dies müsste auch Ihnen klar sein. Denn all dies scheint mit dem Fall Siefert und der Dissertation von Kallmann verknüpft zu sein. Wenn Sie also mehr wissen, sollten Sie uns helfen, statt Ihren ehemaligen Assistenten weiter zu schützen.«

Ich konnte nur Katerinas Antwort hören, aber diese ließ keinen Zweifel aufkommen. »Vielen Dank, wir sind pünktlich um 20 Uhr bei Ihnen.«

Bartel öffnete die Tür, bevor wir läuten konnten. Er bat uns in sein Wohnzimmer, ohne jedoch etwas zu trinken anzubieten. Auf dem Couchtisch lag ein abgegriffener Schnellhefter.

»Bitte.« Mit einer leichten Handbewegung deutete er in Richtung Schnellhefter. Noch bevor ich reagieren konnte, schnappte sich Katerina den Ordner und begann, darin zu blättern.

»Wow!«, entfuhr es ihr. »Die Dissertation von Kallmann war ja doch schon fertig.«

»Nicht ganz, aber die ersten drei Viertel lagen schon getippt vor. Er hat sie einen Tag vor seinem Tode zu einer Vorbesprechung abgegeben. Bornhold wusste davon offensichtlich nichts. Kallmann hatte seine handschriftlichen Aufzeichnungen diktiert und von einer professionellen Schreibkraft fertigen lassen. Er wollte wesentliche Teile seiner Arbeit vorab mit mir besprechen. Weil er sich hinsichtlich einiger Probleme nicht sicher war, suchte er meinen Rat. Als Bornhold später seine Arbeit vorlegte, konnte ich beide Arbeiten vergleichen. Ich war überzeugt, dass Bornhold die Arbeit geklaut hatte. Deswegen wollte ich seine Arbeit zunächst nicht annehmen. Dazu kam, dass ich zu diesem Zeitpunkt nicht wusste, ob noch jemand Kenntnis davon hatte. Nachdem einige Zeit ins Land gegangen war, konnte ich sicher sein, dass der Diebstahl nicht bemerkt worden war. Schließlich gab ich dem Drängen Bornholds und vor allem dem meines Schwiegervaters nach.«

Bartel verstummte. Nach einer peinlichen Stille fuhr er fort. »Mehr weiß ich nicht, mehr gibt es nicht zu sagen. Den Ordner können Sie mitnehmen. Ich nehme an, Sie bringen ihn zur Polizei.«

Wir verabschiedeten uns förmlich, ohne uns zu bedanken. Irgendwie erschien dies unpassend.

Am nächsten Tag brachte ich das halbfertige Manuskript von Kallmann zur Staatsanwaltschaft. Grenz saß brütend über einer Akte in seinem Büro. Er war weniger erfreut, als ich erwartet hatte. Er klopfte vernehmlich auf die Arbeit von Kallmann, die auf seinem Schreibtisch lag. »Damit haben wir allenfalls ein Motiv. Aber hierdurch werden weder die Beauftragung der Schläger noch die Manipulation am Rad bewiesen.«

»Falsch«, erwiderte ich, »wir haben nicht nur ein Motiv, sondern auch einen Verdächtigen ohne Alibi. Zudem weisen genügend Indizien auf Bornhold hin. Im Übrigen sollte man nicht unter den Tisch kehren: Bornhold hat die Arbeit von Kallmann geklaut!«

»Jetzt liegen Sie falsch, mein Lieber! Wenn ich alles richtig auf der Reihe habe, weilte Kallmann nicht mehr unter den Lebenden, als Bornhold sich die Arbeit unter den Nagel gerissen hat. Einem Toten kann man nichts klauen. Bleibt allenfalls das unberechtigte Führen eines Titels. Nicht gerade das, womit sich ein Staatsanwalt eines Verkehrsreferates gemeinhin beschäftigt. Wenn die Kripo bis nächste Woche keine weiteren Ergebnisse bringt, gebe ich den Fall an die allgemeine Abteilung ab.«

»Was sagen eigentlich Bornholds Anwälte?«

»Bornholds Anwälte?« Grenz zog überrascht die Augenbrauen hoch. Es dauerte geraume Zeit, bis er antwortete. »Bornholds Anwälte! Komisch, dass ich noch nicht darauf aufmerksam geworden bin. Bisher hat sich für ihn noch niemand gemeldet. Bis auf seine erste Aussage hat er jede weitere Stellungnahme verweigert. Ich hatte ihn nochmals einbestellt, aber er hat lediglich auf seine bereits gemachten Angaben verwiesen. Mehr war beim besten Willen nicht aus ihm herauszubekommen.«

Einen Augenblick lang schwiegen wir nachdenklich. In der Tat war es ungewöhnlich, dass sich nicht bereits eines der stadtbekannten juristischen Mietmäuler lautstark zu Wort gemeldet hatte. Bei prominenten Verdächtigen wird häufig die ganze Skala der Empörung durchgespielt. Grenz klopfte vernehmlich mit seinem Ringfinger auf die Tischplatte und holte mich aus meinen Gedanken.

»Ich hoffe nicht, dass Bornhold so eitel ist, sich selbst verteidigen zu wollen. So was geht regelmäßig in die Hose«, bemerkte Grenz. »Haben Sie eigentlich nochmals den tödlichen Unfall von Kall-

mann nachermittelt?«
Grenz schaute beleidigt. »Ich bin doch kein Anfänger. Habe als Erstes die Akten aus dem Archiv geholt. Der Unfall wurde von der Polizei sauber untersucht. Keinerlei Anzeichen für ein Fremdverschulden. Alle Zeugen gingen übereinstimmend von einem Unglücksfall aus. Seine Kumpels aus der Drachenfliegerszene beschrieben ihn zudem als Draufgänger, der es mit der Sicherheit nicht so genau genommen habe. Angeblich war er einer der ersten in der Gegend, der eine bestimmte, nicht ganz ungefährliche Figur geflogen ist. Zudem steckte das Drachenfliegen in Deutschland damals noch in den Kinderschuhen. Die Drachen waren bei weitem noch nicht so ausgereift wie heute, tödliche Abstürze nichts Ungewöhnliches.«
»Kann ich die Akte mal einsehen?«
Grenz zögerte einen Augenblick. »Sie wissen genauso gut wie ich, dass Ihnen ein Recht zur Akteneinsicht nicht zusteht.« Wieder ein kurzes Innehalten. »Ich habe die Akte zwar hier«, dabei deutete er auf einen Aktenbock, auf dem eine kleine Akte lag, »aber sie würde Ihnen nichts nützen. Wie gesagt, keinerlei Anhaltspunkte für ein Fremdverschulden. Wenn Sie einen Moment Zeit haben, hole ich zwei Kaffee, danach erläutere ich Ihnen die technischen Einzelheiten des Unfalles.« Beim Hinausgehen bemerkte Grenz: »Kann einen Moment dauern, ich muss erst die Kaffeemaschine anwerfen.«
Ich hatte den Wink verstanden. Kaum war er aus der Tür, schnappte ich die auf der Ablage liegende Akte Kallmann. Allerdings hatte ich nicht vor, sie durchzulesen. Die verbleibende Zeit hierfür war zu kurz. Unmittelbar vor Grenz' Zimmer stand ein neuer Kopierer. Schnell löste ich den badischen Aktenknoten und hielt nur noch einzelne Blätter in der Hand. Auf dem Flur war niemand zu sehen. Der betriebsbereite Kopierer war, dem Himmel sei Dank, ohne Münzen zu bedienen. Schnell zog er Blatt für Blatt in den Schlund und spuckte unten die Kopien aus. Es waren bestimmt schon 20-30 Kopien fertig, ehe ich bemerkte, dass ich die Aktenblätter falsch eingelegt hatte. Mit einem stillen Fluch über meine Ungeschicklichkeit stoppte ich den Vorgang, sortierte die Blätter und legte sie

mit der beschrifteten Seite nach oben erneut in das hierfür vorgesehene Fach. Es schien unendlich lange zu dauern, bis alles kopiert war. Nervös beobachtete ich den langen Flur und überlegte, wohin mit den kopierten Akten. In das Jackett passte der Stapel nicht und eine Tasche hatte ich nicht dabei. Irgendwelche Möglichkeiten, die Seiten auf dem Flur zu verstecken, waren nicht zu sehen. Plötzlich war der Gedanke da. Ich verstaute die gesamten Kopien im untersten Fach des Kopierers unter einem dicken Bündel unbeschriebener Blätter. Wenn einer nicht gerade hundert Seiten vervielfältigte, mussten sie dort die nächsten Minuten sicher sein. Im Zimmer legte ich die wieder gebundene Akte auf ihren alten Platz. Mochte Grenz auch bemerken, dass ich sie in Händen gehabt hatte, wenn ich sein Verhalten richtig interpretiert hatte, kam es darauf nicht an. Kurze Zeit später kam er mit zwei Kaffeebechern zurück. Sein erster Blick galt der Akte, die wieder an ihrem Platz lag. Ich nahm den mitgebrachten Kaffee, den ich mit vorsichtigen Schlucken langsam trank. Den halbleeren Becher leicht schwenkend, sagte ich: »Danke für den Kaffee und die Informationen. Die technischen Einzelheiten des Unfalles interessieren mich nicht so sehr. Außerdem möchte ich Sie nicht in Schwierigkeiten bringen.«

Grenz grinste beim Abschied verhalten. Als ich die Tür schloss, hörte ich sein Telefon klingeln. Da auf dem Gang niemand zu sehen war, nutzte ich die günstige Gelegenheit und holte die Ablichtungen aus dem Kopierer.

Zu Hause forstete ich auf dem Sofa liegend die Akte akribisch durch. Nichts deutete auf eine Täterschaft von Bornhold hin. Ganz offensichtlich war der Unfall auf einen Flugfehler zurückzuführen, gekoppelt mit nachlässigem Zusammenbau des Drachens. Dem Gutachten zufolge hatte sich eine Verbindung im Gestänge des Drachens bei einem waghalsigen Flugmanöver gelöst. Bornhold hatte beim Aufbau des Drachens nicht mitgeholfen, sondern Kallmann nur am Weißen Stein abgesetzt. Er war danach sogleich nach unten zum vereinbarten Landeplatz gefahren. Dort hatte er lesend zunächst auch nichts vom Absturz mitbekommen. Bornhold hatte somit keine Möglichkeit gehabt, den Drachen zu manipulieren.

Nur zur Sicherheit überflog ich die damalige Aussage Bornholds nochmals. Nach dem Gespräch mit Prof. Bartel hatte ich intuitiv angenommen, Bornhold habe Kallmann mit seinem eigenen Auto zum Weißen Stein gefahren. Gemäß dem Polizeibericht hatte er Kallmann aber in dessen Auto chauffiert. Das Verhältnis zwischen den beiden erschien immer undurchsichtiger. Kurzerhand rief ich erneut seine ehemalige Freundin an.

»Entschuldigen Sie bitte, aber einige Auskünfte bräuchte ich noch.« Frau Rosselt war über die Störung nicht erbaut, gab aber trotzdem Auskunft.

»Bornhold hatte damals kein eigenes Auto. Er hat Martin mit dessen Käfer Cabrio oft zum Drachenfliegen gefahren. Manchmal hat er sich das Auto auch für eigene Zwecke ausgeliehen.«

»Hatte Kallmann auch ein Doktorandenstipendium?«

Frau Rosselt zögerte nicht. »Keineswegs. Martin hatte eine vermögende Mutter und war nie in Geldsorgen. Er hat Bornhold manchmal Geld geliehen, wie halt unter Studenten so üblich. Ich bin mir fast sicher, dass Martin in der WG die meisten Kosten getragen hat. Jedenfalls habe ich in der ganzen Zeit nie bemerkt, dass sich Bornhold an den Einkäufen beteiligt hätte. Und der Kühlschrank war für Assistentenverhältnisse mehr als gut bestückt.« Eine kurze Pause, aber bevor ich nachhaken konnte, fuhr sie fort. »Seltsam, erst jetzt nach so vielen Jahren erkenne ich, dass die Beziehung der beiden zueinander ungesund war.«

»Sie meinen, die beiden waren schwul oder bisexuell?«, fragte ich, erstaunt sowohl über die Behauptung als auch über den gebrauchten Ausdruck.

»Nee, um Gottes willen, nee. So habe ich es nicht gemeint. Die waren beide sicher nicht schwul. Aber seit unserem letzten Gespräch habe ich wiederholt darüber nachgedacht. Einerseits war Martin ziemlich spöttisch gegenüber Bornhold. Der war ihm gegenüber manchmal fast demütig und trotzdem etwas überheblich. Eine ganz merkwürdige Mischung, aber alles nur zu erahnen. Besser kann ich es leider nicht beschreiben.«

»Wissen Sie Näheres über die damaligen finanziellen Verhältnisse

von Bornhold?«
»Nichts Genaues, aber er war, wie ich schon andeutete, wohl häufig klamm.«
Trotz weiterer Fragen war nicht mehr herauszubekommen.

7

Der Anruf am nächsten Tag kam unerwartet. »Guten Tag. Sie kennen mich, mein Name ist Bornhold. Ich wäre Ihnen dankbar, wenn Sie mir ein bisschen Ihrer kostbaren Zeit schenken würden.« Die Stimme von Bornhold war ganz ohne Sarkasmus, nur voll ausgesuchter Freundlichkeit. »Ich habe Ihnen einiges zu erklären.«
Ich war zunächst sprachlos. »Sind Sie noch dran?«, klang es aus der Leitung.
»Ja, ja, aber ich wüsste nicht, was es zu klären gäbe«, war meine ziemlich blöde Antwort.
»Warten Sie ab. Sie werden überrascht sein. Ich schlage vor – natürlich nur, wenn Sie einverstanden sind – wir treffen uns heute um acht in der Herrenmühle. Ich lasse einen Tisch reservieren. Das Essen ist ordentlich, wie Sie sicher wissen, und die Preise sind fair. Außerdem ist dort eine gewisse Ungestörtheit gesichert. Einverstanden?«
Neugierig geworden, sagte ich zu. Was beabsichtigte Bornhold mit diesem Gespräch? Wollte er sich mein Wohlwollen erkaufen? Als Jurist wusste er, wie beschränkt in diesem Stadium des Verfahrens meine Eingriffsmöglichkeiten waren. Für die Prügel wollte er sich wohl kaum entschuldigen.

Ich war pünktlich und Bornhold saß schon an einem ruhigen Tisch in einer abgeschiedenen Ecke des Restaurants. Er begrüßte mich förmlich.

»Bevor wir zur Sache kommen, sollten wir etwas bestellen. Ich hoffe, Sie haben noch nichts gegessen? Ich kann Ihnen den Tafelspitz empfehlen. Wein habe ich schon geordert. Pfälzer Riesling, vom Reichsrat von Buhl. Trocken mit angenehm mineralischer Säure und einem leichten Grapegeschmack. Ich hoffe, meine Wahl ist Ihnen genehm?« Bornhold war der vollendete Gentleman. Nichts ließ auf ein schlechtes Gewissen schließen. Essen und Wein entsprachen seiner Ankündigung. Den angebotenen Zigarillo, eine kleine Monte Christo, schlug ich aus und griff zu meiner Reval. Bornhold bemerkte meinen erstaunten Blick auf die Zigarillos.

»Ich sehe, Sie sind erstaunt. Aber ich fürchte, ich bin selbst schuld daran, das Image eines trockenen, freudlosen Lehrstuhlinhabers zu haben. Seien Sie versichert, dem ist nicht so. Ich ziehe es einfach vor, zu Hause zu genießen. Meine Frau kocht phantastisch und mein Weinkeller kann mit jedem Gourmettempel mithalten.«

Der Mann wurde langsam unheimlich und sympathisch. Er schien mein Unbehagen zu bemerken. Abrupt wechselte er das Thema.

»Lassen Sie mich zur Sache kommen«, begann er. »Ich habe die Schläger nicht auf Sie gehetzt. Zwar hätte ich die Möglichkeiten gehabt. Auch die Indizien sprechen gegen mich, aber ich war es nicht. Außerdem – jetzt werden Sie überrascht sein – ich habe kein Motiv.« Bornhold zog bedächtig an seinem Zigarillo und spülte mit einem Schluck Riesling nach. Ich schwieg. Es war seine Geschichte.

»Beginnen wir am Anfang, bei meiner Dissertation. Es stimmt alles, was Sie darüber zusammengetragen haben, jedenfalls die Fakten. Das Puzzle wurde nur nicht ganz korrekt zusammengesetzt. Martin und ich waren die Besten unseres Jahrganges. Martin hatte zudem die Gabe, Texte wie aus einem Guss zu schaffen. Aber er war faul und sportversessen, Ski, Tennis, Drachenfliegen, Tauchen, ein durchaus liebenswerter Schluri. Er konnte es sich leisten, da er auf sein Assistentengehalt nicht angewiesen war. Schon zu Studienzeiten hatte er Teile des Erbes seines Vaters erhalten, zudem einen stattlichen Wechsel von seiner Mutter. Ich hingegen war eine arme Kirchenmaus, stets klamm. Und ich hatte Zeit. Martin kannte meine Situation. Er bot, nachdem wir uns angefreundet hatten, einen Deal an. Abends im Suff, zunächst noch halb im Spaß. Aber nach einiger Zeit dann ganz konkret.

Kost und Logis in seiner geräumigen Dreizimmerwohnung für zwei Jahre frei. Dafür sollte ich seine Doktorarbeit schreiben und jeweils monatlich Ergebnisse abliefern. Trotz einiger Bedenken willigte ich ein. Nicht zuletzt deswegen, weil er nach erfolgreicher Fertigstellung der Arbeit weitere 20.000 Deutsche Mark versprach. Rechnete man alles hoch, so hätte ich am Ende für die Arbeit etwa 30.000 DM erhalten. Nach Martins Ansicht für beide Teile ein guter Deal. Ich schuftete in dieser Zeit wie ein Berserker, da ich auch meine eigene Arbeit vorantreiben wollte. Mit der kam ich allerdings immer mehr ins Hintertreffen. Irgendwann konzentrierte ich mich nur noch auf Martins Arbeit, die hatte ich nach knapp einem Jahr beendet. Allerdings gab ich die fertige Arbeit nur Stück für Stück weiter. Nicht, weil ich ihm misstraute. Nein, aber ich fürchtete, er würde die Arbeit zu früh abgeben. Martin überarbeitete die von mir gefertigten handschriftlichen Ergebnisse jeweils gekonnt, was – wie ich bereits sagte – seine Stärke war. Dabei veränderte er meine Ergebnisse nicht, sondern brachte sie nur in eine sprachlich gefälligere Form. Manchmal machte er sich nicht einmal die Mühe, die Texte neu zu schreiben, sondern korrigierte sie wie ein Lektor. Bei den Kollegen bemerkte er oftmals ganz beiläufig, wie weit er mit der Arbeit schon war. Es entstand der Eindruck eines genialen Juristen, dem alles nur so zuflog. Ich hingegen wurde ob meiner häufigen Anwesenheit im Seminar als fleißiger Streber, der zudem mit seiner Arbeit nur langsam vorankam, belächelt. So auch von unserem hochgeschätzten Doktorvater. Ich versichere Ihnen, dem war nicht so. Sämtliche Gedanken, Ideen und Theorien in dieser Arbeit sind von mir.« Der leicht ironisch-bittere Unterton bei seinen letzten Worten war nicht zu überhören. Als schien er sich dies selbst zu verbieten, fuhr er in neutraler Tonlage fort: »Als Martin so unvermittelt zu Tode kam, war dies für mich ein Schock.

Wir waren wirklich gute Freunde, wir vertrauten uns. Am nächsten Tag begann ich zu überlegen. Zu diesem Zeitpunkt ging ich davon aus, dass die Arbeit noch nicht getippt war, sondern Martin nur die verbesserten handschriftlichen Unterlagen besaß. Ich holte die halbfertige Arbeit aus seinem Zimmer. Ich hatte nicht das Gefühl, Martin etwas wegzunehmen. Es war meine Arbeit. Unsere Vereinbarung war durch seinen Tod hinfällig geworden. Außerdem konnte die Arbeit niemand anderem von Nutzen sein. Zudem hatte ich Angst, unser Deal könne nachträglich noch ans Licht kommen. Denn sollten die Ordner in die Hände seiner Freundin gelangen, hätte sie uns möglicherweise durchschaut. Sie war Juristin und kannte unsere Handschriften. Aus diesem Grund hatte Martin die Unterlagen auch nie im Seminar offen liegen lassen. Erst Tage nach Martins Beerdigung kam der Gedanke auf, die Arbeit für mich zu verwerten. Zunächst traute ich mich nicht, dann kam ich auf die Idee, das Thema so zu verändern, dass ich den allergrößten Teil der Arbeit wieder verwenden konnte. Wochen später ging ich zu Prof. Bartel. Er glaubte, mich zu durchschauen, kannte jedoch nur die halbe Wahrheit. Den weiteren Teil der Geschichte kennen Sie von Prof. Bartel selbst.« Bornhold lehnte sich zurück und schaute mich bittend an. Ihm lag offensichtlich viel daran, dass ich ihm seine Version der Geschichte abnahm.

Ich hatte meine Zweifel. »Warum haben Sie nicht Bartel die ganze Geschichte gebeichtet?«

Bornhold reagierte belustigt. »Ich bin heute noch sicher, er hätte mir keinen Glauben geschenkt. Am Ende hätte ich den Job verloren und den Doktorvater. Das wollte ich nicht riskieren. Aber ich sehe, Sie glauben mir immer noch nicht. Vielleicht überzeugt Sie das?« Bornhold legte drei schmale, leicht abgegriffene, verblichene Ordner, die bisher unbemerkt neben ihm auf der Bank gelegen hatten, auf den Tisch. »Ich schätzte, Sie ahnen, was dies ist. Die Ordner von Martin Kallmann. Darin befindet sich meine gesamte handschriftliche Arbeit, mit den Korrekturen von Martin. Die Handschriften sind leicht zu unterscheiden. Außerdem werden Sie feststellen, dass mein handschriftliches Manuskript nebst der Bearbeitung von Martin genau dort aufhört, wo die getippte und Prof. Bartel bereits übergebene Arbeit endet.«

Soweit ich bei oberflächlicher Betrachtung der Arbeit feststellen konnte, hatte Bornhold die Wahrheit gesagt. Ich war zwar immer noch nicht geneigt, Bornhold all dies abzunehmen, aber meine vorherige Gewissheit war ins Wanken geraten. Bornhold schien es zu bemerken und legte nach.

»Wenn Sie versprechen, mit den Ordnern nicht ohne meine vorherige Zustimmung zur Polizei zu gehen, stelle ich sie Ihnen einige Tage zur Verfügung. Allerdings unter einer Bedingung! Denken Sie ernsthaft darüber nach, wer Ihnen schaden wollte. Ich war es jedenfalls nicht. Vielleicht sollten Sie sich einmal Gedanken darüber machen, wer außer mir Gelegenheit hatte, die Schläger zu beauftragen und das Rad zu manipulieren.« Bornhold schenkte Wein nach, zündete sich einen Zigarillo an und sah mich erwartungsvoll an. Ich war verunsichert; Bornhold spürte es. Aber so schnell wollte ich mich nicht geschlagen geben.

»Wieso haben Sie eigentlich Ihre Doktorarbeit nicht sogleich herausgegeben?«, fragte ich.

Bornhold war erstaunt. »Sie haben mich nie danach gefragt. Außerdem stehen im Seminar mindesten zwei davon. Die sind jederzeit ausleihbar.«

»Aber Katerina, Ihre Assistentin, hat für mich gefragt und die Arbeit nicht erhalten!«

Bornhold stutzte. »Daran kann ich mich nicht erinnern. Ich hatte jedenfalls keinerlei Grund, Ihnen die Arbeit zu verwehren. Nachdem seit mehr als zwanzig Jahren die kleine Schwindelei nicht bemerkt wurde, fühlte ich mich sicher. Wenn ich ehrlich bin, habe ich daran in den letzten Jahren überhaupt nicht mehr gedacht. Deswegen Ihr Rad zu manipulieren oder Ihnen Schläger auf den Hals zu hetzen, wäre mir nie in den Sinn gekommen. Die Angelegenheit ist zwar peinlich für mich, aber nicht lebenswichtig. Den kleinen Skandal hätte ich unbeschadet überstanden. Deswegen habe ich bei der Kripo keine weiteren Angaben gemacht. Da ich die Schläger nicht beauftragt habe, wird man es mir auch nicht nachweisen können. Eine Analyse der Arbeit kann eigentlich nur meine Urheberschaft ergeben. Schauen Sie mich an, glauben Sie, mit meinem Gewicht, meinem Trainingszustand kann ich in einer knappen Stunde von der Himmelsleiter zum Weißen Stein laufen? Und auch das bitte ich zu überlegen, woher sollte ich denn Ihr Fahrrad kennen?« Bornhold klopfte sich süffisant lächelnd auf seinen Hüftspeck.

Bornhold hatte Recht. Auf einmal gab alles keinen Sinn mehr. Ich stand wieder am Anfang. Er jedenfalls hatte die Schläger nicht beauftragt. Nachdem auch Bornhold nichts mehr zu erzählen hatte, machte ich mich alleine die Hauptstraße entlang auf den Heimweg. Ich widerstand der Versuchung, bei der Heiliggeistkirche in die Floriangasse abzubiegen und in der dortigen Weinstube noch einen Wein zu trinken. Wollte ich wieder in meine alten Jeans kommen, musste ich mindestens zehn Kilo abnehmen. Vor allem um die Hüften, denn dort spannten die Hosen merklich. Zu Hause setzte ich mich mit Mineralwasser ins Wohnzimmer und überprüfte die drei mitgenommenen Ordner nochmals gründlich. Bornhold hatte nicht gelogen. Wenn man voraussetzte, dass es sich bei der Handschrift in dem Ordner um seine eigene handelte, trafen seine Angaben zu. Kallmann hatte tatsächlich die Vorarbeit von Bornhold lediglich redaktionell verändert, dies allerdings sehr gut. Offensichtlich hatte er sich anfangs mehr Mühe gegeben, gegen Ende jedoch immer weniger verändert. Ich verglich alles nochmals mit der von Kallmann bei Prof. Bartel eingereichten halbfertigen Arbeit. Es gab keinen Zweifel, Bornhold hatte die Arbeit für seinen Freund geschrieben. Damit fehlte ihm das Motiv. Wenn aber Bornhold nichts mit der ganzen Geschichte zu tun hatte, wer dann? Wer hatte Gelegenheit, die Schläger zu beauftragen und mein Mountainbike zu manipulieren; vor allem aber: warum? Schritt für Schritt ging ich in Gedanken die letzten Wochen nochmals durch, machte Aufzeichnungen, schloss nach und nach alle in Frage kommenden Personen aus. Letztlich verblieb nur eine Person, aber diese hatte, soweit ich erkennen konnte, kein Motiv. Ich fand keine Ruhe. Als ich Renate nach Hause kommen hörte, ging ich zu ihr nach unten. Ich erzählte von meinem Gespräch mit Bornhold und zeigte ihr die Ordner. Renate war nicht erstaunt.

»Ich habe dir gleich gesagt, Bornhold ist nicht der Täter. Der geht wegen so einer Geschichte doch kein derartiges Risiko ein. Aber ihr wolltet mir ja nicht glauben.«

Im Nachhinein musste ich Renate zustimmen, was jetzt aber auch nicht weiterhalf. »Sag mal, wie lange kennst du Katerina eigentlich?«

Renate überlegte nicht lange. »Seit zwei, drei Monaten. Wir haben uns in der Gym kennen gelernt. Sie hüpft auch in dem kleinen Studio in Neuenheim. In der Sauna sind wir ins Gespräch gekommen. Nach dem Sport sind wir öfters auf ein Bier um die Ecke ins Le Coq gegangen. Seither treffen wir uns gelegentlich.«

»Weißt du mehr über sie?«

Renate schaute erstaunt. »Ich weiß nur, dass sie in Freiburg studierte, dort Examen gemacht hat und aus dieser Gegend stammt. Die Eltern sind Mediziner mit eigener Praxis. Irgendetwas war auch mit ihrem Bruder. Sie hat angedeutet, er sei bei einem Unfall ums Leben gekommen, mehr nicht. Allerdings habe ich sie auch nicht dazu gedrängt. Ich denke aber, du kennst sie besser.«

»Eigentlich nein, wenn ich es recht überlege, kenne ich sie überhaupt nicht.«

Renate schaute überrascht. »Jetzt hör mal. Ihr wollt doch zusammen in Urlaub fahren und sie übernachtet doch ab und zu bei dir.«

»Schon, aber sie hat in all der Zeit sehr wenig Persönliches rausgelassen. Fällt mir aber erst jetzt auf. Und irgendwie hat sich das Verhältnis merklich abgekühlt. Außerdem wollte nur ich mit ihr in Urlaub fahren. Ob sie mitgeht, steht noch nicht fest. Hat sie noch andere Freunde hier in Heidelberg?«

»Soviel ich weiß nicht. Sie ist noch nicht allzu lange in Heidelberg. Wohl um Anschluss zu finden, ist sie in das Fitnessstudio gegangen. Aber was soll die ganze Fragerei?«

Eigentlich wollte ich es nicht herauslassen, aber mit Renate war ich zu vertraut, also erzählte ich meinen Verdacht.

»Wenn Bornhold nicht der Täter war, musste es jemand sein, der bei Bornhold ins Zimmer konnte, von der Marotte mit dem Schwämmchen wusste und Gelegenheit hatte, unauffällig an mein Rad ranzukommen. Am Weißen Stein ist sie ziemlich lange auf dem Klo geblieben. Sie wäre unbemerkt an mein Rad gekommen. Katerina hätte also zu allem Gelegenheit gehabt.«

»Glaube ich nicht, denn sie war nicht in der Verhandlung mit den Studenten. Woher sollte sie die Adresse der Schläger haben? Und was sollte ihr Motiv sein?«, antwortete Renate ziemlich empört. Mit Letzterem allerdings hatte sie Recht. Trotzdem nagte der Verdacht an mir.

Am nächsten Morgen fuhr ich ins Juristische Seminar. Katerina war noch nicht dort, aber Bornhold saß bei offener Tür an seinem Schreibtisch.

»Das gestrige Gespräch hat mich nachdenklich gemacht. Deshalb hätte ich noch ein paar Fragen«, begann ich ohne Umschweife.

»Gerne, wenn ich sie beantworten kann«, antwortete Bornhold verbindlich.

»Wer außer Ihnen könnte noch an die Adressen der drei Schläger herangekommen sein?«

Bornhold musste nicht lange überlegen. »Meine Sekretärin, die beiden Assistenten Nico Neumann und Katerina Ruffrano und alle Studenten, die mit in der Verhandlung waren.«

»Wieso Ihre Assistenten?«

»Nun ja, ich habe schon seit Jahren die Angewohnheit, nach jeder Verhandlung, die ich mit meinen Studenten besuche, einen ausführlichen Bericht über die Verhandlung zu fertigen. Mit der Zeit habe ich einige Fälle gesammelt. Die drei Angeklagten kannte ich übrigens noch vom Jugendgericht. Ich habe schon mehrere Verhandlungen von ihnen miterlebt. Die haben eine beachtliche kriminelle Karriere hinter sich. Wenn es Sie interessiert, zeige ich es Ihnen?« Ohne abzuwarten, drehte sich Bornhold zu seinem PC, gab einige Befehle ein und drehte den Monitor zu mir. »Sehen Sie, hier ist die Vita von Denis Odenwald, mit allem, was über das Früchtchen bemerkenswert ist.« Er drückte wieder ein paar Tasten und auf dem Bildschirm tauchten die Daten von Fritz Meier auf. Gespeichert waren alle persönlichen Daten wie Adresse, Vorstrafen, Lebenslauf, auch die früheren Verhandlungen, selbst die Richter, die in den Verfahren aufgetreten waren. Bornhold bemerkte meine Überraschung und fuhr erklärend fort.

»Ich gehe mit meinen Studenten seit Jahren regelmäßig in Strafverhandlungen, um ihnen anhand der Praxis den Verfahrensgang erläutern zu können. Außerdem lege ich Wert auf das Verständnis über Tat und Täter. Um dies den Studenten besser zu vermitteln, habe ich schon früh begonnen, alle wesentlichen Daten der Angeklagten zu sammeln. Ich muss es Ihnen nicht sagen, es macht einen großen Unterschied, ob einer im Jungbusch, Mannheims Brennpunkt, oder am Philosophenweg in Heidelberg aufgewachsen ist. In den letzten Jahren habe ich einen guten Überblick über die Ganovenszene im Rhein-Neckar-Raum bekommen.«

»Wer alles hat Zugang zu diesen Daten?«, fragte ich.

»Wie gesagt, meine Sekretärin, der ich die Notizen über die Verhandlungen diktiere, die Assistenten und eigentlich jeder, der in meiner Abwesenheit an meinen PC kann.« Bornhold fuhr schuldbewusst fort: »Ich habe es bisher versäumt, die Daten durch ein Codewort zu sichern. Denn diese werden von meinen Assistenten gebraucht, die damit arbeiten. Ich hoffe, Sie verraten mich nicht an unseren Datenschutzbeauftragten.«

»Nur eine Frage noch: Wie kam es zur Einstellung von Frau Ruffrano?«

Bornhold überlegte nicht lange. »Frau Ruffrano wurde mir von einem Freiburger Kollegen empfohlen. Anfangs hatte ich Bedenken, da ihr gesamtes Studium nicht auf Strafrecht, sondern internationales Privatrecht ausgerichtet war. Aber sie ließ nicht locker. Sie behauptete, ihre Interessen hätten sich geändert. Da auch ihre Examina außerordentlich gut waren, habe ich ihr schließlich einen Assistentenvertrag gegeben.«

Ich hatte vieles erfahren, ohne wesentlich vorangekommen zu sein. Nach dem Austausch weiterer Höflichkeiten verabschiedete ich mich und fuhr nach Hause. Wenn möglich, wollte ich vermeiden,

Katerina zu begegnen. Zuerst musste ich noch einiges in Erfahrung bringen. Meier hatte von einer Abrechnung in der Schwulenszene gesprochen. Eigentlich käme dann als Auftraggeber und Anrufer nur ein Mann in Betracht, jedenfalls aus der Sicht von Meier. Intuitiv war ich immer von einem männlichen Anrufer ausgegangen, obwohl dies – wenn ich mich richtig erinnerte – im Verlauf unserer Unterhaltung von Meier nie ausdrücklich erwähnt worden war. In der Hoffnung, von Rechtsanwalt Kügele mehr zu erfahren, rief ich dort an. Kügele war entgegenkommend, konnte sich an Näheres jedoch nicht mehr erinnern. Immerhin erklärte er sich bereit, bei seinem Mandanten nochmals nachzufragen, ob es sich bei dem Auftraggeber am Telefon wirklich um einen Mann gehandelt habe.

Nach Renates Informationen lebten die Eltern von Katerina in Freiburg-Zähringen und waren beide Ärzte. Damit mussten sie im Telefonbuch zu finden sein. Wider Erwarten konnte die Auskunft eine Familie Ruffrano in ganz Freiburg nicht ausfindig machen. Auch eine Recherche im Internet brachte mich nicht weiter. Vermutlich hatte Renate sich geirrt oder etwas falsch verstanden. Nur kurz erwog ich, Katerina, die hierüber am besten Aufklärung geben konnte, anzurufen. Aber ich hatte wenig Lust, unser leicht abgekühltes Verhältnis noch mehr zu belasten. Dies musste ich auf anderem Weg in Erfahrung bringen. Wie, wusste ich allerdings selbst noch nicht. Spät abends half Renate mit ihren guten Beziehungen weiter. Ein paar Anrufe bei alten Studienfreunden aus Freiburg brachten des Rätsels Lösung. Tatsächlich arbeiteten die Eltern als Internisten in Freiburg. Katerina stammte jedoch aus erster Ehe ihrer südamerikanischen Mutter mit einem italienischen Ehemann namens Ruffrano, der noch vor ihrer Geburt verstorben war. Die Mutter hatte wieder geheiratet und mit einem Herrn Weber einen Sohn, Dirk Weber, gezeugt. Katerina behielt – warum auch immer, konnte Renate nicht in Erfahrung bringen – den Namen ihres verstorbenen Vaters.

Ihr jüngerer Halbbruder, den sie angeblich abgöttisch geliebt hatte, war kürzlich bei einem Autounfall unter merkwürdigen Umständen ums Leben gekommen.

Am nächsten Tag rief Rechtsanwalt Kügele wie versprochen zurück. Allerdings wusste er wenig zu berichten. Sein Mandant Meier konnte sich nicht mehr näher an die Stimme erinnern. Merkwürdig sei sie ihm schon vorgekommen. Allerdings habe er sich keine großen Gedanken gemacht, aber wenn er es sich genau überlege, könne er nicht mit Bestimmtheit versichern, dass es sich um eine männliche Stimme gehandelt habe. Hiervon sei er aber ausgegangen, da es sich um eine Abrechnung im Schwulenmilieu gehandelt habe.

»Sie haben den Meier ja erlebt. Mehr war beim besten Willen nicht aus ihm herauszubekommen«, beendete Kügele das Telefongespräch. Wirklich weiter brachte mich das zwar nicht, aber es schloss auch nichts mehr aus.

8

Wenn ich Bornhold glaubte, deutete alles auf Katerina als Täterin. Als sie am Weißen Stein auf die Toilette ging, hatte sie ausreichend Gelegenheit, den Schnellverschluss unbemerkt zu lockern. Bei der Abfahrt war sie immer vorneweg gefahren. Vielleicht aus Angst, in einen Sturz verwickelt zu werden? Ihre Verzweiflung nach dem Tod von Manfred schien echt, konnte aber auch davon kommen, den Falschen erwischt zu haben. Genau wie Bornhold hatte sie die Möglichkeit, an die Adressen der drei Schläger heranzukommen und den Schwamm in seinem Büro zu benutzen. Der Anruf bei Meier konnte ebenfalls von ihr sein. Meier war sich im Nachhinein nicht sicher, ob Mann oder Frau. Zudem war ihm die Stimme komisch vorgekommen, vielleicht, weil sie verstellt war?
Katerina konnten die Ungereimtheiten in der Doktorarbeit von Bornhold gleichfalls aufgefallen sein. Warum aber hatte sie mir die Arbeit nicht sofort gegeben? Vielleicht wollte sie damit die Aufmerksamkeit auf Bornhold lenken? Wollte sie uns beiden schaden? Was aber war dafür der Grund und wo war das Bindeglied zwischen uns dreien? Wie sagte Rechtsfreund Werner immer: »Wenn du ein Problem lösen musst, beginne am Anfang.« Am Anfang stand Katerina, die erst vor wenigen Monaten die Assistentenstelle in Heidelberg angetreten, in Freiburg gelebt und dort auch ihr Examen gemacht hatte.

Bevor ich mich auf den Weg nach Freiburg machte, schnitt Renate den Gips auf. Ein ziemlich schlaffes Ärmchen kam dabei zu Tage. Zum Autofahren reichte es aber schon. In Freiburg besuchte ich zunächst die Redaktionsräume der »Badischen Zeitung«. Ich durchsuchte systematisch den Lokalteil der letzten Jahre nach einem tödlichen Autounfall eines jungen Mannes. In der Montagsausgabe des 23. August 2004 wurde ich fündig.

Tödlicher Unfall auf der B3

In der Nacht vom Samstag, dem 21.08.04, ereignete sich gegen 22.30 Uhr auf der B3 ein tragischer Unfall. Aus bisher noch nicht geklärten Gründen fuhr ein 33-jähriger Rechtsanwalt mit einem Porsche Cabrio mit hoher Geschwindigkeit frontal gegen einen Brückenpfeiler. Nach Angaben der Polizei war der PKW auf gerader Strecke von der Straße abgekommen und ungebremst auf einen Brückenpfeiler geprallt. Die kurze Zeit später am Unfallort eingetroffenen Rettungsmannschaften konnten nur noch die Leiche aus dem völlig zerstörten Wagen bergen. Die Frage eines Mitverschuldens anderer Verkehrsteilnehmer kann die Polizei im derzeitigen Stadium der Ermittlungen nicht beantworten.

G.Z.

Der Name des Lokalreporters nebst Handynummer war an der Information schnell in Erfahrung gebracht. Günther Zeiler war sofort zu weiteren Auskünften bereit, nachdem ich ihm zumindest einen Teil meiner Geschichte angedeutet hatte. Wir trafen uns in einem Café nahe seiner Redaktion. Zeiler entsprach nicht meiner Vorstellung eines Lokalreporters. Er erinnerte mich an meinen alten Grundschullehrer, an den ich noch heute mit Zuneigung denke. Klein, mit schütterem Haar betrachtete er durch eine alte Nickelbrille wohlwollend seine Umgebung. Die füllige Figur und die dezent rosa gefärbte Nase ließen jene badische Genusssucht erkennen, die mir nicht ganz fremd war. Erwartungsgemäß bestellte er ein Viertel Kaiserstühler Gutedel. Nachdem er andächtig den ersten Schluck geschlotzt hatte, begann er: »Ich weiß nicht, wie viel Sie schon über den Unfall wissen, wenn ich also zu weit aushole, unterbrechen Sie mich. Der Tote im Porsche war ein aufstrebender junger Rechtsanwalt namens Dirk Weber. Gutaussehend wie die Eltern und mit glänzenden Examina ausgestattet, hat er in Freiburg nach dem Studium eine eigene Kanzlei aufgemacht. Seine Eltern betreiben im Stadtteil Zähringen eine angesehene Internistenpraxis. Die in Südamerika geborene Mutter war zunächst mit einem Herrn Ruffrano, gleichfalls Mediziner, verheiratet. Aus dieser Ehe stammt eine Tochter namens Katerina. Ruffrano, in der Zähringer Gesellschaft nicht unbekannt, ist noch vor der Geburt seiner Tochter Katerina plötzlich gestorben. Wenig später hat die Mutter wieder geheiratet. Aus dieser Ehe mit einem Herrn Weber, gleichfalls Internist, übrigens einem früheren Bekannten der Ruffranos, ist ein weiteres Kind, der Sohn Dirk Weber, hervorgegangen. Wenn ich es richtig verstanden habe, ist diese Katerina Ihre Freundin. So weit zu den Familienverhältnissen, doch nun zu Dirk Weber.

Glaubt man dem Geschwätz in Zähringen, war der Unfall Selbstmord, wofür einiges spricht. Wie Sie meinem Artikel entnehmen konnten, gab es keine Bremsspuren, keine Anhaltspunkte für ein Fremdverschulden. Die Strecke ist nachts wenig befahren und am Unfallort über mehrere hundert Meter gut ausgebaut. An dem total zertrümmerten Auto war kein Defekt festzustellen. Weber war nicht betrunken und ohne körperliche Gebrechen. Alles schon Grund genug, an einem Unfall zu zweifeln. Aber entscheidend für die Gerüchte war die finanzielle und berufliche Situation von Weber. Seine Kanzlei ging augenscheinlich gut, aber Weber zockte am Neuen Markt. Wie viele war er dem schnellen Geld der damals florierenden Börse erlegen und hatte immer wilder spekuliert. Anstatt irgendwann mit Verlust zu verkaufen, vergriff er sich an Mandantengeldern. Sicherlich nicht mit der Absicht, diese zu unterschlagen. Nein, soweit ich gehört habe, hat er nur immer wieder versucht, die auftretenden Löcher zu stopfen. Nachdem ihn die Bank schließlich gezwungen hatte, seine Aktien, von denen der größte Teil mit Fremdgeldern finanziert war, zu verkaufen, wurde es noch schlimmer. Er spekulierte mit Musiklizenzen, was gründlich in die Hosen ging, denn davon hatte er noch weniger Ahnung. Wie man sich unschwer vorstellen kann, wurden die Probleme dadurch nicht geringer. Schließlich erstattete einer der geprellten Mandanten Anzeige. Weber wurde die Anwaltszulassung entzogen. Die Eltern, die erst zu spät hiervon erfahren haben, haben zwar die finanziellen Schäden bei den Gläubigern beglichen, aber da war das Kind schon in den Brunnen gefallen. Kurz nachdem ihm die Anwaltszulassung entzogen war, ereignete sich der tödliche Unfall.« Zeiler nahm einen kräftigen Schluck von seinem Gutedel. »Nun bleibt es Ihnen überlassen, ob Sie an die offizielle Version eines tragischen Unfalles glauben. Ich tue es nicht.«

Plötzlich sah ich die Verbindung. In meiner Zeit am Oberlandesgericht war ich am Anwaltsgerichtshof tätig. Die gerichtliche Überprüfung der durch die Rechtsanwaltkammer entzogenen Anwaltszulassungen gehörte zum täglichen Geschäft. Dunkel erinnerte ich mich an einen Fall Weber. Ich hatte als Berichterstatter im Rechtsmittelverfahren über dessen Ausschließung aus der Rechtsanwaltschaft zu entscheiden, damals nach den Akten eine glasklare Angelegenheit. Soweit ich mich noch entsinnen konnte, wurde unsere Entscheidung vom Betroffenen nicht angegriffen.
»Hilft Ihnen das weiter?«, holte mich Zeiler aus der Vergangenheit zurück.
»Und ob, es erklärt einiges, wenn auch nicht alles. Jedenfalls vielen Dank für Ihre Auskünfte.« Hastig brach ich auf. Zeiler musste mein Unbehagen gespürt haben und rief noch hinterher: »Machen Sie es gut und halten Sie die Ohren steif!«

Langsam kam Licht in die Angelegenheit. Um vollständige Klarheit zu erlangen, machte ich auf dem Rückweg in Karlsruhe Station. Ich hatte meine Unterlagen aus der Zeit am Anwaltsgerichtshof meinem Nachfolger komplett übergeben. Dort mussten also noch die Aufzeichnungen über den Fall Weber vorhanden sein.

Es war nach sechs Uhr, als ich am Oberlandesgericht in der Hoffstraße ankam. Da ich mich telefonisch angemeldet hatte, erwartete mich der Kollege. Er hatte die damalige Entscheidung für mich kopiert. Ohne lange Erklärungen zog ich schnell wieder ab. Im Auto überflog ich die kopierten Seiten. Schon die ersten Zeilen bestätigten meine Vermutungen. Tatsächlich hatte ich bei der Entziehung der Anwaltszulassung von Dirk Weber, dem Halbbruder von Katerina, mitgewirkt. Zumindest an eines hatte ich mich zutreffend erinnert: Der Fall war juristisch eindeutig und die Entziehung die notwendige rechtliche Folge. Weber hatte Mandantengelder in Millionenhöhe veruntreut, wenn auch – wie man zu seinen Gunsten im Strafverfahren angenommen hatte – ohne echte Bereicherungsabsicht. Die Entscheidung datierte vom 16. August 2004, wenige Tage danach hatte sich Weber das Leben genommen. Auf irgendeine Weise war ich also am Tod des Halbbruders von Katerina beteiligt.

Aus dem Auto rief ich Bornhold im Seminar an. »Diesmal habe ich Neuigkeiten, die Sie sicherlich interessieren werden. Wann können wir uns treffen?«

»Wenn Sie gleich kommen, bin ich noch im Seminar.«

Kurz vor acht parkte ich in der Plöck und schaffte es gerade noch, von einem nach Hause gehenden Assistenten ins Gebäude eingelassen zu werden. Bornhold empfing mich freundlich, aber seine Anspannung war ihm anzumerken. Offensichtlich nahmen ihn die Anschuldigungen mehr mit, als er wahrhaben wollte. Ich berichtete über die Ergebnisse meiner Nachforschungen in Freiburg und Karlsruhe. Bornhold unterbrach nur ab und zu durch gezielte Nachfragen. Als ich geendet hatte, schwieg er einen Moment, überflog die mitgebrachten Kopien, las manche Passagen genauer und begann dann, zu antworten.

»Ich hätte darauf kommen können, aber der Name Ruffrano war die Sperre. Ich kannte Frau Ruffranos Halbbruder aus Freiburg. Vor einigen Jahren beauftragte ich ihn in einer rechtlichen Angelegenheit. Eine entfernte Tante meiner Frau hatte ihr in Freiburg eine

Erbschaft hinterlassen. Es gab jedoch einige juristische Probleme zu lösen und ich empfahl meiner Frau, dies in professionelle Hände zu geben. Kollegen aus Freiburg, bei denen ich damals nachfragte, haben Rechtsanwalt Weber empfohlen. Meine Frau drängte mich, die Angelegenheit selbst zu erledigen. Auch als ich versicherte, dass ich von Erbrecht nicht mehr als meine Studenten verstünde, war sie nicht überzeugt. Es kam zu einer handfesten Ehekrise, aber schließlich gab sie nach und beauftragte Rechtsanwalt Weber. Der hat die Angelegenheit zunächst schnell durchgeführt, allerdings mit einem kleinen Haken. Die Auszahlung der Erbschaft, die längst auf seinem Konto sein musste – es ging damals um etwa 250.000 DM – hat sich immer wieder verzögert. Weber hatte Ausflüchte über Ausflüchte. Ich habe mich zunächst nicht darum gekümmert, bis meine Frau eines Abends wutentbrannt die gesamte Korrespondenz auf den Tisch knallte. Mir war sofort klar, hier stimmte was nicht. Das schlechte Gewissen meiner Frau gegenüber und die nicht unbeträchtliche Summe brachten mich in Gang. Am nächsten Morgen stellte ich Weber in Freiburg zur Rede. Er beschwichtigte, versuchte Zeit zu schinden, versprach aber, den gesamten Betrag innerhalb einer Woche zu überweisen. Wie ich befürchtet hatte, geschah nichts. Hierauf erstattete ich Anzeige bei der Polizei und teilte den Vorfall der Anwaltskammer mit. Weber wurde wegen Untreue angeklagt. Weder meine Frau noch ich mussten als Zeugen bei Gericht auftreten, da er die Taten einräumte. Ich glaube, wir waren nicht die einzigen Geschädigten.«

»Haben Sie das Geld erhalten?«

»Das vergaß ich zu erwähnen. Die Eltern von Weber haben den Schaden vollständig bezahlt. Muss für sie ziemlich schwierig gewesen sein. Immer wieder drängten sie auf die Rücknahme der Anzeige gegen ihren Sohn. Es war ihnen nicht zu vermitteln, dass es sich um ein Offizialdelikt handelte und meine Anzeige nunmehr keine Rolle spielte. Schließlich habe ich den Ausgleich des Schadens bestätigt und erklärt, an einer strafrechtlichen Verfolgung kein Interesse mehr zu haben. Ich schätze, das Schreiben wollten sie bei Gericht vorlegen. Damit war die Sache für uns erledigt.«

Nachdenklich schwiegen wir beide. Ich fühlte mich verletzt. Nicht ich hatte Katerinas Bruder in diese Lage gebracht, nicht ich hatte gezockt und Mandantengelder veruntreut. Auch Bornhold war am Tod ihres Bruders nicht schuldig, trotzdem machte sie uns dafür verantwortlich. Die Beweislage war dünn, aber die vorhandenen Indizien und das Motiv passten. Ich fühlte mich schäbig dabei, aber ich schlug es trotzdem vor.

»Lassen Sie mich kurz in Frau Ruffranos Zimmer schauen, vielleicht findet sich dort etwas.«

Bornhold überlegte lange, bevor er einwilligte. Gemeinsam gingen wir in Katerinas Büro. Der Schreibtisch war aufgeräumt, nur auf einem kleinen Rolltisch stapelten sich Klausuren. In den Schreibtischschubladen fanden sich persönliche Dinge ohne Belang. Nirgends ein Lineal mit eingeschnittener Schreibschablone oder billiges Schreibpapier. Irgendwie wäre ich überrascht und vielleicht auch enttäuscht gewesen, Derartiges zu finden.

»Wonach suchen Sie eigentlich?«, kam die Stimme von Bornhold, der peinlich berührt im Türrahmen stehen geblieben war. Ich wusste es nicht und war schon bereit aufzugeben, als ich nochmals auf den Schreibtisch blickte und in einer ausrangierten Kaffeetasse neben billigen Kulis einen Silberbleistift entdeckte.

»Danach!«, sagte ich und nahm den Bleistift aus der Tasse. »Genau danach!«

Bornhold schaute verständnislos, bis ich ihm von der Analyse des BKA über die Bleistiftminen berichtete.

»Wieso hat sie den Bleistift behalten, wenn sie in allem anderen so vorsichtig war? Sie kannte doch sicherlich die Analyse des Bundeskriminalamtes«, gab Bornhold zu bedenken.

»Schauen Sie sich den Bleistift genau an. Kein gewöhnlicher Bleistift, sondern ein alter englischer aus Sterling Silber, vermutlich ein Geschenk oder Familienstück. Hier sind die Stempel zu sehen und der Markenname *Eversharp*. So etwas schmeißt man nicht einfach weg. Außerdem weiß Frau Ruffrano von der Analyse über den Bleistift nichts. Wenn ich mich noch richtig erinnere, habe ich dies auch später nie erwähnt. Ich habe ihr damals nur von den BKA-

Analysen über das Schriftbild und die Klebestellen erzählt. Vielleicht ist ihr nicht bekannt, dass man nicht nur Tinte, sondern auch Bleistifte an ihrer Zusammensetzung erkennen kann. Nachdem laut Analyse des BKA die Mine mit hoher Wahrscheinlichkeit nicht von einem normalen Bleistift, sondern einem Drehbleistift stammt und die Mine in England hergestellt wurde, muss man kein Hellseher sein, um hier einen Zusammenhang zu sehen. Zur Sicherheit soll das BKA ein Stück aus dieser Mine analysieren und mit der Schrift auf dem Auftragsschreiben vergleichen.«
Bornhold schien nicht überzeugt, hatte aber keine weiteren Einwände, als ich einen Teil der Mine vorsichtig abbrach und in ein Papiertaschentuch wickelte. Die nun aus dem Bleistift herausstehende kantige Bruchstelle glättete ich sorgfältig auf einem dem Papierkorb entnommenen Stück Karton, das ich zurück in den Papierkorb schmiss. Bornhold schaute immer wieder den unbeleuchteten Flur entlang. Er war sichtlich erleichtert, als wir endlich das Zimmer verließen. Wir vereinbarten, nichts zu unternehmen, bis sicher feststand, dass mit dem Drehbleistift aus Katerinas Büro auch die Aufträge geschrieben worden waren.

9

Am nächsten Morgen besuchte ich Harald in seinem Büro. Er war gar nicht erfreut über mein Ansinnen, das BKA erneut für eine vergleichende Analyse einzuspannen.

»Das kostet mindestens eine Kiste Rotwein. 12er-Kiste, sechs davon für mich und sechs für den Kollegen vom BKA. Wenn es, wie ich dich kenne, schnell gehen muss, darf es schon ein Bordeaux sein.«

»In Ordnung, Harald, aber die Ergebnisse sollten so bald wie möglich da sein.«

»Könnte klappen, ich bin morgen beim BKA und kann die Mine hinbringen. Ich frage den Kollegen, ob sich das machen lässt. Ich gebe heute noch Bescheid.«

Beim Verlassen des Polizeipräsidiums war mir elend zumute. Sollte Katerina wirklich die Schläger beauftragt und das Rad manipuliert haben, hatte sie mich nicht nur körperlich verletzt, sondern mir ansonsten auch übel mitgespielt. Irgendwie wollte ich das aber nicht glauben, obwohl ihr Verhalten merkwürdig war. Einerseits war sie mit mir ins Bett gegangen, andererseits wieder recht abweisend gewesen. Ich war fast sicher gewesen, ihr zumindest nicht gleichgültig zu sein. Trotzdem hatte sie meine wiederholte Einladung zum Skifahren nie angenommen, vielmehr die Antwort immer ausweichend hinausgeschoben.

So sehr ich auch darüber nachdachte, ich wurde nicht schlau aus ihrem Verhalten. Anstatt nach Hause zu fahren, schlenderte ich durch Heidelbergs Hauptstraße und kaufte aus Frust Klamotten, die ich nicht brauchte. Wirklich besser ging es mir danach nicht. Den nächsten Tag mühte ich mich redlich, mit meiner Arbeit weiterzukommen, aber es gelang nur unvollständig. Katerina ließ nichts von sich hören, Renate hatte keine Zeit und Michael war wie immer, wenn man ihn brauchte, nicht zu greifen. Zum Tennisspielen hatte ich keine Lust, das Wetter war nicht entsprechend. Harald war auf seinem Handy nicht erreichbar. Selbst Amanda hatte sich irgendwo verkrochen und war weder durch Klopfen auf den Boden noch durch ihre Lieblingsspeise, frische Melonen, hervorzulocken. Es war einer jener Junggesellentage, auf die man nur zu gerne verzichtet hätte. Irgendwann spät nachts, nachdem ich stundenlang durch das Fernsehprogramm gezappt hatte, schlief ich auf dem Sofa ein.

Gerädert, mit steifem Nacken wachte ich viel zu spät auf. Trotz einer ausgiebigen Dusche und eines guten Frühstücks sah die Welt nicht besser aus. Mein Blues hielt an. Zumindest Amanda kam wieder zum Vorschein und ließ sich hingebungsvoll ihren faltigen Hals kraulen, den sie aus ihrem Panzer streckte. Schildkröten sind zwar nicht die lebendigsten aller Haustiere, aber besitzen zumindest ein ausgeglichenes Gemüt. Ich war mit dem Sportteil gerade fertig, als Harald anrief.
»Schalt den PC ein und ruf deine E-Mails ab. Ich habe dir gerade das BKA-Gutachten geschickt. Und dann geh in die Stadt und kaufe eine Kiste Bordeaux. Aber bitte nur sechs für das BKA, meine Flaschen schenke ich dir aus Freundschaft.«
»Was haben die Spezialisten herausgefunden?«, fragte ich nervös.
»Schau es dir selbst an, die Ergebnisse sind eindeutig. Das Gutachten ist zwar in der Schreibe ziemlich schlampig, aber mein Kollege hat versichert, die Ergebnisse seien einwandfrei. Er hat alles selbst getippt, weil er das Gutachten nicht über die Sekretärin laufen lassen wollte. Und er ist halt ein Chemikus. Wenn du nachfragen

willst, kannst du persönlich anrufen, ich habe die Nummer.«
Während ich Harald zuhörte, schaltete ich meinen PC an. Als die E-Mail endlich auftauchte, würgte ich Harald am Telefon mit ein paar Dankesworten schnell ab. Da ich es vermied, wichtige Dinge am PC zu lesen, druckte ich trotz aller Anspannung die Nachricht aus. Das Ergebnis war wie angekündigt.

Das Gutachten erläuterte den Herstellungsprozess der Minen aus gereinigtem Graphit und hochplastischem Ton, deren Mischungsverhältnis eine Abstufung nach Härtegraden ermöglichte. Die von Katerinas Drehbleistift entnommene Probe wie auch die Vergleichsschrift auf dem Zettel enthielten nur ca. 25 % Anteile Graphit, was einem selten benutzten Härtegrad von 8H entsprach. Beide Proben waren aus natürlichem Graphit hergestellt. Bei beiden Proben konnten identische, zur Verbesserung der Schreibeigenschaften benutzte Öle nachgewiesen werden. Die Öle, die in dieser Form nach dem Zweiten Weltkrieg nicht mehr verwendet wurden, ließen mit hoher Wahrscheinlichkeit auf einen englischen Hersteller schließen. Da weder auf dem Zettel noch an der dem Bleistift entnommenen Probe Reste mikroskopisch kleiner Holzpartikel zu finden waren, sprach alles für die Benutzung eines Drehbleistiftes. Denn bei den üblicherweise aus Zedernholz hergestellten Holzbleistiften wurden regelmäßig winzige Partikel des Holzkörpers auf die Graphitmine und damit später auf die Schrift übertragen.
Ich las das Gutachten mehrmals, und obwohl ich Teile davon nicht verstand, war das Ergebnis sonnenklar. Die Briefe an Fritz Meier waren mit Katerinas Drehbleistift geschrieben worden. Eigentlich wollte ich es nicht glauben. Aber wenn man das Unmögliche ausgeschlossen hat, so muss es sich bei dem Rest, wie unwahrscheinlich er auch sein mag, um die Wahrheit handeln. So oder so ähnlich hatte ich es neulich bei E. A. Poe – oder war es Arthur Conan Doyle? – gelesen.

Das Telefon läutete nur zweimal, bis Katerina abnahm.
»Ich würde dich gerne heute Abend treffen. Ich glaube, wir haben

einiges zu bereden«, begann ich vorsichtig. Die Leitung am anderen Ende blieb stumm. »Es ist wichtig, und ich denke, nicht nur für mich.«
»Du hast Recht. Wo treffen wir uns? Ich würde ein Lokal bevorzugen. Vielleicht in deiner Nähe.«
»Okay, um acht im *Hugo* in der Rohrbacherstraße?«
»Einverstanden.« Ohne Gruß hatte sie eingehängt.

Die Zeit wollte nicht vergehen. Wie ein Hamster im Rad wiederholte ich im Geiste, was ich Katerina fragen, ihr vorwerfen oder wie ich ihr begegnen wollte. Am Ende blieb meist ein Gedanke: diese miese Ratte. Ich hatte mich doch in sie verliebt.
Ich war pünktlich im Lokal, Katerina noch nicht da. Zur Trauer des Tages bestellte ich eine ordentliche Flasche Barolo. Jedes Mal, wenn die Tür aufging, beherrschte ich mich mühsam, nahm einen Schluck Wein und schaute nicht hin. Jedenfalls nicht gleich. Der Wein ging langsam zu Ende und mein Zorn wuchs. Ich war schon bereit zu gehen, als unerwartet Renate das Lokal betrat. Sie setzte sich unaufgefordert an meinen Tisch.
»Du wartest sicher auf Katerina. Sie kann nicht kommen, musste dringend weg. Kurz vor ihrem Flug nach Südamerika kam sie noch in der Klinik vorbei und hat mir aufgegeben, dir das zu geben. Die Geschichte mit dir habe sich aus Zufall ergeben, sagte sie mir. Zunächst habe sie sich nur an Bornhold rächen wollen und erst später bemerkt, dass du der Berichterstatter in dem Verfahren ihres Bruders warst. Dann ist sie wohl auf die Idee gekommen, euch gegeneinander auszuspielen. Das soll ich dir geben.« Renate legte einen verschlossenen Umschlag auf den Tisch.
Ich wog ihn leicht in der Hand und war nicht sicher, ob ich ihn öffnen sollte. Renate nickte aufmunternd. Zögerlich riss ich ihn an der Seite auf und schüttete den Inhalt auf den Tisch. Ein silberner Drehbleistift der Marke *Eversharp* kullerte zwischen Weinglas und Aschenbecher. An seinem Clip hing das kleine Stück Karton, welches ich in Katerinas Büro zum Glätten der Mine benutzt hatte.
Mit einem Bleistift des Härtegrades 8H war in Katerinas tempera-

mentvoller Handschrift nur ein Satz geschrieben:
»Ihr habt ihn umgebracht, denn nichts ist ohne Grund, auch Selbstmord nicht«.
Als ich Renates Blick suchte und fand, bemerkte ich zum ersten Mal ein blaues und ein braunes Auge.

ENDE

Anhang

Ergänzendes zum Fall Siefert

Der Strafprozess zu Zeiten Sieferts unterschied sich in wesentlichen Teilen von der heutigen Verfahrenspraxis. Die damaligen Schwurgerichte bestanden aus drei Berufsrichtern und zwölf Geschworenen. Letztere hatten die Entscheidung über die »Schuldfrage« und das »Vorhandensein mildernder Umstände« zu treffen (sog. Schuldinterlokut). Alle anderen Aufgaben standen dem Richterkollegium (»dem Gericht« im eigentlichen Sinne) unter Leitung des Vorsitzenden zu.

Die Verhandlung begann mit der Bildung der Geschworenenbank durch Auslosung von 12 Geschworenen aus einer Anzahl von 24 Hilfsgeschworenen. Die Hinzuziehung weiterer, sogenannter »Ergänzungsgeschworenen« lag im Ermessen des Vorsitzenden. Im Fall Siefert wurde hiervon Gebrauch gemacht. Die Losziehung erfolgte durch den Vorsitzenden in öffentlicher Sitzung. Staatsanwaltschaft und Gericht hatten das Recht, ihnen nicht genehme Geschworene – ohne Angabe von Gründen – abzulehnen. Jeder Partei stand dabei die Hälfte der möglichen Ablehnungen zu, wobei die Staatsanwaltschaft ihre Erklärungen zuerst abzugeben hatte. Unmittelbar nach der Auslosung und der »Beeidigung« der Geschworenen erfolgte die Verhandlung in der Sache selbst.

Im Anschluss an die Beweisaufnahme legte das Gericht den Geschworenen verschiedene Fragen vor, die so zu stellen waren, dass sie mit »Ja« oder »Nein« beantwortet werden konnten. Die Hauptfrage begann dabei regelmäßig mit den Worten: »Ist der Angeklagte schuldig?«

Im Gegensatz zum heutigen Strafprozess war das damalige Verfahren über die Entscheidung der Schuldfrage in zwei Teile gespalten: in die Aufstellung der Fragen durch das Gericht und in deren Beantwortung durch die Geschworenen. Dabei darf nicht übersehen werden, dass schon die Aufstellung der Fragen die Entscheidung in der Sache nicht unerheblich beeinflusste. Denn bereits in der Fragestellung erfolgte eine Verknüpfung zwischen dem im Prozess festgestellten Tatbestand und den Voraussetzungen der damaligen Strafgesetze.

Erst nach der Fragestellung folgten die Anträge der Staatsanwaltschaft und des Angeklagten. Die Geschworenen hatten in geheimer Beratung über die Schuldfrage zu befinden. Ohne Erlaubnis des Vorsitzenden durfte kein Geschworener das Beratungszimmer verlassen und keine andere Person dieses betreten. Allerdings blieb es den Geschworenen unbenommen, sich Gegenstände in das Beratungszimmer bringen zu lassen, die sie bei der Beweisaufnahme in Augenschein genommen hatten. Im Prozess Siefert hätten sich die Geschworenen somit beispielsweise die Fingerabdrücke nochmals vorlegen lassen können. Die Entscheidung über diese sogenannte »Verabfolgung von Gegenständen« stand im richterlichen Ermessen.

Die Beratung und Abstimmung wurde von einem gewählten Obmann geleitet. Der Spruch der Geschworenen wurde vom Obmann neben den Fragen niedergeschrieben. Bei jeder für den Angeklagten nachteiligen Entscheidung war zu vermerken, dass diese mit mehr als 7 Stimmen gefasst wurde. Schließlich wurde der gefällte Spruch in der Verhandlung vom Obmann mit den Worten

»Auf Ehre und Gewissen bezeuge ich
als den Spruch der Geschworenen«

eingeleitet und hierauf verlas der Obmann die gestellten Fragen mit den darauf gegebenen Antworten. Diese Eingangsworte erachtete man als so wesentlich, dass ihr Weglassen ohne weiteres die Nichtigkeit des Verfahrens begründete.

Wurde der Angeklagte für schuldig befunden, so konnten sich die Staatsanwaltschaft und der Angeklagte hierzu äußern. Die Richtigkeit des Spruches durfte jedoch von diesen nicht mehr in Zweifel gezogen werden. Die Ausführungen und Anträge konnten sich somit nur noch mit der Anwendung des Gesetzes auf den gefällten Spruch befassen. Die aus dem Spruch der Geschworenen zu ziehenden Rechtsfolgen, insbesondere die Strafzumessung, oblag den drei Berufsrichtern. Waren die Berufsrichter jedoch einstimmig der Ansicht, dass sich die Geschworenen in der Hauptsache zum Nachteil des Angeklagten geirrt hatten, so waren sie – ohne Angabe von Gründen – befugt, die Sache an ein anderes Schwurgericht zu verweisen. In der neuen Verhandlung durfte dann kein Geschworener teilnehmen, »welcher bei dem früheren Spruche mitgewirkt hat«.

* * *

Am 14. Februar 1922 hat der Verteidiger gegen das Urteil des Landgerichts Heidelberg Revision eingelegt. Die Revision wurde nach mündlicher Verhandlung des Reichsgerichts am 2. Mai 1922 verworfen.

Die Protokollrügen wurden unter Verweis auf eine Reichsgerichtsentscheidung (RGSt 42, 168 ff) zur Begründung der Revision als nicht geeignet angesehen.

Auch die Rüge der Befangenheit des Sachverständigen Dr. Popp, die im Prozess durch das Landgericht verneint worden war, griff nicht durch. Die Rüge wurde auf ein Telefonat des Sachverständigen mit einem Redakteur des Heidelberger Tageblattes gestützt. In diesem soll der Sachverständige das positive Ergebnis der Auswertung der Fingerabdrücke mitgeteilt haben, noch bevor der Untersuchungsrichter benachrichtigt worden sei. Hierauf hat das Heidelberger Tageblatt einen Artikel »Der Mörder ist überführt« veröffentlicht.

Zudem hat der Sachverständige noch vor Beginn der Beweisaufnahme Teile seines Gutachtens unter Benutzung einzelner Überführungsstücke in seinen Vorlesungen erörtert. Ein anwesender Student, Sohn eines ausgelosten und am ersten Verhandlungstag eingetretenen Ergänzungsgeschworenen, hat von dieser Vorlesung und den behandelten Präparaten seinem Vater Mitteilung gemacht.

Von diesem hat der Oberstaatsanwalt die Ergebnisse noch vor der Hauptverhandlung erfahren. Auch diese Rüge wurde verworfen.

* * *

Okkultismus und Spiritismus trieben im Fall Siefert seltsame Blüten. So musste der Untersuchungsrichter, dem Mitteilungen aus den Kreisen der Anhänger des Okkultismus schon in großer Zahl zugegangen waren, in seinem Schreiben vom 29. Juni 1921 an den Berliner Polizeipräsidenten klarstellen, dass keine Rede davon sein kann,

> *»dass Staatsanwalt Haas oder ich, infolge eines mit Medien angestellten Experimentes schon vor der Auffindung der Leichen vollständig von dem Verlauf der Mordtat informiert gewesen« waren.*

Anlass dieser Klarstellung war das Schreiben einer sogenannten »Wahrträumerin«, die den Leichenfund erträumt haben wollte. Bei der betreffenden Person handelte es sich allerdings um eine »aktenmäßig bekannte Händlerin«, die schon wegen Kettenhandels von Nähgarn eine Freiheitsstrafe verbüßt hatte.

* * *

Der **Stab**, der bei der Hinrichtung vom Staatsanwalt gebrochen und dem Verurteilten vor die Füße geworfen wurde, stand ursprünglich dem Richter zu. Der Richterstab ist ein Zeichen für die richterliche Gewalt aus der germanischen und mittelalterlichen Rechtssymbolik. Seit dem 15. Jahrhundert ist durch Urkunden bezeugt, dass die Richter beim Verkünden von Todesurteilen (später die Staatsanwälte bei der Vollstreckung) einen Stab zerbrachen (Tiroler Halsgerichtsordnung von 1499: *»sol ain yeder richter nach verlesung der urgicht und urtayl den gerichts stab prechen, den übeltäter dem nachrichter überantworten«).*

In Badenweiler wurde am 20. Juli 1723 ein Bürger von Brizingen, »welcher mit einer Eselin Sodomiterei getrieben«, vom »Malefiz-Gericht« zum Tode mit dem Schwert verurteilt.

Vor der Hinrichtung *»hat der Hofrath und Landschreiber Weiss die Urthel in dem Fürstlichen Befehl HR Nr. 571 dd^{e} 28. Juli 1723 verlesen,* *demnächst der Blutrichter das Stäblein über den Malifikanten gebrochen und demselben vor die Füße geworfen«.* Auch die Eselin wurde zum Tode verurteilt. (Blutgerichtsprotokoll des Blutgerichts zu Badenweiler vom 20. Juli 1723. Abgedruckt in: Badische Rechtsgeschichte Bd.II, Dr. Rudolf Carlebach, Heidelberg 1906, Carl Winters Universitätsbuchhandlung)

Im Fall Siefert musste der Stab nach den Anweisungen des Staatsanwaltes dürr, 20 cm lang und an einer Stelle eingekerbt sein. Letzteres diente offensichtlich dazu, Schwierigkeiten beim Brechen des Stabes zu vermeiden, was zu den damaligen Zeiten leicht als Zeichen höherer Mächte hätte gedeutet werden können.

* * *

Auszug aus dem **Scharfrichterdienst** des Badischen Justizministeriums aus dem Jahre 1922.
GLA 234, 10178
Der Vollzug der Todesstrafe, hier: die Fallbeilmaschine

§ 1

In Baden werden zwei Scharfrichter und nötigenfalls Stellvertreter für sie in widerruflicher Weise durch das Justizministerium bestellt.

§ 3

Die Vollstreckung der Todesurteile geschieht durch Enthauptung mittels des Fallbeiles.

Die Hinrichtung findet in der Regel am Sitze des Schwurgerichtes, welches das Urteil erlassen hat, statt. Das Justizministerium kann dazu auch einen anderen Ort bestimmen.

§ 11

Die Staatsanwaltschaft hat die erforderlichen Maßnahmen zur Vorbereitung der Hinrichtung zu treffen, insbesondere für den Verurteilten eine schwarze Augenbinde sowie einen Anzug aus einfachstem schwarzen Stoff zu beschaffen, den er bei der Hinrichtung zu tragen hat; sie hat ferner zu veranlassen, dass der Platz auf einfache Art abgegrenzt und dadurch dem Einblick Unbefugter entzogen wird; sie hat sich auch mit der Gemeindebehörde wegen des Geläutes ins Benehmen zusetzen und eine Decke aus einfachstem schwarzen Stoff anzuschaffen, die während der Hinrichtung auf den Hinzurichtenden zu breiten ist, sodass Zuckungen Dritten nicht wahrnehmbar sind. Die Decke kann dem leitenden Scharfrichter belassen werden. Die Forderungszettel über die hierdurch erwachsenen Kosten hat die Staatsanwaltschaft dem Justizministerium vorzulegen.

§ 12

Die Reinigung ist, wenn mehrere Hinrichtungen nacheinander vorgenommen werden, nach jeder derselben zu bewirken.

* * *

Seit Mitte des 18. Jahrhunderts erfolgte die Vollstreckung von Todesurteilen nicht mehr mit dem Schwert, sondern durch die Guillotine. Die in Baden benutzte Guillotine wurde von der Firma Johann Mannhardt in München für 1000 Gulden hergestellt. Die Guillotine, in Baden damals als »Fallbeilmaschine« bezeichnet, wurde im Männerzuchthaus in Bruchsal aufbewahrt und von dort, zerlegt und in Kisten verpackt, an die verschiedenen Hinrichtungsorte transportiert. Ein Nachbau dieser Guillotine steht heute im Bruchsaler Stadtmuseum. Das Original gelangte 1937 nach Berlin-Plötzensee.

* * *

Die Kosten der Hinrichtung für die zwei Scharfrichter und den Gehilfen wurden vom Ministerium übernommen. Die Vergütung des leitenden Scharfrichters in Höhe von 3000 Mark entsprach etwa dem Dreifachen des monatlichen Verdienstes des Verurteilten als Bahnarbeiter. Zum weiteren Vergleich: Ein Ei kostete zur damaligen Zeit etwa 2,30 Mark. Die Rechnung der Henkersmahlzeit wurde vom Ministerium nach Bruchsal zurückgesandt, da man sich nicht vorstellen konnte, dass Siefert alleine derart viel gegessen haben konnte.

Auflistung der durch die Hinrichtung entstandenen Kosten
Vom 25. September 1922 – Nr. III. 86159
G.L.A. 234 No. 10178, Auszug

Auszug: Nr. III. 86159

Karlsruhe, den 25. September 1922
Strafsache gegen den Schmied L.S.
wegen Raubmordes etc.

I. An die Landeshauptkasse, Buchhalterei V.

Durch die Hinrichtung des Obengenannten sind folgende Kosten entstanden:

Für den leitenden Scharfrichter Vergütung	3000 M
Für den zweiten Scharfrichter Vergütung	2000 M
Für den Scharfrichtergehilfen Vergütung	1500 M
	6500 M

Wir ersuchen diese Beträge an die Direktion des Zuchthauses Bruchsal, welche vorschüsslich Zahlung geleistet hat, zu zahlen.

II. Nachricht hiervon der Direktion des Zuchthauses Bruchsal mit dem Anfügen:

Die Rechnungen über Anschaffung von Lebensmitteln folgen zur näheren Erläuterung zurück. Es ist kaum glaubhaft, dass Siefert so erhebliche Mengen Esswaren, insbesondere Kaffee und Zucker, allein verzehrt haben sollte. Wir ersuchen um Aufklärung.

Gez. Schlimm

Quellen- und Bildnachweis

Teil I

Schreiben des Kreisleiters Ernst König vom 16.2.1922 an die Badische Staatsanwaltschaft Heidelberg mit Abschrift der Zeugenaussage Philipp Rösch vom 13.2.1922
Generallandesarchiv in Karlsruhe (GLA), Abt. 242, Nr. 2216

»Todesstrafe?« Leserbrief des Dr. Jur. Rudolf M. Heilbrunn, Amsterdam
Frankfurter Allgemeine Zeitung vom 21.1.1952

»Ein Justizmord?« Stellungnahme des Professor Dr. Eduard Kern aus Tübingen zum Leserbrief von Dr. Heilbrunn
Zeitschrift für die gesamte kriminalistische Wissenschaft und Praxis, 6. Jahrgang, Heidelberg, August 1952, Heft 15/16, S. 169 ff

Handschriftlicher Kassiber von L. Siefert und Briefe von und an Siefert aus dem Heidelberger Untersuchungsgefängnis
GLA Abt. 242, Nr. 2206

Teil II

Anklageschrift der Staatsanwaltschaft Heidelberg vom 5.12.1921
GLA, Abt. 242, Nr. 2214

Akten der Strafkammer des »Badischen Landgerichts Heidelberg« im Mordfall Siefert; AZ: S O 32/21 – Vernehmungsprotokolle des Ermittlungsrichters, der Polizei etc.
GLA, Abt. 242, Nr. 2196, 2205, 2207

Protokoll der Tatortbesichtigung vom 12.7.1921,
Staatsanwaltschaft Heidelberg
GLA, Abt. 242, 2214

Zwischengutachten des Sachverständigen Dr. G. Popp vom 22.7.1921 betreffend Fingerabdrücke etc.
GLA, Abt. 242, Nr. 2202

Georg Popp gehörte zu den Pionieren der chemisch-biologisch-mikroskopischen Spurenkunde. Näheres hierzu in: Jürgen Thorwald »Die Stunde der Detektive – Werden und Welten der Kriminalistik«, Verlag Droemer, 1966

Gutachten Prof. Dr. Hans Gruhle vom 21.10.1921,
über die Zurechnungsfähigkeit des Angeklagten
GLA, Abt. 242, 2203

Protokoll der Leichenöffnung vom 11.7.1921
durch I. Medizinischen Rat Dr. Holl
GLA, Abt. 242 Nr. 2196

Prozessfragen an die Geschworenen, 23.1.1922
GLA, Abt. 242, Nr. 2217

Antworten der Geschworenen auf die im Mordfall Siefert gestellten Fragen des Gerichtes
GLA, Abt. 242, Nr. 2217

Urteil des Schwurgerichtes vom 23.01.1922 in der Strafsache Siefert
GLA, Abt. 242, Nr. 2217

In folgenden Zeitungen wurde über den Doppelmord und dessen Verhandlung 1921/1922 – zum Teil in Wortprotokollen – ausführlich nach den jeweiligen Prozesstagen berichtet:

- Badische Post*
- Frankfurter Zeitung
- Heidelberger Tageblatt Generalanzeiger*
- Heidelberger Neueste Nachrichten*
- Mannheimer Generalanzeiger
- Pfälzer Bote für Stadt und Land*
- Volkszeitung*

Die mit *gekennzeichneten Zeitungen sind im MultiMediaZentrum der Universitätsbibliothek Heidelberg auf Mikrofilm aufgezeichnet. Der Mannheimer Generalanzeiger ist im Mannheimer Stadtarchiv verfügbar.

»Der Indizienbeweis im Heidelberger Raubmordprozess«, von Dr. G. Popp, Leiter des Instituts für gerichtliche Chemie und Mikroskopie an der Universität Frankfurt a. M.
Deutsche Strafrechts-Zeitung 1922, Heft 3/4, S. 93

»Der Indizienbeweis im Heidelberger Raubmordprozess«
von Eduard Kern, Prof. Dr. , Strafverfahrensrecht, 2.Auflage, 1951

Teil III

Artikel »Unhaltbare Gerüchte um den Fall Siefert«
Rhein-Neckar-Zeitung vom 26.1.1952

Artikel »Justizmord«
Heidelberger Tageblatt vom 23.1.1952

Schreiben des Magistrats der Stadt Herford vom 28.6.1924 an den Oberstaatsanwalt in Heidelberg betreffend den Familienverhältnissen der Mordopfer.
GLA, Abt. 242, Nr. 2218

Mitteilungen aus den Kreisen von Hellsehern usw. und den sich hieraus anschließenden Erhebungen.
GLA, Abt. 242, Nr. 2204, Beilagenheft III

Anfragen aus gerichts- und wissenschaftlichen Kreisen über die Ergebnisse der amtlichen Erhebungen über die Mitwirkung von Hellsehern usw.
GLA, Abt. 242, Nr. 2204, Beilagenheft II

Revolution und Zuchthaus in Bruchsal 1848/1849
Verlag Regionalkultur / herausgegeben von der Stadt Bruchsal und der Justizvollzugsanstalt Bruchsal, 1998

Anleitung zur Aufstellung und Benützung der Fallbeilmaschine
GLA, Abt. 311, Zug 1922/15, Nr.74

Protokoll der Hinrichtung, Geschehen zu Bruchsal am 29. Juli 1922.
Vormittags 4.15 Uhr
GLA, Abt. 242, Nr. 2199

Tagebuch des katholischen Anstaltsgeistlichen
Schreiben des Justizministeriums Karlsruhe vom 11.10.1922
Generallandesarchiv Nr. V. 98110

Lebenslänglich. Erlebtes und Erlittenes.
Carl Hau, 1. Auflage, Berlin, Verlag Ullstein, 1925
Carl Hau wurde im Jahre 1907 wegen Mordes an seiner Schwiegermutter in einem aufsehenerregenden Prozess in Karlsruhe zunächst zum Tode verurteilt, dann zu lebenslanger Haft begnadigt.

»Lebenslänglich« ist eines von zwei Büchern, das er nach seiner Freilassung schrieb. Hau war in Bruchsal inhaftiert und beschreibt in seinem Buch die Hinrichtung Sieferts (Kapitel 12: Zwei Hinrichtungen. S. 160 ff)

Wanderungen durch Heidelberger Wälder – Ziele am Wegesrand
Friedrich-Franz Koenemann; Heidelberger Verlagsanstalt,1990

Bildnachweis

Titelseite, Umschlag	Klaus Baranenko, Worms
Rückseite, Umschlag	Skizze Tatort Generallandesarchiv Karlsruhe Signatur: GLA, Abt. 242, 2196
Seite 2	Klaus Baranenko, Worms
Seite 8	Aus Heidelberger Privatbesitz
Seite 90	Aus Heidelberger Privatbesitz
Seite 164	Städtisches Museum Bruchsal

Pressestimmen
»Heidelberger Mordsteine«

Ein erfrischender Schmökerspaß mit viel Lokalkolorit, der jede Menge Lust aufs Weiterlesen macht

Mannheimer Morgen, 26.9.2006

Das Buch vertritt eine eher seltene Art von Krimi, die ihre Spannung nicht aus der Fantasie und Kombinierfreude des Autors, sondern aus der Verarbeitung der juristischen Wirklichkeit bezieht. Wenn Schnepf detailgenau beschreibt, ... wie der Verurteilte herangeführt und für den Block bereit gemacht wird ..., dann jagen dem Zuhörer oder Leser Schrecken anderer Art den Rücken hinunter, als die Krimiunterhaltung üblicherweise bereit hält.

Die Rheinpfalz, 30.9.2006

Schnepf ist ein in vielerlei Hinsicht bemerkenswertes Romandebüt gelungen. Es beruht einmal auf der akribischen Rekonstruktion des historischen Falles, das Ergebnis einer siebenjährigen Recherche in diversen Archiven. ... Schon allein der historische Teil des Buches ist eine Empfehlung wert. Zum anderen reflektiert er in der Person von Robert Flaig den Juristenalltag in Lehre, Forschung und bei Gericht sowie den Umgang des Berufsstandes untereinander, teils drastisch, humorvoll und immer mit einer gehörigen Portion Selbstironie.

Szyllas Lesezeichen, 16.10.2006

Thomas Schnepf, Richter am Amtsgericht in Mannheim, ist mit den Mordsteinen ein fesselnder Debütroman gelungen. Er rollt den historischen Fall authentisch auf ...
Trotz der sehr ausführlichen Aufarbeitung des Falles Siefert, ist der Krimi ein amüsantes, flottes Lesevergnügen, das mit einem überraschenden Ende aufwartet.

Rhein-Neckar-Zeitung, 28./29.10.2006

Volker Gallé
Rheinhessen

Kultur und Geschichte im Hügelland zwischen Worms und Bingen, Mainz und Alzey.

Mit einer Rheinhessen- und Mainz-Karte, diversen Plänen, 4 Farbteilen und großem Serviceteil

472 Seiten, 15 x 20,5 cm
ISBN: 978-3-935651-00-4

Preis: Euro 24,00

www.kehl-verlag.de

Rheinhessen liegt links vom Rhein, also nicht in Hessen, sondern in Rheinland-Pfalz, genauer gesagt zwischen Rheinland und Pfalz. Während das Rheinland im 19. Jahrhundert preußisch und die Pfalz bayrisch war, gehörte das Hügelland im Rheinknie zwischen Worms, Mainz und Bingen bis 1945 zu Hessen. Daher der Name Rheinhessen.

Besonders sehenswert sind die bereits im Mittelalter bedeutenden Domstädte Mainz und Worms mit ihren vielfältigen Spuren europäischer Geschichte seit der Romanik, das zum Rhein orientierte Bingen mit der Basilika St. Martin und dem Mäuseturm, die Rotweinstadt Ingelheim mit dem karolingischen Pfalzbereich, Oppenheim mit der gotischen Katharinenkirche sowie Alzey mit dem restaurierten Pfalzgrafenschloss.

Der **Kunst-Reiseführer** geht ein auf die Geschichte von Landschaft, Kunst und Kultur, stellt die Kunstdenkmäler vor, skizziert die Natur und macht mit dem Brauchtum vertraut. Rundgänge in Mainz, Worms, Bingen, Alzey und Oppenheim ermöglichen dem Tages- und Wochenendtouristen eine schnelle Urlaubsplanung. Alle Gemeinden werden im Text mit ihren charakteristischen Eigenheiten vorgestellt. Im Serviceteil gibt es darüber hinaus eine Vielzahl von Tipps zu Freizeitangeboten.

Der Bergstrassen-Krimi, Band 3

Manfred H. Krämer
Die Raben vom Mathaisemarkt

Umfang: 220 Seiten
Format: 13,5 x 20,5 cm
ISBN: 978-3-935651-25-7

Preis: Euro 11,00

Weitere Infos unter:
www.bergstrassen-krimi.de

oder online bestellen unter:
www.kehl-verlag.de

Der bizarre Ritualmord an einem umstrittenen Lokalpolitiker überschattet die Eröffnung des Schriesheimer Mathaisemarktes. Ein geheimes Spielcasino, ein illegales Bordell und der »Zar«, der Mannheims ehrgeizigstes Kulturprojekt finanziert, befinden sich im Visier von Kommissarin Elke Lukassow und ihrem Kollegen Frank Furtwängler.

Aber ausgerechnet die Spezialisten für knifflige Fragen haben gerade ihre eigenen Probleme. Bei Bertha Solomon und Lothar Zahn, im Ermittler-Job und in der Liebe ein Team, geht es mächtig rund: Das als »Solo und Tarzan« bekannte Duo hätte sich nicht träumen lassen, was ein Casino-Besuch an Tarzans Geburtstag ins Rollen bringt - und auf einmal wirbeln die Ereignisse durcheinander wie die Spielkarten in den Händen eines geübten Croupiers ...

In »Die Raben vom Mathaisemarkt« jagt Manfred H. Krämer seine heldenhaften Anti-Helden wieder durch ein rasantes Abenteuer an der Bergstraße. Und wie in »Tod im Saukopftunnel« und »Der Kardinal von Auerbach« ist die Metropolregion Rhein-Neckar der heimliche Star in dieser Geschichte.

Der Rheinhessen-Krimi, Band 5

Walter Passian
Endstation Mäuseturm

Umfang: 229 Seiten
Format: 13,5 x 20,5 cm
ISBN: 978-3-935651-24-0

Preis: Euro 11,00

Weitere Infos unter:
www.rheinhessen-krimi.de

oder online bestellen unter:
www.kehl-verlag.de

In der berühmten Sage um den **Binger Mäuseturm,** geht es um einen Herrscher, der seinen Untertanen in Zeiten der Not nicht nur die Nahrung verweigert, sondern sogar töten lässt.

Der Wormser Privatdetektiv Lui Fischer hat mit Sagen nicht viel am Hut. Er sucht, ganz realistisch, mit Hilfe seiner Mitarbeiterin Annerose Neuwirth einen jungen Mann.

Doch dann vermischen sich Sagen und Wirklichkeit.

Fischer bekommt es mit zwei Gegnern zu tun. In einem von Ihnen könnte er seinen Meister finden.

Ein Lebensmittelfabrikant aus Bingen wird entführt und in eine weitere Entführung werden Fischer und Annerose verwickelt.

Und schließlich fährt ein Wormser Linienbus in einer regennassen Nacht, entgegen seines Fahrplanes, nach Bingen mit der **Endstation Mäuseturm.**

Weitere Krimis aus dem KEHL-VERLAG

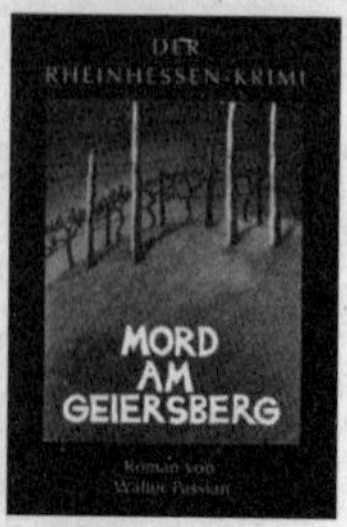

Der Rheinhessen-Krimi, Band 1

Mord am Geiersberg

Dies ist der 1. Roman unserer Reihe *»Der Rheinhessen-Krimi«* von Walter Passian.

194 Seiten im Format 13,5 x 20,5 cm
ISBN: 978-3-935651-06-6
Preis: Euro 10,00

Der Bergstrassen-Krimi, Band 1

Tod im Saukopftunnel

Dies ist der 1. Roman der Reihe *»Der Bergstrassen-Krimi«* von Manfred H. Krämer.

211 Seiten im Format 13,5 x 20,5 cm
ISBN: 978-3-935651-15-8
Preis: Euro 11,00

Der Bergstrassen-Krimi, Band 2

Der Kardinal von Auerbach

Dies ist der 2. Roman der Reihe *»Der Bergstrassen-Krimi«* von Manfred H. Krämer.

215 Seiten im Format 13,5 x 20,5 cm
ISBN: 978-3-935651-21-9
Preis: Euro 11,00

Der Naheland-Krimi, Band 1

Todespforte am Rheingrafenstein

Dies ist der 1. Roman unserer Reihe *»Der Naheland-Krimi«* von Wolfgang Ziegler.

256 Seiten im Format 13,5 x 20,5 cm
ISBN: 978-3-935651-23-3
Preis: Euro 11,00

Online bestellen: www.kehl-verlag.de